KB153184

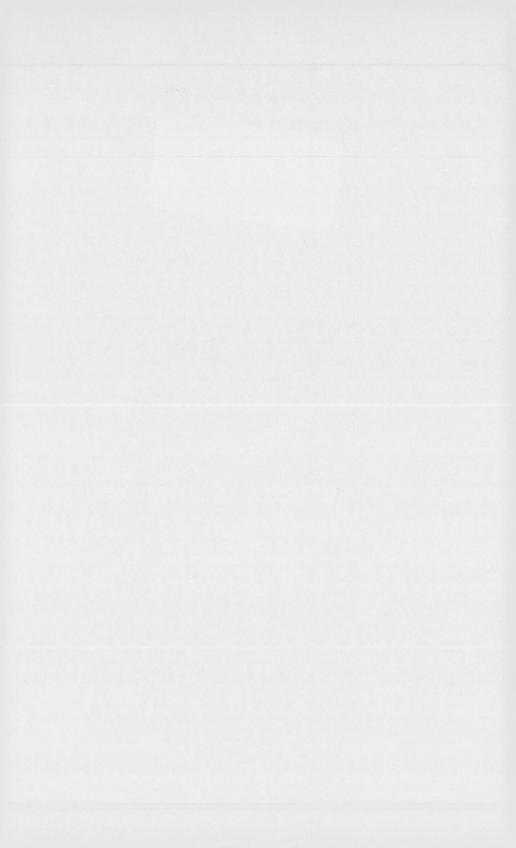

꽃은 져서 꽃을 피운다

이윤식 지음

비씨스쿨

글 모음집을 내면서

  많은 세월이 흘렀다. 그동안 쓴 글들을 모아 한 권의 책으로 내는 것을 권한 것은 작은 형이다. 형은 내과 전문의로서 그리고 생명 윤리에 대한 강한 신념을 가지고 의료 분야에서 활동하는 신앙인으로서 환자들의 몸과 맘의 건강을 함께 치유하려고 노력해오는 사람이다.

  누구나 자신만이 간직하는 삶의 나이테가 있다. 그 나이테에는 고뇌와 기쁨과 슬픔, 고통, 절망과 희망이 새겨 있다. 그것을 마음뿐만 아니라 몸이 기억하며 자신의 공간이 기억한다. 딴에는 작가랍시고 이런 저런 글을 써왔다. 지나고 나서 보니 부끄러운 글들이다. 한없이 부끄러운 글들이지만 한번쯤 매듭을 짓고 나가야 한다고 생각이 들기는 한다. 그것은 지나온 삶과 글쓰기를 반성하는 자리가 되며 앞으로 남은 삶과 글쓰기의 방향과 더 성숙한 삶을 위한 새로운 출발이 될 것이라 믿고 감히 글 모음집을 낸다.

  그동안 써온 글쓰기는 크게 두 가지 줄기로 되어 있다. 하나는 수필과 소설인 문학적인 글이고 또 하나는 일제 강점기, 우리나라 '항공 독립운동'과 관련한 글들이다. 이 모음집에서는 근 40편에 가까운 항공 독립운동 관련 글들은 모두 배제하였다. 그것은 기회가 되면 별도의 모음집으로 매듭을 지어야 될 것이다.

이 책에서는 수필(서평 포함) 18편과 단편 소설 3편, 중편 소설 1편 등 소설 4편 등 모두 22편의 글을 수록하였다. 단편 소설 1편을 제외하고는 모두 기존 매체를 통해 발표된 글들이다.

1999년 소설로 등단을 하고도 장편 소설 1편, 중편 1편, 단편 2편을 쓴 것 외에는 주로 항공독립운동 관련 글쓰기를 하면서 문학 활동을 소홀히 했던 것은 직무 유기이다.

또한 등단을 했든 안 했든 스스로 작가라고 자처한다면 독자들에게 정말로 즐거움을 주고 시대적 절망을 극복할 희망과 용기를 주어야 했으며, 시대의 문제와 치열하게 싸우는 모습을 글로써 보여주어야 했다. 처음부터 다시 시작한다는 각오로 문학 앞에 서 있다.

삶은 만났다 헤어지고, 헤어졌다 만나고, 나서 살다가 죽는다. 흩어졌다 모이고 모였다 흩어지는 세상의 모든 현상을 관통하는 그 무엇이 있는데 요즘에는 그것을 종교적으로 생각한다. 그것을 '무한한 사랑'이라고 해도 좋고, 공(空)이라 해도 좋고, 무(無)라 해도 좋고, 신(神)이라 해도 상관없을 것이다.

꽃은 잠시 피었다가 진다. 그 시간은 지극히 짧다. 봄에 파릇하게 난 잎은 가을이 되면 발 아래 바람에 뒹구는 낙엽이 된다. 그러한 유한한 삶들은 저마다 주어진 존재의 몫을 다하고 소멸한다. 그러나 제 생명의 몫을 다함으로써 무한성을 확보한다. 무한한 공간 속에 핀 꽃은 그 무한함과 이미 하나이다. 현상이 다를 뿐 '무한히 그 무엇을 준다'는 점에서는 동일하며 영원하다.

그러한 일체감은 잡힐 듯 좀처럼 쉽게 잡히지 않는다. 그런 점에서 나의 글쓰기는 구도의 길을 위한 기록들이라 생각한다. 이번 글 모음집에는 딸이 그린 그림과 함께 하였다. 부족한 글 모음집에 딸이 자신의 그림을 기꺼이 찬조해준 것에 대하여 고맙게 여긴다.

부족한 글을 출판해준 손상렬 시인과 작은형에게 이 자리를 빌어 감사의 마음을 전하며 이 책을 어머니와 늘 성원해준 형제들, 친구들과 문우들에게 바친다.

2018년 봄,
홍릉 회기동에서

목차

CONTENTS CONTENTS CONTENTS

수필

길을 찾는 사람들

봄이 통과 의례를 치르는 양 꽃샘추위에 시달린다. 골목에 널려 있는 온갖 잡동사니가 바람에 이리저리 날리지만, 총선 후보자들의 벽보만은 끄떡없이 담벼락에 붙어 있다. 처음엔 그 벽보들을 무심코 지나쳤는데 나중에 유심히 보니 전과 달라진 것이 있었다. 옛날 같으면 근엄한 표정을 짓고 있을 후보자들이 하나같이 미소를 띠고 있었다. 비록 전문 사진가들의 연출에 의한 것이겠지만 보기에 나쁘진 않았다. 게다가 후보자들의 학벌과 경력도 쟁쟁해 국회의원 선거에 나설 만하다는 생각이 들었다. 어떤 후보는 자신이 살아온 삶과 정치 철학을 내보이는 책도 자비 출판해 존재감을 강력하게 어필한다. 후보자들 모두 수신제가 치국평천하를 실천하려는 듯이 보인다.

그런 모습을 보면서 아직도 치국평천하는커녕 수신제가도 못해 쩔쩔매는 내가 부끄럽다. 그러나 한편으론 나같이 평범한 사람은 그런 잘난 사람들 덕분에 별 걱정없이 태평성대를 누릴 수 있다는 생각에 마음이 가볍다.

"교수님 같은 분이 정치를 하면 세상이 좀 더 좋아질 텐데요."

군사 정권 시절 학생들이 이화여대 철학과 김흥호 교수에게 농담반 진담반으로 던진 이야기다. 정작 그 교수는 웃으면서 고개를 저었다.

"내가 정치를 하면 그들보다 못할 거야."

알 듯 모를 듯한 대답이다. 김 교수님은 평생 논문 이외에 그 흔한 에세이집 한 권 내지 않은 사람이었다. 대신 그는 『사색』이라는 제목으로 20-30쪽의 소책자를 매달 펴냈다. 그 책자는 서점에선 살 수 없고, 종이값과 인쇄비를 겨우 충당할 정도의 값싼 구독료를 내면 우편으로 받아볼 수 있었다.

그 소책자에는 김 교수의 해박한 동서양 철학 지식을 쉽게 풀이한 내용이 담겨 있었다. 독자는 지식인층에서부터 직장인과 학생, 신문 배달 소년까지 폭넓었다. 『사색』지는 분명 재미있는 책은 아니었지만, 사물과 인생을 꿰뚫는 알찬 내용으로 호평을 받았던 것으로 기억한다.

나는 대학교 1학년 때 김 교수님의 노장사상 강의를 듣기 위해 이화여대에 몇 번 간 적이 있었다. 남학생이 강의실로 들어서자 여학생들은 놀란 눈으로 쳐다보았다. 자신들의 성역에 능청스럽게 침입한 남자에 대한 불쾌감을 노골적으로 드러내는 학생들도 있었다. 하지만 정작 김 교수님은 아무렇지도 않은 듯 강의를 계속했다.

나는 학년이 바뀌면서 휴학계를 내고 군에 입대해서도 『사색』지를 계속 받아보았다. 1978년 말 박 정권의 독재 정치가 막바지에 이른 때였다. 부마사태와 10·26, 12·12, 5·18로 이어져 한치 앞도 내다볼 수 없는 불안한 시절이었다. 당시 모든 군인들이 그랬던 것처럼 나 역시 몇 개월 동안 군화를 신은 채 잠을 자는 긴장의 연속인 생활을 했다. 그래도 내 바지 주머니에는 늘 『사색』이 꽂혀 있었다.

정말 전쟁이 나면 언제 죽을지 모를 상황 속에서 『사색』은 나에게 단비와 같은 존재였다. 식사를 마친 후 실탄이 장전된 M16 소총을 메고 햇볕이 드는 막사 귀퉁이에 쭈그리고 앉아 담배를 피우며 『사색』을 읽곤 했다.

"선생님, 우리나라는 작은 반도에다 이 마저도 분단돼 있고 나라 꼴도 엉망이니 참 답답합니다."

학생들의 하소연에 김 교수님은 웃는 얼굴로 하늘을 가리켰다.

"아래를 보지 말고 위를 보게. 저 하늘이 다 자네들 것이네. 저 하늘에는 분단도, 대립이나 갈등도 없어. 하늘은 하나야. 자네들의 눈을 우주 중심에 갖다 놓게. 그러면 작은 땅에서 산다는 위축된 생각이 없어질 거야."

나는 살을 에는 듯한 겨울바람 속에서 야간 보초를 설 때마다 김 교수님의 말을 되새기곤 했다. 단비와 같았던 『사색』지를 떠올리면 요즘 후보자들의 말과 유인물이 글과 공약의 인플레가 아닌가 하는 생각이 든다. 저마다 삶의 질을 높이겠다고 장담하면서 상대방의 공약은 허무맹랑하다고 공격한다. 아직도 우리 사회에는 봉사의 자리를 군림하는 자리로 착각하는 이들이 많다는 느낌을 떨쳐버릴 수 없다. 김 교수님이 나이 칠십이 넘어서도 여전히 철학자로 남아 있는 것처럼 어지러운 세상이 하나둘 제자리를 찾아가는 모습을 보고 싶다. 김 교수님과 같은 후보자들이라면 굳이 억지 웃음을 연출할 필요도 없을 것이고, 모진 정치바람 속의 통과 의례도 거뜬히 견딜 것이다.

골목길에 들어서자 세찬 흙바람이 일면서 눈에 티가 들어갔다. 나는 걸음을 멈추고 사각거리는 눈을 비벼댔다. 충혈이 된 눈에 눈물이 고이면서 멀리 어느 후보자의 플래카드가 신기루처럼 팔랑거린다.

(『월간 신동아』, 1996. 5)

연(鳶)아, 날아라

골목은 서서히 어둠 속으로 잠기고 있었다. 백련산 밑에서 신혼살림을 꾸린 지도 삼 년이 되어간다. 전셋값도 싸지만 이 동네는 비교적 공기가 맑아서 나는 이곳에 눌러앉았다.

작년 봄에는 어렵사리 딸 하나를 얻었다. 아마도 백련산 산신령의 자애로운 베품이 아니었던가 싶다.

병원 복도에서 초조하게 기다리던 나에게 간호사가 다가와, "공주님이에요. 축하합니다."라고 말했을 때 솔직히 나는 산모와 아기가 모두 무사하다는 안도감과 함께 섭섭한 마음이 없던 것은 아니었다.

지금은 딸이 사랑스러워 아들 욕심은 저만치 물러났지만 남성 우위의 사회에서 딸이 힘겹게 살지도 모른다는 자식에 대한 보호 본능만은 떨쳐버리지 못했다. 호주 제도와 제사의 전통이 사라지지 않는 한 아들을 선호하기 마련이고 얼마간의 변화는 있겠지만 남성 우위의 질서는 크게 변하지 않을 것이다. 그래도 누구 못지않게 딸을 훌륭히 키우리라 나는 다짐했다.

문제는 나 자신이었다. 나는 점점 이 각박하고 살벌한 도시와 사회 제도, 그리고 형제와 가족들로부터도 소외되어 가고 있었다. 아버지가 돌아가시기 전 서둘러 결혼식을 올렸고 그 해 겨울, 결국 아버지는 세상을 뜨셨다. 아버지는 돌아가시기 전에 천주교 신자인 작은형 내외의 권유로 영세를 받았다. 그 후 큰형 내외까지 천주교를 믿기 시작하면서 천주교 의식이 제사에 행해지고 마치 가족의 종교처럼 되어버렸다.

나는 어떠한 경우에도 형제간의 우의가 금이 가서는 안 된다는 생각에 천주교 의식에 대해 이의를 제기하지 않았으며 불편한 마음을 드러내지 않으려고 애를 썼다. 제사를 비롯하여 어떤 일이 가족 행사가 되기 위해서는 가족들의 공감대와 합의를 거쳐야 당연하지 않겠는가. 더욱이 제사란 조상을 기리고 효 차원에서 행해지는 것이지 미신이나 우상 숭배는 결코 아닌 것이다(물론 가족 제사 이전에 문중 혹은 부락 제사 형식은 일종의 종교 의식이었지만).

제사의 이런 기본 정신에 대해서는 가족 모두의 공감대를 갖고 있지만 천주교는 그렇지가 않은 것이다. 왜냐하면 어머니는 불교 신자였고 나는 이를테면 자연 숭배자인 원시 종교인(?)이었기 때문이다.

"천주교로 하면 제사가 더 의미 있는 것 같은데."

큰형은 악의 없이 내게 말한 적이 있다. 종교는 개개인의 신앙일 뿐 가족 전체의 행사로까지 확대되어서는 안 된다고 말하고 싶었지만, "형님은 형 신념대로 하시고 저는 제 신념대로 삽니다."라고 말해 버렸다. 형과의 감정 충돌의 여지를 나는 없애려 했다.

"애야. 나도 천주교 믿기로 했다. 어쩌겠니. 모두 천주교를 믿으니. 그리고 너도 이번 아버지 제사 때는 제발 얼굴 좀 펴라. 이 에미를 생각해서라도 말이다."

얼마 전 어머니는 이렇게 개종을 선언하셨다.

집에 거의 다다랐을 때 어둠 속에서 전깃줄에 걸린 연(鳶) 하나가 파닥거리고 있었다. 나는 걸음을 멈추었다. 아버지 제사가 있던 날, 어머니와 나는 오래간만에 단 둘이 있게 되었다.

"네 둘째 형네는 모두 기도하는데 나 혼자 합장하거나 우두커니 밥상머리에 앉아 기다리고 있는 거 더는 못 참겠어. 내 맘이 편치 않아. 하루 이틀도 아니고 어차피 이 집에서 살다 죽을 건데 이집 기준에 내가 따라야지. 그게 더 속 편하다. 천주교도 불교만큼 좋은 종교고."

천주교도 좋은 종교라 하시면서 말꼬리를 감추신 어머니의 얼굴은 기가 꺾인 어두운 표정이었다. 평생을 그렇게 억눌려서 살아오신 어머니. 이젠 아들 집에서도 종교 때문에 갈등을 겪어야 하는 어머니의 초라한 모습에 나는 그만 눈시울을 적시고 말았다.

열 살 때 '고우 후그지즈', '야스모도 후그지즈'라는 이름으로 창씨개명을 당해야 했던 어머니. 공산당과 소련군이 무서워 안내인을 따라 목숨을 걸고 삼팔선을 넘어 고향을 등져야만 했던 어머니. 그리고 이제껏 오남매를 키우시느라 희생만 하신 어머니의 불행한 삶은 남편을 여의고 육십이 넘어서도 끝나지 않은 것인가? 사실 어머니뿐 아니라 우리 이 씨 가문도 불행했다. 다만 후세들은 그 불행을 세월과 함께 망각의 강물에 띄어 보냈을 뿐이다.

먼 옛날 우리 여주 이 씨 가문에서는 전통적으로 유교를 정신적 지주로 삼았고 제사도 토착 신앙과 불교를 가미한 유교식으로 행해졌을 것이다. 이 전통은 구한말까지 내려오다가 증조부 때부터 천도교로 바뀌어 제사도 이 교의 의식에 따랐다. 증조부는 사비를 털어 중화군 산서면 고향에 천도교 교당을 세우고 이 교당을 통해 만주 독립군들에게 군자금을 지원하기도 했었다.

그러나 이 전통도 오래 가지 못하고 다시 변형된다. 분단과 한국 전쟁으로 가족을 버리고 월남한 아버지는 화석화된 유교식 제사만 겨우 유지해오셨다. 그리고 아버지가 돌아가시면서 전통의 진공 상태에 천주교가 다시 비집고 들어온 것이다.

내 목을 휘감고 돌던 돌풍이 전깃줄에 매달린 연을 가차없이 때리자 연살이 뜯어지면서 줄도 끊어졌다. 연은 횅하고 공중을 한 바퀴 돌더니 땅바닥에 곤두박질하였다.

우리의 가문에는 사실상 전통이 더 이상 존재하지 않는다. 단지 갈가리 찢긴 각자의 생존만이 남아 있을 뿐이다. 가문이라는 것 자체가 얼마나 허구적인 말인가. 아버지 성씨를 따르는 것은 어떻고. 나는 어머니의 가계와 전통에 대해서는 얼마나 아는가. 모든 것이 껍데기다. 굴레다.

이미 한국인들은 다문화권 속에서 살고 있다. 피부색이 같고 김치, 고추장을 먹고 같은 역사와 운명에 처해 있다고 하지만 이념과 정신은 천 갈래 만 갈래다. 문화적 공감대는 갈수록 엷어지고 있다.

과연 한국 전체를 대변할 수 있는 한국적인 것이 얼마나 될까?

일본인은 통례적으로 집단주의 성향을, 미국인은 개인주의 성향을 보인다면 우리 한국인은 가족주의가 짙게 깔린 개인주의 성향을 보인다고 했다. 비교적 사실을 근접하게 표현한 말이다. 나는 아마도 개인주의 쪽에 더 가까운 듯싶다.

"내가 죽어도 제사 따위는 하지 마. 나로부터도 자유로워도 좋아. 그저 나와 살았던 삶을 좋은 추억으로 간직해 준다면 고맙고."

나는 언젠가 이 말을 아내에게 했다가 핀잔을 들은 적이 있다. 웃으면서 한 말이었지만 나의 진심을 보였다고 생각한다. 나는 딸이 어른이 되면 이렇게 말하고 싶다.

"너는 네 인생을 살아라. 최소한 네 친할머니와 같은 불행을 다시는 반복해서는 안 된다."

(『시세계』, 시세계사, 1994, 봄)

뉴질랜드로 떠난 책들

얼마 전 뉴질랜드에 사는 누이로부터 전화가 왔다. 책들을 보내달라는 거였다. 나는 이런 날이 오리라 짐작은 하고 있었지만 막상 전화를 받고 나니 서운한 마음과 누이의 심정이 느껴졌다. 젊은 시절부터 나이 오십이 되도록 책과 학문에만 몰두했던 사람이 이민을 간다고 자신의 책 가운데 육천여 권을 두고 간다는 것은 보통 결단이 아니었을 것이다. 그런데도 삼 년 전 나에게 그 책들을 주고 떠났다. 그래서 한편으론 많은 책이 거저 생겼다는 기쁨도 있었지만 누이가 학문의 길을 중도에서 그만둔 사실이 너무나 안타까웠다. 이민을 결정하기까지 많은 고민을 했을 것이다. 당뇨병에 시달리며 한국을 떠나고 싶어 하는 남편과 학문의 길 사이에서 이혼까지 생각했던 누이였다. 그런 누이는 결국 남편을 따라 뉴질랜드로 떠났다.

내 방은 서재라고 할 것까지는 아니었지만 기존에 가지고 있던 책에다 누이의 책이 더해져서 창문과 방문을 제외한 네 벽이 온통 책으로 뒤덮었다. 족히 일만 권을 넘었다. 어쩌다 사람들이 집을 찾아오면 산더미처럼 쌓여있는 책에 놀라곤 했다. 그러나 수만 권의 책을 거지고 있는 사람에 비하면 아무 것도 아니라는 것을 나는 알고 있어서 멋쩍은 웃음을 짓곤 했다. 누이의 책과 내 책들이 합방을 한 지 삼 년이 되다보니 이리저리 서로 뒤섞였다. 가끔 지치고 아무것도 하고 싶지 않은 때에는 그 방에 누웠다. 서재 창문 밖으로 정원수들이 바람에 흔들리는 모습이 보인다. 방 안에는 책꽂이에 꽂힌 낡은 책들이 여기저기 뒹굴어서 마치 정지된 시계처럼 침묵을 지킨다. 책 먼지들이 창문을 통해 들어온 나른한 햇살 속을 떠돌았다. 가끔 그 먼지들은 내 폐 속에 들어가 젊은 날 책과 관련된 추억들을 떠올리게 했다. 그런데 누이의 전화를 받고 마음이 괜히 뒤숭숭해졌다. 누이 책들을 골라내며 내가 꼭 갖고 싶은 책들은 한참이나 뒤적이다 슬쩍 뒤로 빼돌린다. 수필 관련 책들, 니체 전집, 사르트르 전집, *끄세즈*(que sais-je?/나는 무엇을 아는가?) 문고집, 카슨 매컬러스(Carson McCullers)의 『슬픈 카페의 노래 the ballad of the sad cafe』, 생텍쥐페리가 마지막으로 쓴 미완의 작품 『성채Citadelle』. 이렇게 빼놓다 보니 내 욕심에 인질이 된 책들이 수십 권에 이르렀다. 수천 권에서 이 정도는 그래도 애교라고 생각했다. 마음 같아서는 전부 보내고 싶지 않았다. 그러나 그것은 과한 욕심이라 생각했다. 이국땅에 가서 살다 보니 다시 마음이 가는 것은 아마도 젊음과 정열이 덕지덕지 묻어 있는 책들이었을 것이다. 자식들 같은 그 정든 책을 돌려받기 위해 아주 조심스럽게 내게 이야기를 꺼냈을 때 나는 누이의 심정을 사실 이해하고도 남았다. 그런 책에 대한 애정이랄까 집착은 나에게도 있었다.

고교 시절 3년 내내 도서부에서 활동하면서 내 나름대로 부족함 없는 책읽기를 했지만 작은 한은 남아 있었다. 그것은 당시 어른들의 욕심이 내게 준 상처였다. 도서부에는 책이 많았지만 학생들의 외부 대출은 막았다. 그 점을 이해할 수 없었다. 긴 시간동안 비치된 책을 분류하는 작업을 끝냈을 때 나는 큰 기쁨을 맛보았다. 그런 작업을 하면서 책을 통해 인간의 정신세계에 대해 눈을 떴다. 그러나 막상 대출은 이루어지지 않은 것이다. 담당 서무과 책임자는 아직 책이 부족하고 도서실 건물을 따로 짓는 확장 작업이 끝날 때까지 대출을 연기해야 한다고 설명했다. 그렇게 일 년이 지나고 2학년 말 도서부장이 되었을 때 우리 도서부는 몇 배로 커진 도서실 건물로 이전하며 학생들을 대상으로 대대적인 책 기증 운동을 벌여 더 많은 책을 모았다. 그러나 여전히 대출은 성사되지 않았다. 나중에 안 일이지만 도서부 예산이 책정되어 있었는데도 담당 서무과 직원들이 책 구입에 필요한 경비를 중간에서 가로채기 위해서 꾸민 일이었다. 그동안 새책 구입이 거의 이루어지지 않은 것이나 학생들에게 대출이 이루어지지 않은 것이 어른들의 욕심에서 비롯된 일임을 알았을 때 실망감이 너무나 컸다. 그 이후로 도서부장을 그만두면서 도서부 활동도 중단하게 되어 도서부 책임자와는 앙숙이 되고 말았다. 그러나 도서부에 대한 미련과 애정을 떨쳐 버릴 수가 없었다.

그 이후로는 아무리 허름한 책이라도 보관하는 습관을 갖게 되었다. 오래된 책들과 지금의 책들을 비교해 보면 여러 차이가 난다. 우선은 책의 질감이다. 활자 인쇄된 책은 입체감이 있고 강렬한 인상을 주는 것이 남성적이다. 그러나 작금의 책들은 오프셋 인쇄여서 깔끔하고 서체가 다양해서 여성적이다.

또 하나 두드러진 차이점은 책에 대한 치장이다. 과거의 책들은 책표지에 대한 디자인 개념이 거의 없어서 수수하고 투박했다. 그러나 지금은 표지 디자인만 놓고 봐도 놀랄 만큼 변했다. 비유가 적당할지 모르지만 요즘 책들은 짙은 화장을 하고 원색의 옷을 입은 거리의 여자처럼 "날 좀 봐 주세요"하는 듯하다. 게다가 애써 번역한 책을 적당히 베낀 책, 굳이 돈 들여가며 만들지 않아도 될 수많은 공해 같은 책 등 책에 대한 거품이 너무나 부풀어 있다. 최근에는 표지 디자인 값만 백만 원대에 이르렀다고 한다. 한편으로는 책 치장에 그처럼 많은 돈을 들일 필요가 있을까 따져보지만 그게 현실인 것을 수긍할 수밖에 없다. 책이 튼튼하게 만들어지고 내용이 좋으면 됐지 책을 꾸미는 데 불필요한 경비가 너무 많은 드는 것은 국가적 낭비 요소라는 생각이 든다. 그것은 우리의 독서력에 기인한다고도 볼 수 있으니 책을 만드는 사람들 탓만 할 수는 없는 실정이다.

어쨌거나 좀이 슬고 빛이 바랜 책은 나름의 품위를 갖고 있다. 문고는 문고대로 양장본은 그 나름대로 최근 세련된 책들은 그것들대로 향기를 내뿜고 있다. 그 속에 우리 인간의 온갖 형태의 삶과 칼날 같이 예리한 지성의 흔적들과 갈등, 슬픔, 기쁨 등의 정서가 담겨 있다.

이제 그런 책 일만 권을 다시 모으려면 몇 년이 흘러야 될 것 같다. 독서하던 책들을 아무 책꽂이에나 꽂아 놓고는 다시 찾을 때마다, "그 책을 어디에 뒀지?" 하면서 네 벽면에 놓인 책꽂이를 돌아다니며 이리저리 눈을 돌리고 목과 무릎이 뻐근해질 때까지 헤매던 일은 당분간 없을 듯하다. 책을 찾을 때마다 그 고생을 하는 것을 보고 어떤 사람이 충고를 하기도 했다.

"최근에 본 책들은 따로 탁자를 마련해 그곳에 두세요. 그러면 그렇게 헤맬 일이 없어질 거예요."

그 방법이 좋다는 것을 알면서도 한 번 몸에 밴 습관을 어찌할 수가 없나 보다. 그렇게 보던 책을 찾는 과정에서 나는 이 책 저 책 다시 보게 되면서 과거에 읽은 책에 대한 새로운 감응을 느끼곤 한다. 건성으로 읽었던 내용을 다시 보게 되기도 하고, 같은 내용을 놓고 과거 느낌과 나이를 먹어서 갖는 느낌을 비교해 보게 된다.

고교 시절 강렬한 인상을 주었던 『젊은 베르테르의 슬픔』을 다시 읽었을 때 그때 그 감흥이 일어나지 않았다. 나이를 먹은 탓일까? 그러나 다시 책을 읽으며 등장하는 주인공들의 감정과 행동이 새롭게 다가온다.

첫 직장을 그만두고 산을 돌아다니며 세월을 소진하다가 문득 누가 준 사상 전집 50권이 눈에 들어왔다. 그때 나는 몇 달 동안 집에 틀어박혀서 책들을 처음부터 끝까지 읽어내려 갔다. 이제 그 책들을 한 번 더 되씹으며 읽고 싶다. 그러면 그 수많은 단어가 다시 꿈틀대며 내게 다가올지 모르겠다.

책도 태어나면 우리처럼 나이를 먹나 보다. 거리의 여자처럼 화려한 옷으로 치장한 책들은 일 년, 이 년, 십 년, 이십 년이 흐르면서 초라해지고 허름해진다. 그러나 어떤 책은 그런 세월을 보내고

도 더욱 빛을 발하기도 한다. 오히려 나이를 먹을수록 더욱 생명력을 더하는 것이다. 눅진하게 손때가 묻은 어떤 책은 시골 마을의 존경받는 노인처럼 품위를 잃지 않기도 한다. 그런 책들은 표지 디자인이 화려한 책이 결코 아니다. 책 속에 담긴 내용이 품위를 가지고 있다. 세월과는 상관없이 우리에게 지혜를 주고 표피적 삶에서 벗어나도록 깨달음을 주는 양서들인 것이다. 그런 양서들이 많을수록 그 방은 훌륭한 서재가 될 것이다. 마치 한적한 어느 숲속의 빈 터, 어딘가에 있는 샘터처럼 말이다. 나뭇잎 사이로 금방이라도 쏟아져 내릴 것 같은 밤하늘 아래 그 숲속 빈터를 헤매는 어느 목마른 나그네가 샘터를 찾아가 그 앞에 무릎을 꿇고 물을 마시는 것과 같다. 피곤에 지친 온몸 구석구석에 별빛의 밤하늘과 숲의 정기가 가득 담긴 차디 찬 샘물 한 모금의 생명수이다. 그런 샘터를 비밀스럽게 혼자만이 알고 지니고 있는 것은 삶의 작은 행복이라 할 수 있다.

(『현대수필』, 현대수필사, 1997, 겨울)

빛의 재생

　　한 줄기 빛이 재래시장 천막 천장에 난 구멍을 비집고 들어와 주검들의 한 가운데 금빛 창처럼 꽂혀 있다. 몇 시간 혹은 며칠 전만 해도 부리로 쪼아 먹이를 삼키던 목은 온 데 간 데 없다. 창공을 날지 못하는 퇴화된 날개는 털이 뽑힌 채 토끼 앞발처럼 깡충하다. 제물이 될 고기를 위해 사육되던 무거운 몸을 버티던 두 다리도 잘려 나갔다. 지나치며 보면 모두 그저 고깃덩이에 불과하다. 면도를 막 끝낸 사내의 턱처럼 냉랭하고 푸르스름하기도 한, 분홍빛을 발산하는 한 덩어리의 닭은 그렇게 3천5백 원에 팔려 나간다. 내겐 그 고깃덩이가 예사의 것으로 보이지 않고 알렉산더 스크레빈(Alexander Scriabin)이 '프로메테우스(Prometheus)'를 공연하면서 각양의 색채를 발산하는 오르간 '루스(luce)'를 연상시킨다. 뉴턴은 17세기 무지개의 색을 음악의 칠음계와 연계시켰다고 한다. 빨강은 도, 주황은 레, 노랑은 미, 초록은 파, 파랑은 솔, 남색은 라, 보라는 시와 연결시킨 것이다. 하나의 고깃덩이에서 나는 원시의 색과 빛, 소리를 듣는 착각에 빠지기도 한다.

3천5백 원은 거들떠보지도 않는 미천한 한 생명이 태어나서 죽을 때까지 받아들였을 빛의 값이다. 아작아작 씹어 먹는 닭다리의 연골이나 뒷다리의 쫄깃한 고기도 빛을 먹고 형상화시킨 한 입의 맛이 된다. 쪽쪽 빨아먹는 날개 속의 두 뼛조각과 거기에 붙은 작은 살점들, 가장 맛있다는 닭의 모래주머니도 빛이 썩어 피워놓은 열매이다. 뽀얗게 뜨는 닭곰탕의 기름진 국물에 밥 한 그릇을 말아 먹으면 이마에는 어느새 빛나는 땀이 흐른다.

3천5백 원에는 말 못하는 한 생명이 빛을 갈군 값이 있다. 빛은 퍼덕이는 날갯짓으로, 그냥 날개를 달고 있는 그 상징으로, 단단한 부리로, 휘휘 젓는 긴 머리로, 농촌의 상징으로 다리가 된다. 날갯짓은 인간의 무의식을 휘저어 놓는다. 한 끼의 음식에 불과한 약간의 고깃덩어리에서부터 저 태고적 원시의 생명과 원시의 빛과 원시의 색을 이어준다. 오래된 나무 탁자가 왠지 알 수 없는 따스함과 가벼운 긴장을 주는 것처럼 60년대의 닭집을 회상하다 보면 그런 따스함과 달뜨는 감정을 일으키는 재래시장 바닥에 드리운 한 줄기 빛을 떠올리게 된다.

그 빛 속에서 사람들이 살면서 일으키는 웅얼거림, 외침, 웃음소리는 닭집, 죽음의 장면을 펼쳐놓는다. 피 묻은 도마와 도끼 같은 식칼, 닭집 안쪽에 진열되어 있는 닭들, 그 눈들, 언제 죽을지 모를 운명 속에서도 날갯짓하는 놈, 졸고 있는 놈, 옆에 있는 놈의 털을 손질해 주는 놈, 털을 날리며 싸우는 놈, 그 와중에도 사람들의 손가락은 연방 돌아다닌다. 닭장 문이 열리고 주인의 손이 구렁

이처럼 들어올라치면 닭들은 기겁을 하며 연방 닭장 천장에 머리를 박으며 그때서야 날고자 한다. 모가지가 잡힌 닭은 자신의 운명이 다한 것을 알고 두 눈을 껌뻑이며 마지막으로 시장 안에 스며든 옅은 빛들을 슬프게 바라본다. 그 순간 예리한 칼날이 목을 쓰윽 지나치면 지옥을 보고 꾸며 놓은 듯한 통속으로 들어간다. 그 지옥 속에서 닭은 자신의 잘린 목에서 분수처럼 쏟아내는 피로 자신이 살면서 받아먹은 빛들을 제 깃털과 어둠이 드리운 작은 벽에 죄다 뿌려댄다. 그 빛이 다 뿌려지고 나면 닭은 닭집 주인의 손에 다시 들려 나온다. 털들은 온통 피로 범벅이 되어 부글부글 끓었던 뜨거운 물에 의해 빛의 찌꺼기들이 씻겨나간다. 눈부신 햇살을 머금었던 털마저 뽑히고 나면 제 빛을 모두 토해낸 닭은 힘없이 머리를 떨구고 얌전히 도마 위에 눕는다.

이번에는 도끼 같은 칼이 그 빛의 덩어리들을 토막 내기 시작한다. 머리, 다리, 배를 가르고 내장을 긁어내고 날개와 가슴은 부위별로 잘린다. 신문지에 둘둘 말린 빛의 덩어리들은 마침내 시장바구니에 담겨 재래시장을 따라 마지막 순회를 한다.

3천5백 원의 그 빛은 다시 인간들의 생명에 전이되어 아침 환한 햇살로 길 밖에 쏟아져 나간다. 내뱉는 언어로, 에너지로, 사랑과 미움으로, 엉키고, 비비고, 부딪히면서 빛은 색을 발한다. 아무리 인공적인 색이 넘쳐나는 도시라 해도 그 원시의 빛은 그냥 사라지지 않고 시장바구니 틈에서 문득문득 원시의 향과 색과 소리를 담아 나를 긴장시킨다.

황혼의 하늘빛에 물든, 오래된 느티나무의 파란 잎과 늙은이의 손 껍질 같은 나무가 태고의 어둠과 변함없는 어둠을 삼키고 토할 때마다 나는 인공의 빛과 색 그 너머에 있는 원시의 색과 빛을 찾아 나서겠다는 욕망을 느낀다. 하나의 잎에 불과한 순수한 본능, 그 자체를 느끼고 싶어 하는 나의 욕구가 땅에 내린 빛의 재생을 그리워한다. 빛의 영원한 순환 속에서 모든 고통과 번민을 넘어서 빛의 원시 속으로 향하는 지상에 내려온 온갖 빛들의 팬터마임과 파노라마를 보면서 찰나의 빛 같은 미소를 짓는다.

프로메테우스는 불의 신으로 인간에게 불을 훔쳐다 준 죄로 독수리에게 내장을 파 먹히는 형벌을 받는다. 불과 빛과 색의 순환에서 벗어나지 못하는 인간의 운명 역시 프로메테우스와 크게 다를 바 없다. 남의 생명으로 자신의 생명을 연명하는 한 나의 생명 또한 다른 생명의 성찬이 되는 것이다. 그 순환을 깨달은 자만이 기꺼이 간을 내주지 않겠는가.

(『월간문학』, 한국문인협회, 2002. 3)

첫사랑과 입대

인생을 거의 한 바퀴 돌았음에도 늘 봄은 '봄'이다. 언제나 '새롭게' 맞이하는 봄이 다시 왔다. 내 인생의 봄 같은 시절 이야기 주제는 '나의 군 생활과 사색'인데, 먼저 나의 첫사랑과 고교 시절 도서부 활동을 언급해야 할 것 같다. 그 시절을 회상하려 들면 낭만적인 기분이 휩싸이다가도 마음이 싸해진다. 도서부가 40여 년 전통을 이어오고 도서부 OB 모임까지 만든 후배들이 작년 『도서부 40년사』 원고를 집필하고 나서 선배인 내게 요청해 책머리에 '헌사'를 썼다.

"우리가 공유한 서가에 놓인 청춘의 책장을 넘기면 (중략) 우리들의 꿈, 욕망, 열정, 그 생멸의 이야기들은 (중략) 울창한 숲을 이루고 뜨겁되 또한 따스함 잃지 않았으니 청춘이여! 영원하라."

'도서부'와 '첫사랑'을 떠올리면 아련한 추억들이 연쇄 반응을 일으킨다. 가령 레프 톨스토이의 『부활』에 나오는 카추샤와 네흘

류도프의 애틋하고 아픈 사랑의 장면들, 그리고 영화 『기적(the miracle)』의 캐롤 베이커(Carrol Baker)와 흡사하게 생긴 첫사랑과 함께 눈을 맞으며 거닐던 거리, 떡갈나무 잎에 적은 그녀의 하얀 손글씨도 떠오른다. 종로 3가 초동교회에서 철학 강의를 함께 들으면서 진리가 무엇이며, 진정한 사랑은 무엇이며, 삶의 가치는 무엇인지 문학과 철학에 대해 어설픈 대화도 나누고 편지도 주고받았다. 그 첫사랑이 대학 1학년 때 이별을 통보했다. 기독교 신자였던 그녀는 신학 대학에서 만난 신앙심 깊은 사람과 미국 유학을 택해 결혼했다는 소식을 나중에 이야기를 통해 들었다.

방황하던 마음을 추스르기 위해 나는 이화여대 김흥호 선생의 강의를 듣기로 결심하고 한 학기를 청강했지만 실연의 아픔은 쉽게 사라지지는 않았다. 하지만 그 강의는 내게 종교와 철학의 깊고 넓은 정신세계를 알려줘서 커다란 위로가 되었다. 김흥호 선생은 함석헌, 박영호 선생 등과 함께 유영모 선생의 제자이기도 한 철학자이자 목사였다. 이런 인연 때문에 군에 가서도 김흥호 선생이 쓰고 발행한 20쪽 분량인 『사색』이란 잡지를 받아보곤 했다. 이 철학 잡지는 군 생활을 하는 동안 마음이 힘들 때마다 정신적 버팀목이 되어주었다. 입대하기 전 받아보았던 『사색』에 김흥호 선생은 진리와 사랑의 문제를 『벽암록(碧巖錄)』 「운문답호병(雲門答糊餠)」을 예로 들면서 이렇게 적고 있었다.

"사랑을 잊은 진리, 그것은 독이지 아무것도 아니다. (중략) 진리, 진리하지만 진리란 언제나 평범한 데 있는 것이지 (중략) 영원은 찰나에 있고 추상은 구체 속에 있고 하늘은 흙속에 있다. (중략) 진리가 하늘에 있는 것도 아니고 그보다 더 높은 곳에 있는 것도 아니고 있다면 가장 비근한 데 있다. 그래서 일상시도(日常是道)라고 한다."(김흥호, 『사색』 제94호, 1978.8)

1978년 8월 13일, 근심의 눈으로 창가에 비친 낯선 자신들의 모습을 바라보는 어슷비슷한 '빡빡머리'들을 가득 실은 무심한 기차는 덜컹덜컹 달리며, 첫사랑과 꿈에 부풀었던 청춘으로부터 점점 멀어지고 있었다.

「병영칼럼」,《국방일보》, 2016. 4. 7)

병사의 탄생

논산 훈련소에 도착해 신체검사를 받고 나는 장정 생활을 열흘 넘게 했다. 취사장에 불려가 닭을 토막 내는 작업 등 이런저런 사역을 했다. 하루는 영내 교회 청소를 했다. 그런데 잠시 쉬는 시간에 교회 옆 서고에 들어가 책을 읽다가 점심도 잊은 채 잠이 들었다. 잠에서 깨어났을 때 창가의 햇살이 내 얼굴을 비추고 있었다. 먼지들의 군무를 바라보니 나도 먼지에 불과한 듯 햇살 속에 일체가 되는 몽환에 빠져들었다. 국가의 부름으로 이곳에 왔음에도 나는 '국가'와 '자아'의 경계에서 부유하고 있었다. 자유롭게 생활하던 기억을 잊고 국가에 봉사하겠다는 마음가짐과 '관념'이 아닌 '실천'의 애국도 생각했다. 지행합일을 강조하던 고 유영모 선생(교육자이자 종교인·오산학교 교장)과 고 김흥호 선생(이대 종교철학과 교수)의 철학 정신을 떠올렸다.

며칠 후 나는 28연대에 배치됐다. 연일 계속 훈련을 받던 중 예기치 못한 사고가 동시에 일어났다. 배가 이상했다. 그날은 고지 점령 훈련을 하는 날이었는데 아침 식사도 못 하고 화장실을 들락거렸다. 몸이 통제가 되지 않았다. 나의 호소가 '꾀병'으로 단정되어 훈련병과 조교 간에 설사와 설사로 인한 난망과 모멸감에 대한 감정이입만 있을 뿐 공감은 없었다.

우리 조의 각개 약진이 시작되었다. 포복할 때마다 '중남부 지역에서 천둥과 번개를 동반한 폭우의 강렬한 도발'이 이어졌다. 게다가 실수로 M1 소총 개머리판에 이를 다친 것이 며칠 전인데 세로로 금이 간 앞니가 심하게 흔들리기 시작했다. 이번엔 철조망 지대가 나타났다. 망설이다 진흙탕에 몸을 눕혔다.

난 그때 '나'를 버리기로 했다. 김흥호 선생이 질타하는 소리가 들리는 듯했다.

"부질없는 짓은 내려놔라. 마음은 비어야 마음이지!"

일말의 저항과 불쾌감마저 버리자 신의 미소인가, 반짝하던 햇빛을 보았다. 분대원들과 나는 고지를 앞에 두고 일체감에 빠져들고 있었다. 몸은 우주의 기운으로 충만했다. 솟구치는 힘으로 철조망을 통과하고 고지를 점령했다. 설사는 멎었고 깨진 이 조각은 입 안에 없었다. 몸은 깃털처럼 가볍고 정신은 맑았다.

병사들의 문제를 다루는 방식과 태도는 지휘관과 군(軍)의 철학과 무관하지 않다. 병사는 용기와 신념, 책임감과 충성심을 갖춰야 하지만 계급과 상관없이 상호 신뢰와 인격 존중이 전제되어야 부대의 응집력이 더욱 강화된다. 또한 부대의 응집력은 지휘관의 리더십에 따라 강도가 달라지며 사기와 부대 임무 수행의 질을 좌우한다.

이 사건으로 그 시절 군 문화를 일반화하는 건 비약이기도 하고 해석 또한 분분할 수 있다. 훈련 당시에는 신념보다 오기가 작동했던 것인데 실전을 가정한다면 나의 고군분투는 분대 전투력에 손상을 주지는 않았다고 생각한다. 무척 힘들었던 1978년 여름을 보내면서 나는 강한 정신력으로 무장한 병사로 거듭나 있었다. 훈련소를 떠나면서 이병 계급장을 달고 보충대를 거쳐 자대에 배치됐다. 근무할 포병 부대 정문을 향해 걸어가는 동안 불안감이 없진 않았으나 어떤 상황이든, 어떤 임무가 주어지든 앞날에 대한 두려움은 없었다.

「병영칼럼」,《국방일보》, 2016. 4. 22)

횃불

군 복무 시절 부대에서 '사색'지를 받아 보았다. 유영모 선생의 글이 연재되고 있었다. 선생의 글은 난해하나 모국어의 혼을 담은 철학적인 내용이어서 낱말에 담긴 의미들이 머릿속에서 사유의 불꽃을 일으켰다. 그런 글을 김흥호 선생은 친절하게 풀어놓았다.

"손은 언제나 다른 사람의 손을 잡아줄 준비가 되어 있어야 한다. 그런 사람이 가진 마음은 언제나 주체성이 서 있고, 어떤 일이 있어도 흔들리지 않는 깊은 마음속을 가지고 있다."

'손', '다른 사람의 손', '잡아줄 준비', '주체성', '깊은 마음속'이라는 말들은 사람과 사람의 관계와 삶과 사물을 대하는 태도를 사유하게 한다. '언제나' 혹은 '흔들리지 않는' 그런 마음이 가능한가. 그리고 무엇이 '깊은 마음속'인가. 내 안의 신적인 면인가. 그 뜻을 알든 모르든 이병의 손은 분주한데 훈련소에서 다친 이[齒]가 말썽을 일으켰다. 잇몸의 염증이 입안 전체로 번졌다. 군 병원에서 조각난 앞니를 빼내고 고름을 짜냈다. 대의를 위해 목숨을 바친 호국 영령들을 생각하면 나의 고통은 별거 아니라고 앞니의 빈자리가 말해주지만 상실감을 지울 순 없었다.

우리 부대는 미군이 쓰던 8인치 자주포로 무장한 1군단 직할 포병 대대였다. 사각과 편각 제원을 산출하는 훈련이 연일 반복됐다. 나는 본부 포대 계산병으로 각 포대의 계산병들과 교차 확인하기 때문에 제원 오류는 '제로'였다. 네 시간마다 기후 정보를 받아 제원의 수정 작업을 하고 매일 밤 모의 사격 훈련도 했다. 가을에는 첫 실제 사격 훈련을 했다. 우리가 산출한 제원으로 포탄들이 표적에 정확히 들어가면서 비로소 포병임을 실감했다.

그해 초겨울 시작된 서부 지역 철책 앞 탱크 방어벽 건설 작업에 우리 부대가 동원되었다. 수많은 횃불 아래서 철야 작업을 하는데 비장감이 흘렀다. 부대에서의 내 동선과 보고 느끼는 모든 것이 분단과 김일성 민족 반역 집단이 일으킨 6·25 전쟁 등 비극적인 현대사의 연장선에 있었다. 나와 부대의 임무를 생각하며 철책선을 바라보자, 이 땅에 태어난 운명적인 존재감이 혹독한 추위로 느껴졌다.

훗날 어느 화가가 울창한 숲을 담은 그림을 본 적이 있다. 그림 제목이 '대한민국'이었다. '조국'과 '나'의 만남은 개인 고유의 근원적인 체험이다. 그 체험은 국민으로서 법적인 권리와 의무적 관계보다 더 심연의 만남이다. 숲은 나무들이 꺾이고 부러진다고 해서 그 본성을 상실하는 건 아니다. 국권을 상실한 때에도 조국은 있었다. 조국은 산야의 형상과·흙냄새로, 푸른 하늘을 가로지르는 따스한 햇살로 내게 다가왔다. 페치카(pechka) 벽난로의 훈기 속에서 편지를 쓰고 있자니 해가 바뀌고 있었다.

"야간 보초를 서면 뼛속까지 냉기가 파고듭니다. 근무를 마치고 모포를 덮고 몸을 누이자 서서히 냉기는 따스함으로. 어머니 뱃속의 포근함이 이런 걸까요? 고단한 하루를 보낸 병사는 웅크린 아이처럼 잠듭니다."

영하 수십 도에도 영롱했던 별빛들, 찬바람이 거셀수록 더욱더 격렬하게 타오르던 횃불이 떠오른다. '깊은 마음속'을 드러내 주는 인간 내면에 있는 어떤 정신의 현시(顯示)였다.

(「병영칼럼」,《국방일보》, 2016. 5. 9)

모국어에 대한 인식과 자세

최근 눈에 띄는 기사가 두 가지 있었다. 하나는 일부 젊은 연예인들의 역사 인식이 회자하고 있는 기사와 국어 낱말의 뜻을 설명하지 못하는 젊은이가 많다는 뉴스 보도다. 언제부터인가 소홀했던 역사와 국어 교육의 어두운 단면을 보여주는 듯하다. 이는 우리 모두의 책임이라고 생각한다. 우리가 오랫동안 물질적 가치에 경도되고 서구 문화에 젖어서 생긴 것으로 보인다.

학생이든 성인이든 많은 사람이 '티읕'을 '티귿'이라든가 '키읔'을 '키역'이라 자음의 이름을 잘못 알고 있다. 아마도 '기역'과 '디귿'이라는 자음 이름 때문에 착오를 일으킨 듯하다. 잘못 알고 쓰는 말도 많다. '조촐하다'라는 낱말이 있다. 이 말은 겸양의 말을 할 때 함께 쓴다. 그래서인지 '초라하다' 혹은 '볼품없다'라는 의미로 오해해서 듣거나 사용하고 있다. 이 말뜻은 '아담하고(고상하고) 깨끗하다', '성품이나 행실이 깔끔하다', '외모가 말쑥하다'이다. 이렇게 잘못 알고 있거나 사용하는 몇 가지 경우를 들어 모국어를 사랑하지 않는다고 단정하는 것은 아니다. 모국에 대한 좀 더 깊은 관심을 갖자는 것이고 모국어를 공부하며 살자는 뜻이다.

언젠가 한 젊은 애니메이션 작가를 만난 적이 있다. 그녀는 한글 자음과 모음을 소재로 10센티미터 크기의 그림을 그려 일본에서 작은 전시회를 열었다고 했다. 일본 사람들이 한글의 독특한 모양새와 합리적이고 과학적인 원리에 많은 호기심을 보였다고 한다. 나는 그 작가와 우리말 뿌리에 관해 이야기를 나누기도 했다.

국문학자 서정범 선생의 연구에 따르면 국가 즉 '나라'의 어근은 '낟'이다. '땅'이나 '흙'을 뜻한다. '나'의 어근도 '낟'이다. 이때는 '사람'을 뜻한다. '나무' 역시 '낟'에서 파생되었다. 이 글자는 많은 변화를 겪었는데, '낟'이 '날'로 다시 '남'으로 그 다음 '나모'로 변해 오늘날 '나무'가 됐으니 산야의 초목이 예사롭게 보이지 않는다. '나라'와 '나' 그리고 '나무'가 이처럼 한 뿌리에서 파생된 말이니 우리 조상들의 관념 세계를 엿볼 수 있다.

또 하나의 예를 들어보면 우리말 고어 가운데 '삳'이라는 말이 있다. 이 말은 뼈와 함께 몸을 구성하는 '살[肉 : 육]'을 뜻한다. 그 고어에서 '사람'과 '살다'라는 말이 나왔다. 일본어 사시미(膾: 회]'를 보면 우리말 고어 '삳'이 일본으로 건너갔음을 알 수 있다. 이런 이야기를 듣고 그녀는 모국어 뿌리에 관심을 보였고 앞으로 더 공부하겠다는 의지를 보였다. 그 작가가 다음에도 같은 소재를 다룬다고 할 때 상상력의 외연이 넓고 깊어져 새로운 그림을 그릴 것이라는 기대감을 갖게 했다.

우리가 어느 분야에서 일하든 모국어의 어원과 아름다운 우리말에 관심을 갖고 틈틈이 공부하다 보면 자연스럽게 우리 민족의 역사와 정신을 되새기는 기회가 될 수 있다. 또한 굳어진 상상력이 살아나 색다른 지적 정서적 즐거움을 누릴 수도 있을 것이다. 우리말 어원 공부는 수천 년 된 고대 우리말의 건축물을 찾아나서는 여행이 될 것이다.

「병영칼럼」,《국방일보》, 2016. 5. 23)

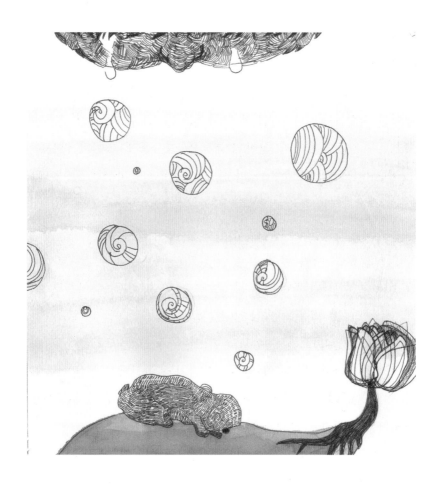

생명의 존엄성

얼마 전 '강아지 공장'에 관한 기사를 보며 생명을 취급하는 태도나 방식에 큰 충격을 받았다. 그 대상이 사람이 아니라 개라서 충격의 강도가 덜하지는 않았다. 지난 5월 27일 국가 생명 윤리 심의 위원회는 '생명 존중을 위한 선언문'을 발표했다. 이 선언문 전문은 "이기주의, 물질만능주의, 다른 사람에 대한 배려 부족, 지나친 경쟁 위주의 교육"을 적시하며 "이를 극복해 (중략) 우리의 삶과 사회를 좀 더 평화롭고 조화롭게 만들어가야 한다"고 했다. 그러면서 생명 존중을 위한 핵심적 가치 네 가지를 언급했는데 책임성, 평등성, 안전성, 관계성이 그것이다.

릴케(Rainer Maria Rilke)가 지은 팬서(Panther: 아메리카 표범)라는 시가 있다. 이 시에는 "비좁은 철창 안에서 끝없이 맴돌고", "그의 힘은 점점 무력해져 간다네"라는 구절이 있다. 릴케가 동물 학대만 말하는 것은 아닐 것이다. 생명의 존엄은 인간에게만 있는 것은 아니라는 전제가 역으로 인간 존엄성을 지지하고 구현시킬 조건이라고 생각한다.

‘강아지 공장’의 존재와 이를 통한 수요와 공급이 이루어지는 흐름, 또 한 해에 수많은 애견이 유기되고 수용의 한계를 넘어서는 개를 일정 범위에서 안락사시키는 과정이 반복되는 현상은 인간 생명뿐 아니라 생명 자체에 대한 우리 사회의 잘못된 태도와 무관하지 않다. 생명에 관한 윤리 의식은 국가와 사회, 가정의 존립과 유지 발전시키는 의무와 함께 국민 윤리의 중요한 근간이 된다. 또한 생명에 관한 윤리는 인류 보편적 가치이기도 하다.

　‘강아지 공장’ 사건의 예에서 보듯이 동물 학대에 대한 무감각은 인간이 타인에게 가하는 상처에 대한 무감각과 깊이 연관 지을 수 있는 현상이다. 릴케의 시에 나오는 ‘철창’을 ‘생명에 대한 잘못된 관행이나 인식’으로, 철창 안의 ‘표범’을 ‘사람’으로 대입해서 생각하면 공감할 수 있지 않을까 한다. 인간 사회엔 늘 문제가 생기기 마련이고 해법에 관한 노력은 지속될 수밖에 없다.

　우리 군은 1980년대부터 장병들을 위한 인성 교육의 필요성을 절감하고 이에 관한 대책을 강구해 왔다. 또한 수십 년간 우리 군은 장병들의 사회성, 인간관계 및 군대 적응력과 동료에 대한 배려심 향상, 정서적 불안 요소 해소를 위한 윤리학, 심리학, 사회학, 역사, 철학 등 인문학과 여러 학문의 유익한 이론과 교훈 및 정신을 군인 정신과 군대 윤리에 접목하기 위해 지속적으로 노력해 왔다. 이러한 군의 노력은 국가 수호라는 본연의 임무를 완수하기 위함이며, 군의 임무 수행과 국군의 세계 평화 유지 활동이 결국 생명 존중의 가치 구현에 귀일하는 셈이다. 유무형 전력을 관리 운영하며 특수한 임무를 맡고 있기에 군인은 군인 정신과 더불어 생명에 관한 윤리 의식이 더욱 필요하다. 생명 존중 의식이나 군대 윤리 규정이 군인 정신과 상충하는 것이 아니라 오히려 강화하고 국가와 국민의 생명 그리고 인류 보편적 가치에 도전하는 적과 맞서 싸울 신념을 더욱 강화하는 것이다.

(「병영칼럼」, 《국방일보》, 2016. 6. 7)

6 · 25 전쟁 문학의 가치

　　6 · 25 전쟁이 일어난 지 66주년이 되었다. 그 동안 전쟁 비극의 참상과 인간애를 주제로 한 다양한 전쟁 문학 작품들이 발표되었다. 이제 이들 작품이 갖는 가치의 재발견과 재해석을 좀 더 다각적인 관점과 방법론으로서 다시 생각해야 한다고 생각한다. 1953년 7월 발표한 신동집 시인의 '풍경'이란 시가 있다.

　　"형체 모르는 공포와 분노에 사로잡히었을 때면 골고다 언덕에 선 사람을 찾아가듯이 나는 이 풍경을 걸어가는 것이었다. (중략) 가슴에 배여 오는 풍경의 밀도는 언제인가 내 잊었던 눈물과 피의 중량이 아닌 것이랴."

　　시인이 읊은 것처럼 전쟁 세대가 절망과 희망을 피와 눈물로 고백한 것이 전쟁 문학이다. 6 · 25 전쟁 문학은 육 · 해 · 공군 종군 작가들이 주도했다. 당시 발표된 전쟁 문학들은 전쟁의 참혹상, 패배주의, 허무주의, 현실과 타협한 적나라한 인간 본성, 증오심, 인간성 파괴 등을 폭로하고, 고향 상실과 죽음에서 드러난 개인의 실존적 자각과 자유정신, 민족의식과 휴머니즘, 인간 존엄성과 행동하는 지식인 등 새로운 인간형은 물론 치유와 화해 같은 주제를 다뤘다.

육군 종군 작가단 기관지인 《전선문학》 제1집 창간사(1952. 4)에는 "(중략) 불행한 조국과 고민하는 겨레로부터 이제 생사의 관두(關頭/고비)에서 (중략) 철필을 들고 포연탄우 속에 (중략) 돌격하는 것이다. 또 한 가지 중대한 임무가 있음을 자각하노니 전선과 후방을 연결하여 (중략) 견결한 유대로서의 연결병이 되어야 (중략)"라고 밝혔다.

이 창간사가 보여주듯 종군 작가들은 승리를 위한 각종 선무 활동과 총력전을 위한 국민들의 전의와 애국심 고취, 반공 이념 등을 주제로 소설, 시, 수기, 연극, 강연회, 포스터, 전단, 표어 등 문학과 비문학 활동을 활발하게 전개하였다.

이제 우리 전쟁 문학과 북한 등 그 외 6 · 25 전쟁 관련 글을 비교 연구하기 위해서 이들에 대한 데이터베이스 작업이 필요하다. 이를 바탕으로 체계적인 연구와 작품에 대한 새로운 분석과 재조명을 해야 한다. 아직도 놓치고 있는 전쟁 전후 상황의 모든 다양한 현상, 그 안에 있는 내적 요소들과 가치를 가능한 한 모두 드러내는 작업이 선행되어야 한다. 6 · 25 전쟁에 대한 북한 전쟁 문학은 우상화 체제와 민족 역사를 유물 사관에 입각해 계급 투쟁사로 날조, 훼손, 왜곡시킨 시발점이었다. 따라서 전쟁 문학의 비교 연구는 훼손된 민족사와 인류 지성사를 바로 잡는 작업의 한 부분이 될 것이다.

　이러한 총체적 연구 결과로 우리 군은 사상 분야에서 많은 교훈을 얻을 수 있을 것이다. 1956년 9월 공군의 엄요섭 군목은 「군인과 종교」(《코메트》, 제9호)란 글에서 "군인이 높은 이상을 가질 때 민족의 이상이 실현된다. 군인이 건절할 때 민족의 장래가 건전하다. 이 이상과 건전이 어데서 오겠는가. 배부른 밥에서, 취하는 술에서, 돈에서 오겠는가. 아니면 계급장에서 오겠는가. 이것에 대한 대답은 독자 자신이 생각할 일이다"라고 하였다.

　전쟁 문학에 담긴 정신은 불행한 민족의 비극을 극복하고 통일과 그 이후 민족 통합의 길이라는 먼 길을 가야 하는, 이 땅에 사는 우리를 향해 과거가 현재에게 던지는 간절한 시선이다.

　　　　　　　　　　　　　　　（「병영칼럼」, 《국방일보》, 2016. 6.21)

펜의 전투

종군 작가는 전쟁 기간 동안 군과 함께 전쟁에 참여하여 직접 목격한 전쟁 상황을 소설, 시, 수필, 수기 등으로 기록을 남기는 사람이다. 기록 내용은 전황 보고와 군과 국민들의 사기 진작, 선무 활동, 승전 등 결과에 대한 주제이거나 반전, 전쟁 참상, 인간성 사수 등 폭넓은 내용을 다룬다. 종군 작가들은 현대전처럼 국민 총력전을 위해 단결해야 하는 군과 국민 사이를 이어주는 매개 역할을 했다. 6·25 전쟁 기간 육·해·공군은 종군 작가단을 각각 운영하였다.

문총구국대

6월 25일 북한군이 기습 남침하여 서울 중심부에 도착한 날이 동월 28일 낮 12경이다. 이미 당일 새벽에 한강 인도교를 폭파되었다. 서울을 빠져나온 구상, 임긍재, 조영암, 김송, 박연희 등 도강파로 불리는 문인들은 '종군 문인'이라는 완장을 차고 국방부 정훈국 업무를 지원했다. 이들은 대전으로 내려가 김광섭, 이헌구,

서정주, 서정채, 조지훈, 박목월, 이한직, 박노석, 박화목 등과 함께 문총구국대를 결성한 것이다. 이들은 국민들로 하여금 구국 전선에 참여할 것을 독려하고 궐기를 호소하는 벽보나 대적 전단을 만드는 일을 했다.

종군 작가단

처음으로 종군 작가단을 결성한 군은 공군이다. 공군 정훈감실 외곽 단체의 하나로 1951년 3월 9일 공군 종군 문인단이 결성되었다. 단장 마해송, 부단장은 김동리, 사무국장은 최인욱, 기획반에 마해송, 조지훈, 종군 보도단에는 구상, 이한직, 전사 편찬반에는 김기진, 최재서, 기록반에는 최인욱, 최정희 등이었다. 회원으로는 유주현, 이상로, 곽하신, 방기환, 박두진, 박목월, 박훈산, 전숙희, 김윤성, 황순원 등이 있었다.

육군 종군 작가단은 그 직후 결성되었다. 단장 최상덕, 부단장 김송, 상임 위원은 최태응, 박영준, 이덕진 등이 맡았고, 위원에 공군 문인단을 떠난 구상과 그 외 김팔봉, 정비석, 박영준, 장덕조 등이 위원으로 활동했다.

해군의 경우에는 해군 보도과장인 박태진 소령의 노력으로 종군 작가단이 구성된다. 이미 염상섭, 윤백남, 이무영 작가 등이 현역 장교로 복무하고 있었고 안수길, 이시구, 박연희, 이봉래, 김규동 등 젊은 작가들과 이순보, 허윤석, 박용구, 박화목 등이 합류하여 해군 종군 작가로 활약하였다.

육군에서는 《전선문학》이라는 작가단 기관지를 발행했다. 1952년 4월 10일 창간호가 발행된 뒤, 1953년 12월 7호를 끝으로 발간이 중단되어 일곱 권을 남겼다. 공군 문인단 기관지는 《창공》인데 단 2호만 발행하고 중단되고 말았다. 그러나 공군 종군 작가들은 공군 본부 정훈감에서 발행한 《공군순보》에 집필, 편집 업무에 대거 참여하여 활약했다. 《공군순보》는 1953년 《코메트》로 이름을 바꾼 뒤 1960년대 중반까지 발행하였다. 이 잡지에는 공군 종군 작가단의 주옥같은 시와 소설, 수필이 수록되어 있다.

해군에서는 1951년 8월 1일 《해군》지를 창간했고, 해병대 정훈감실에서는 1953년 8월 15일 《청룡》이란 기관지를 발행한 바 있다.

종군 작가단은 기관지에 수록된 시, 소설, 수필 등은 물론 종군 문학 방송과 연극을 만들어 발표했으며 지방 순회강연과 문학의 밤 개최, 국군 위문, 시화전, 군가 작사, 작곡 등을 했다. 또한 1952년 초에는 공군 종군 문인단과 육군 종군 작가단이 합동으로 전의를 높이기 위한 문인극을 공연하기도 했다. 작품은 김영수가 쓰고 연출한 '고향사람들'이었다. 이 작품은 대구에서 2회 공연했는데 많은 인기를 얻어 부산에서도 공연했다. 문인극에 참가한 문인들은 전쟁 시와 소설 등을 낭독해 전쟁으로 지친 장병을 위로하였다.

또한 민족정신 회복 문제와 민주 공화정, 자유 민주주의 체제에 대한 옹호, 민족정신과 민족문화를 말살하는 공산주의의 위험성 등 인류 보편적 가치인 휴머니즘과 근현대사에 위축된 민족정기를 되살리기 위한 노력을 치열하게 전개했다.

이 땅에 비극적인 전쟁이 일어나면서 전쟁 문학이 꽃을 피웠다. 전쟁 문학은 결국 당사자인 우리 민족의 생존과 민족적 가치 수호, 보편적으로는 인류애를 담고 있다. 우리의 전쟁 문학에 대해 부분적인 연구는 간헐적으로 이루어졌지만 아직 충분한 연구가 이루어지지 않았다. 앞으로 군의 고급문화로서 또 역사적 교훈을 정리한다는 의미에서 첫 번째로 전쟁 문학 텍스트의 DB작업이 선행되어야 할 것이고, 두 번째는 전쟁 문학에 대한 전체적인 연구가 학문적으로 이루어져야 할 것이다.

(「전쟁과 문학」편, 『군(軍), 인문학에 빠지다』, 국방정신전력원, 2017)

노자 · 노자익 강해: 무지 · 무위 · 무욕

    동서양 철학을 섭렵한 김흥호 선생의 사상
전집 가운데 『노자 · 노자익 강해』가 지난 2013년 노자老子 5천
자, 총 81장 가운데 36장까지 4권, 2016년 37장부터 마지막 81장
까지 4권이 발간되었다.

    현재鉉齋 김흥호 선생은 이화여대 교수직에서 정년 퇴임했지만
강의를 놓은 때가 거의 없었다. 그러나 2012년 93세로 돌아가시면
서 선생의 강의 모습을 더는 볼 수 없게 되었다.

    이에 제자들이 힘을 모아 그동안 연경반에서 강의한 주역周易,
원각경圓覺經, 법화경法華經, 화엄경華嚴經 등을 출간했고, 그 외
강의 내용도 제자들이 녹음해 놓은 것을 바탕으로 원래 강의 모습
을 되살려 차례차례 발간하고 있다. 이 자리에서 소개할 『노자 · 노
자익 강해: 무지 · 무위 · 무욕』도 그 일환이다.

    노자가 주나라에서 서역으로 가던 중 함곡관에서 당시 관령인
윤희尹喜의 요청으로 81장으로 구성된 5천 자는 노자가 썼다는 글
의 전부라고 한다. '노자'는 중국에서는 '스승 중의 스승'으로 일컬

어지는 호칭이기도 하다. 기원전 6세기경의 인물이라 베일에 싸인 부분이 많다. 공자孔子와 만났다는 이야기나 서역으로 넘어가 백 년, 이백 년을 장수했다는 것도 사실 확인되지 않은 신화적 이야 기이다. 사마천의 『사기』에 의하면 5천 자를 남기고 홀연히 사라진 노자의 성은 이李, 이름은 이耳, 춘추 전국시절 초나라 태생이다.

김흥호 선생의 노자 강해는 책 노자 5천 자와 이를 주해한 권재 虜齋의 해석, 그리고 김흥호 선생의 해석 등 세 부분으로 구성되 어 있다.

중국 남송시대 사람인 권재 임희일(林希逸, 1193~1271)은 유·불·도 사상을 섭렵하여 노자의 5천 자를 강의한 『노자권재구 의老子虜齋口義』를 남겼다. '구의'는 '강의'라는 뜻인데, 『노자권재 구의』가 국내에서 일반인에게 소개되는 것은 아마도 처음이 아닐 까 하는 생각이 든다.

노자 사상과 그 주석들에 대한 해석서는 이미 국내에도 많이 나와 있고 대학 철학과에서도 많이 강의하고 있다. 그렇다면 김흥 호 선생의 노자 강해는 어떤 특징을 가지고 있을까? 그 특징들이 김흥호 선생의 철학 세계와 직결되기에 간략하게나마 함께 언급 해야겠다.

이 책은 노자의 사상을 '무극·태극·음양'으로 보고, 이를 노 자 5천 자, 81장 내용을 꿰뚫는 핵심 개념으로 파악하고 있다. 노 자의 원문을 김흥호 선생은 그만의 방식인 누구나 알기 쉬운 비유 적 표현으로 설명하고, 그다음에 권재의 해석, 그 외에 여길보, 정 구, 이식재, 소자유, 박세당 등 역대 인물들의 주석으로 해석하고 있다.

이를 통해 두드러지는 것은 김흥호 선생의 철학 사상이 유독 돋보인다는 점이다. 선생은 정인보 선생으로부터 양명학을, 유영모 선생으로부터 일좌일식(一坐一食)을 통하여 '하나'로 돌아간다는 철학을, 지식이 아닌 지행합일, 체득으로 배움을 이어온 철학자이면서 유교·불교·기독교와 동서양 철학을 섭렵했다. 이러한 학문적 배경이 노자 강해의 결정적 특징으로 드러나고 있다. 다시 말하면 노자의 자구 해석에서 지엽적인 것에 얽매이지 않고, 기독교 사상과 동서양 철학을 꿰뚫어(일이관지一以貫之) 해석한다. 따라서 읽는 이로 하여금 마음의 풍요로움을 느끼는 독서 체험을 경험하게 한다.

선생은 불교와 노자 사상, 기독교 사상 등이 본질적으로 핵심이 같거나 비슷하다는 점을 책 전편에서 많은 비유를 들어 강조하고 있다. 노자의 무無는 서양에서 말하는 '절대자', 불교에서 말하는 '진공眞空', 그 무를 직관으로 체득한 이를 성인 혹은 철인으로 보고 있다. 유영모 선생은 이것을 '없이 존재하는 분'으로 표현한 바 있다.

노자의 무無 사상은 참으로 어렵다. 말로 표현하기가 결코 쉬운 것이 아니다. 해서 노자의 5천 자에서도 그렇고, 다른 이들의 주석에도 상징과 비유적 표현이 많다. 김흥호 선생도 비유적 표현을 많이 들고 있는데, 그 대표적인 것이 '에베레스트 산'이다. '무'는 히말라야 에베레스트 정상에 있는 '얼음'으로, 에베레스트 산은 절대자를 만난 석가, 예수, 소크라테스 등 성인과 철인으로, 꼭대기에서 흘러내려오는 '물'은 만인, 만물을 먹여 살리는 '말씀'(성경, 팔만대장경 등)으로 비유하고 있다. 결국 노자 사상은 '형이하학'이 아니라 '형이상학'에 대한 사상이라 해석할 수 있다. 노자는 이것을 '도道'라고 했지만 결코 설명할 수 없거나 이름 붙일 수 있는 것(도가도비상도道可道非常道)으로 보지 않았다.

김흥호 선생은 '무'라는 절대를 만나기 위해서는 노자의 자구적 해석 등 지식 습득에 머무르기보다는 일좌일식 등 실천적 체득을 강조했다. 노자는 육체(욕망)의 삶에서 정신의 삶으로 거듭나기 위해서는 절대(무無)를 만나야 하고, '나'를 알자는 것이 5천 자를 남긴 목적이라는 것이다. 이 부분에서 노자의 '진신眞身' 개념은 불교에서의 '법신法身', 기독교에서의 '도신道神', 유교에서의 '성신誠身'과 비유된다.

선생은 노자의 글 81장 전체 내용을 도, 철인, 이상 세계(우주관, 세계관, 인생관) 등 세 개의 핵심 내용이 반복 설명된다고 주장하며 이런 관점을 바탕으로 원문을 분석, 풀이해 분별지에서 통일지로 나아가는 노자 사상을 소개하고 있다. 이런 특징 때문에 노자 원본 자구字句의 직역을 원하는 사람에게는 난감한 느낌이 들수 있다. 따라서 선생의 글을 이해하려면 원본에 대해 어느 정도 지식을 갖춘 사람이어야 할지도 모른다는 생각이 든다.

가령, 제5장에 나오는 "천지불인天地不仁 이만물위추구以萬物爲芻拘"라는 구절이 있다. 이것을 직역하면 "천지는 어질지 못해서 만물(백성)을 꼴과 개처럼 여긴다"이다. 그렇다면 이 글은 도대체 무엇을 뜻하는 말일까? 직역하면 노자 사상과는 전혀 다른 엉

뚱한 뜻이 되기 때문이다. 왜 노자는 이런 말을 했는지 의문이 드는 대목이다. 인仁이란 세상이 어질지 못하니 억지로라도 실천해야 되는 유위有爲에 해당한다. 김흥호 선생은 이 구절에서 '천지'는 '자연'으로, '불인'은 인위적인 사랑이 아닌 무위적 행위, 즉 저절로 하는 사랑으로 풀이한다. 그러므로 추구芻拘는 "꼴과 개" 혹은 "꼴로 만든 개"가 아니라 맹자가 언급한 "추환芻豢"이 된다. 즉 제일 맛있는 음식이라는 뜻이 된다. 맹자는 "마음이 제일 좋아하는 것은 진리와 정의라, 눈이 제일 좋아하는 것은 아름다운 경치고, 귀가 제일 좋아하는 것은 음악이고, 입이 제일 좋아하는 것은 추환이라" 하였다. 하지만 김흥호 선생은 위 구절의 '추구'를 맹자가 언급한 '추환'으로 보고, "가장 행복한 존재"로 해석한 것이다. 따라서 위 구절의 의미는 "천지는 인위적인 사랑을 하지 않고, 저절로 하는 사랑이라 만물을 행복한 존재로 만든다"라는 것으로 선생은 풀이하고 있는 것이다. 이 5장에 대한 권재의 주석을 보면 선생의 해석이 더 타당하다는 것을 알 수 있다.

이렇듯 자구의 좁은 해석에 연연하지 않는다면 이 책은 누구나 쉽게 접근할 수 있다. 수많은 비유들이 노자의 핵심 사상을 이해시키고도 남기 때문이다. 다시 언급하지만 노자의 '무', '자연', '무위'는 머리로는 이해가 되더라도 이를 체득을 하기 위해서는 '일좌일식'이라는 실천적 덕목이 필요하다. 따라서 김흥호 선생은 이 점을 누누이 강조하는 것이다.

"이금지유고以今之猶古, 즉지고지유금則知古之猶今, 금今이 오히려 고古가 되면 고古가 또 금今이 되는 거고, 그래서 원리에는 시작도 끝도 없다. 우리가 지금 노자를 읽는 것도 옛날의 이치를 배우자는 거죠. 이치를 배워가지고 무엇을 하자는 건가? 현실적인 나의 문제를 해결하자는 거지요. 이것을 소위 도기道記라고 그런다. 도의 핵심이라고 그런다. (…) 도기자道記者, 도기라는 원리는 무거래야無去來也 고금지위야古今之謂也. 원리는 옛날이나 지금이나 과거나 현재나 언제나 진리지, 과거에는 진리인데, 지금은 진리가 아니다, 그럴 수는 없다. (…) 노자, 이런 고전은 무슨 특별히 해석하는 방법이 있는 게 아니에요. 글자 그대로 뜻이 있는 게 아니죠. 이걸 전체로 직관해서 핵심을 붙잡아 거기에 맞춰서 해석하는 거죠."

2천 5백여 년 전에 남긴 노자의 글은 종교적, 철학적, 도덕적 내용이 주를 이루고 있다. 춘추 전국 시대는 전쟁의 참화가 비일비재했다. 무례함이 판을 치니 예를 강조하게 되고, 무법이 판을 치니 법을 강조하게 된다. 그래서 인仁이니 예禮라는 것이 나왔다. 하지만 이러한 유위有爲보다 무위無爲가 사람을 더 사람답게 하고, 세상을 더 세상답게 만들고 있음을 노자는 놓치지 않았다. 이러한 무위 사상을 요임금, 순임금의 경우로 비유하고 있다. 세상이 풍요롭지만 백성들은 왕이 잘해서 그렇다고 보지 않는다. 백성들 자신이 열심히 일해서 잘 살게 되었다고 여겼다는 것이다. 따라서 백성들의 입에서 이런 말이 나오게 할 정도로 무위의 정치를 펼치는 왕이 진정한 왕이므로 김흥호 선생의 해석대로 절대자(무無)인

철인 정치가 필요하다고 주장한다. 이러한 철인에 대한 언급도 결국 절대자의 무위無爲를 설명하기 위한 예이다.

노자의 원문에 나오는 수레바퀴 30개의 살이 도는 것도 축이 들어가는 바퀴의 빈 공간이 없으면 불가능하다는 예를 바다에 사는 물고기에 비유한 것은 모두 무와 무위에 대한 설명으로 종교적이면서도 철학적인 심오한 사상을 빗댄 것이다.

그런데 여기서 말하는 '빈 공간'은 무엇인가. 그것이 무無다. 아무것도 없이 비어 있어서 무無라는 게 아니다. 앞서 언급했듯이 선생은 이 무無를 '절대자'로 보았다. 선생은 노자의 글이 이 절대자, 절대자를 만난 철인, 철인에 의한 이상 세계를 전편에서 다루는 핵심이라고 본 곳이다. 노자의 도덕경 제37장에 나오는 글을 보자.

"도상무위道常無爲 이무불위而無不爲"
"절대자를 만나면 무위, 언제나 철인이 되는 거다. 철인이 되면 거기가 이상 세계다."

오늘날 우리 시대에 절박하게 와 닿는 구절이 다음에 나온다.

"후왕약능수候王若能守 만물장자화萬物將自化"
"이 세상 왕들도 이 말을 이해하면 모든 왕이 철인이 될 수 있다. 모든 만물이 저절로 철인의 덕에 감화되어 스스로 다스리고, 그래서 자유가 생기고, 이상 국가가 될 수 있다. 온 세상이 이상 세계가 된다."

이 37장에 등장하는 권재구의나 육희성陸希聲(중국 당나라 소정 시절 사람), 여길보呂吉甫(1032-1111)의 주를 보면 왕에 국한하지 않는다. 왕이 아버지 같은 마음, 어머니와 같은 마음이 되어야 "모든 만물이 잘 자란다."라고 하였다. 오늘날 식으로 표현하면 대통령에서부터 사회 각 분야의 지도자, 각 가정의 부모가 제 자리를 지켜야 이 세상이 바르게 된다고 볼 수 있다. '나'가 무엇이 되었든, 어느 지위에 있든지 '나'가 먼저 철이 들어야 한다는 것이다. 이를 절대자와 만났다고 표현하든, 철인이 되었다고 표현하든 같은 뜻이라고 선생은 해석한다. 여길보의 주 마지막에는 "동지천하同之天下 이선지후왕而先之候王 의야義也"라는 말로 장을 맺는다.

"천하 사람들하고 같이 살겠다고 하기 전에 먼저 왕이 철이 들어야 한다. 그것을 의義라 한다."

정치처럼 시끄러운 것도 없는데 도대체 정치는 왜 하나. 우리는 매일 같이 일하러 나간다고 하는데 일은 왜 하나. 선생의 표현 방식으로 풀이하면 "사람이 사람답게 되기 위해서"이고, "하루하루의 삶이 깨끗하게(깨달아 끝을 맺는)" 되기 위해서인 것이다. 수천 년 전 노자가 5천 자를 남긴 것도 바로 이 때문이 아니겠는가.

일일이 다 소개하기 어려운 보석 같은 이 고전의 마지막 장인 제81장에서는 "신언불미信言不美, 선자불변善者不辯, 지자부박知者不博"으로 압축된다. 선생은 이 문장을 "참된 말은 듣기에 아름다운 것이 아니고, 깨달은 자는 변명하지 않으며, 진리를 깨달은 사람은 많이 아는 사람이 아니다"라고 하였다.

선생은 말한다.

"노자가 하고 싶은 소리는 생명을 얻어야 되고, 도에 통해야 되고, 진리를 깨달아야 되고, 이것이 노자의 전 내용이 아니겠어요? 어떻게 하면 진리를 깨닫나? 어떻게 하면 도에 통하나? 어떻게 하면 생명을 얻나? 내가 늘 말하던 빛과 힘과 숨이라는 거죠."

'생명, 도, 진리' 혹은 '빛과 힘과 숨'을 선생은 '통일, 독립, 자유'라고 쉽게 풀이하기도 하고 "눈을 뜨고 일어서서 날아가는 것"이라고도 하였다. 이러한 말들은 노자 사상에 대한 선생의 현재적 해석의 핵심이기도 하다. 노자의 '무無'를 우리가 어떻게 받아들이느냐에 따라 노자 5천 자의 해석이 크게 달라질 수밖에 없다. 선생은 노자의 철학에서 과학, 철학, 예술, 종교를 하나의 관점으로 꿰뚫는 해석으로 나아가 그 하나의 관점이란 참 존재 즉 절대자와의 만남이고 이것이 노자 해석의 원점이면서 귀결점이라고 본 것이다. 이는 책 머리말에 쓰인 선생의 글을 보면 좀 더 명확해진다.

"노자 6장에서는 하나님을 곡신谷神이라고 한다. 없이 계신 하나님이란 말이다. 노자는 이것을 무극이라고 한다. 없고 없는 하나님, 절대 '무'다. 마치 어머니가 주고주고 주다가 자기는 숨어버리는 것과 같다. 무위자연이다. 그것을 하이데거는 에르아이그니스(Ereignis)라 한다. '절대무'다. 인간은 '절대무'에서 걸려오는 말을 듣게 된다. 이것이 본질 직관이다. 이때 인간의 영성이 깨어난다. 하이데거는 노자를 영성이 깨어난 사람으로 보았다. 하이데거는 노자를 가장 사랑했다고 한다. 노자는 우주를 허이불굴虛而不屈 동이유출動而愈出이라 한다. 텅 비어 있지만 계속 솟아 나오는 것이 무위자연이다. 노자는 그것을 사랑이라고 한다."

마지막으로 권재의 주석을 설명한 김흥호 선생의 글을 소개하면서 서평을 마치고자 한다.

"독자불오기의讀者不悟基義란 독자는 그런 말에 끌려 다니지 말고 노자가 뭘 말하려고 하는지 노자의 근본 뜻을 깨닫지 않으면 안 된다. 노자의 근본이 무엇인지, 그걸 깨달아야 한다. 이불견타문자기처而不見他文字奇處, 만일 글자에 끌려다니게 되면 우다견강지설又多牽强之說, 억지로 갖다 붙이는 억지투성이가 되고 만다. 억지로 해석하고 억지로 끌어다대고 그렇게 되고 만다. 요는 득이망어지得而亡語之이죠. 근본 뜻을 얻었으면 말은 잊어먹어도 좋다. (…) 말에 너무 집착하지 마라. 근본 뜻을 깨달았으면 그만 아닌가."

(사색출판사, 2016)

처절한 정원

아무리 보잘 것 없어 보이는 가족이나, 사람들로부터 외면 받는, 또한 비천하다고 여기는 인생이라도 거기에는 누구나 마음이 숙연해질 희로애락의 삶의 고투와 고단함, 절망과 희망이 나이테처럼 새겨져 있다. 이번에 소개할 작품은 전쟁 세대가 겪었던 가족사의 비밀을 전후 세대가 차츰 알아가면서 그 비밀에 담긴 삶의 아픔과 감동을 함께 한다는 소설이다.

미셸 깽(Michel Qiunt)이라는 프랑스 작가의 작은 소설, 『처절한 정원Effroybles Jardins』(이인숙 옮김, 문학세계사, 2002)은 2000년도에 발표된 작품이다. 작가가 다작을 하는 스타일이어서 기존 발표된 작품들이 주목을 받지 못했으나 이 작품이 많은 사람의 관심을 받아 프랑스에서 십 년 넘게 베스트셀러 반열에 오르면서 세계인의 주목을 받게 되었다.

어른을 위한 동화책 읽는 기분이 들기도 하는 이 소설은 읽고 나면 가슴에 밀려드는 잔잔한 감동과 아픔이 마음속에 전해진다. 전쟁을 소재로 한 글들이 갖는 진지하고 심각하며 무거운 장면이 많이 나올 거라는 고정 관념을 깨버린다. 그러면서도 전쟁의 비극 속에 휘말린 삶의 고통이 오히려 더 강렬하게 마음을 파고든다. 제목 '처절한 정원'은 기욤 아뽈리네르(Guillaume, Apolinaire; 1880-1918)의 시 구절에서 차용한 것이다.

"우리의 처절한 정원에서 석류는 얼마나 애처로운가."(Et que grenade est to uchante, Dans nos effroyables jardins)

작가가 왜 이 시를 서문으로 인용하고 또 작품의 제목으로 정했는가는 시에 나오는 '석류'가 이중적 의미를 담고 있기 때문이다. 'grenade'는 '석류'라는 뜻도 있지만, '수류탄'의 의미도 있다. 언뜻 한 단어에서 전혀 다른 두 의미를 이 작품과 연결시켜 생각하는 것은 낯설 수 있다. 그런데 '석류'와 관련된 그리스 신화를 알면 이해할 수 있다.

신화에서 페르세포네(Persephone)는 지하의 신 하데스(Hades)에 의해 납치된다. 올림포스에서 살던 그의 모친이자, 곡물과 수확의 여신인 데메테르(Demeter)는 분노와 슬픔 속에서 딸을 찾아 나선다. 하데스가 납치한 것을 안 데메테르는 딸의 운명을 위해 하데스와 합의하여 페르세포네가 석류(저승의 열매) 4알을 먹고 일 년 중 네 달은 하데스에게서, 나머지 여덟 달은 올림포스에서 지내도록 한다. 페르세포네가 지하 세계에서 지내는 네 달은 곡식과 열매가 맺지 않는 '불모의 시기'가 된다. 이렇듯 신화에 나오는 '석류'는 사랑과 비극이 함께 서려 있는 과일인 것이다.

'수류탄'이란 뜻을 가진 'grenade'는 이 작품에서 '전쟁'과 전쟁과 관련된 '비극'을 암시한다는 것을 알 수 있다. 소설에서는 실존 인물인 모리스 파퐁(Maurice Papon)이 언급된다. 1942년부터 1944년까지 독일 점령 기간 프랑스 비시정부의 보르도 지역 치안 부책임자였던 그는 나치 부역자임이 드러나면서 재판을 받게 된다. 당시 그는 유대인 1590명을 체포하여 아우슈비츠 수용소로 보낸 죄가 있었다. 그는 재판에서 피에로(어릿광대) 복장을 한 사람으로 나타나지만 재판소 입구에서 참관을 거부당해 다음날부터 평상복으로 갈아입고 재판을 참관하며 판결을 지켜본다. 그리고 판결이 나자 혼자 중얼거린다.

"이 세상에 진실이 존재하지 않는다면 어떻게 희망을 가질 수 있겠는가."

장면이 바뀌어 주인공 '어린 나'가 바라본 한 가족의 이야기가 나온다. 이야기의 등장인물은 어린 나의 아버지이자 초등학교 교사인 앙드레. 바로 주인공 '나'가 창피스럽게 여기고 진절머리를 칠 정도로 싫어하는 피에로 분장을 한 채 여기 저기 행사에 돌아다니는 자신의 아버지이다. 아버지의 사촌동생인 숙부이자, 전기공인 가스통과 숙모인 니꼴은 또 어떤가. 가난에 찌들어 사는 구차한 모습으로 주인공인 어린 나에게 비춰진다. 집에 와서 밥 먹는 모습조차 그냥 싫어한다. 그들은 어린 주인공에게 애정을 보내지만 '나'는 어떤 호의와 초대도 받아들이지 않는다. 어느 날 주인공의 가족들은 영화를 보러 간다. 가족 동반 영화 보기에서 어린 '나'는 알지 못했던 가족사의 비밀의 문에 들어서게 된다. 영화가 끝난 뒤 그들은 맥줏집으로 향한다. 어린 주인공은 아버지와 숙부 내외가 눈물을 흘리며 감격해 하는 모습을 전혀 이해할 수 없다. 그들은 침통한 표정을 지으며 분위기를 침잠하게 한다. 그 자리에서 숙부인 가스똥은 어린 주인공에게 옛이야기를 들려준다.

주인공의 아버지와 사촌은 1942년부터 1943년 초에 레지스탕스 세포 조직원으로 활동했다. 어느 날 임무 하나가 내려온다. 마을에 있는 기차역 안에 있는 변압기를 폭파시키라는 것. 그들은 축구 시합을 한 뒤 소풍을 가듯이 간단하게 임무를 마친다. 그런데 축구 시합에서 패한 상대팀 팬들이 앙심을 품고 다른 테러 혐의자로 이들을 고발(물론 변압기 폭파범인 줄은 전혀 모른다)한다. 독일군에게 잡힌 그들은 동네 인근 들판에 있는 깊은 구덩이에 갇힌다. 잠시 후 아무 죄도 없는 두 명이 더 끌려온다. 이들도 같은 팀의 축구 선수들이다. 구덩이 속에서 주인공 아버지는 '석류'와 '처절한 정원'이란 시에 대해 이야기한다. 그러나 삼촌은 산 채로 매장당하는 것이 아닌가 하는 공포에 휩싸여 시를 전혀 이해하지 못한다. 구덩이는 독일군 보초 한 명이 감시하고 있었다. 그런데 그 독일군은 주머니에서 샌드위치를 힘들게 꺼내는 우스꽝스러운 동작을 보여주고 신문지로 포장한 샌드위치 여섯 개로 저글링 묘기를 한다. 구덩이에 갇힌 사람들은 자신들의 처지도 잊은 채 폭소를 터뜨리게 하고 애를 태우게 만든다. 저글링 묘기를 부리던 독일군이 실수를 가장해 떨어뜨린 샌드위치는 구덩이에 갇힌 사람들의 몫이 된다.

구덩이 속에서의 마음고생은 이만저만이 아니었다. 비가 오는 날에는 온 몸이 젖어 추위에 떨며 굶주렸고, 발이 부르터 살갗이 벗겨져 생긴 물집 때문에 고통받는다. 또한 독일군이 몰려와 구덩이 주변을 에워싸고 허공에 기관총을 쏴대며 위협하는가 하면, 변압기 폭파범이 잡힐 때까지 한 명씩 처형한다는 협박도 한다. 그러나 약간 어수룩한 독일군 보초병은 그들을 위로한다.

"죽고 사는 일을 타인의 손에 맡기거나 다른 사람의 목숨을 빼앗는 대가로 자신이 살아난다면 인간으로서 존엄성을 포기하는 것이고 악이 선을 이기는 것에 동의하는 것이라고 동의하네. 악의 편에 있는 독일 군복을 입고 있는 나 자신이 부끄러울 따름이야."

친절을 베풀던 독일군은 자신의 이름이 베르나르라고 소개한다. 그는 총을 거꾸로 들고 색소폰 연주 흉내도 내고 구운 감자도 갖다 준다. 어느 날, 독일군이 몰려와 폭파범이 잡혀서 총살당했다는 소식을 전한다. 하지만 구덩이에 갇혀 있던 이들은 트럭에 실려 독일 수용소로 끌려갔다가 극적으로 탈출한다. 자신들이 범인인데 어떻게 따로 범인이 존재하는가에 의문을 갖게 되어 진실을 알고자 한다. 그리고 마침내 진실은 밝혀지게 된다. 폭탄이 설치된 줄 모르고 변압기에 올라갔던 진짜 전기공 남자가 폭탄이 폭발하면서 중상을 입은 것이다. 독일군이 변압기 폭파범을 꼭 잡고야 말겠다고 벼른 탓에 무고한 마을 사람들의 고통은 이만저만이 아니었다. 그래서 그 전기공의 아내는 죽어가는 남편에게 마을 사람들을 위해 "당신이 범인이 되라"고 권한다. 전기공은 결국 아내의 청을 받아들여 독일군에 자수한다. 독일군은 다 죽어가는 전기공을 즉결 처형한다.

“그에게 총을 쏘자, 몸에 감겨 있던 붕대가 날아가고 화상을 당한 몸에 커다란 구멍이 뚫려 버렸다고 하더구나.”

이십대 초반이었던 주인공의 아버지와 사촌은 꽃다발을 들고 생명의 은인인 그의 집을 찾아갔다.

“그녀는 문을 열고 우리를 두 팔로 껴안았어. (중략) 오후 내내 그녀와 함께 있었어. 네 아버지와 나는 그녀에게 반했다. (중략) 나는 그 여자 니꼴과 결혼했다. 네 외숙모지.”

아버지와 숙부의 비밀을 알게 된 그날 함께 보았던 영화의 주인공은 독일 배우이자 어릿광대인 베르나르 비키였다. 구덩이 위에서 저글링을 하고 총을 거꾸로 들고 색소폰 연주 흉내를 내며 죽음의 공포에 사로잡힌 그들을 웃겼던 그 독일군 보초였던 것을 알게 된다. 아버지와 숙부 내외는 이 세상을 떠난 뒤 주인공은 어른이 되어 옛일을 회상한다. 아버지는 이 세상에서 가장 슬픈 어릿광대였다는 것. 자신이 저지른 밝힐 수 없는 죄를 용서받으려고 사람들을 즐겁게 해주기 위해 ‘예수처럼 살고자’ 삼류 예술가인 피에로가 되었던 것이다. 주인공은 이제 더 이상 아버지를 부끄럽게 생각하지 않는다. 아무도 알아주지 않아도 주인공의 아버지는 자신이 지은 죄, 인류가 지은 죄를 용서받으려는 불굴의 의지와 내적 의무감을 위해 평생을 살다간 것을 자랑스러워한다.

“내일이 되면 저는 눈에 검은 칠을 하고 양 볼에는 빨간 동그라미를 그릴 것입니다. 내일 저는 밤나무와 자작나무가 우거진 그 숲에서 마지막 미소를 거둔 그들을 대신하여 존재하려고 합니다. 아버지, 당신이 그렇게도 부활시키고 싶어 했던 그 사람들 말입니다.

아버지, 내일 저는 최선을 다하려고 합니다. 최선을 다해서 어릿광대 노릇을 하렵니다. 그렇게 해서 저는 그들을 대신하여 그들의 이름으로 다시 태어난 인간이려고 합니다."

그리스 시대 신화 속의 신들과 영웅의 비극적 이야기를 희극으로 개작해 발표하는 경우가 많다. 아리스토파네스(Aristophane; BC 450-386)는 비극의 진지함과 무거움, 신적 엄숙함을 걷어내고 풍자와 유머로 인간의 온갖 감정과 생명력 그리고 삶의 참 모습을 드러낸다. 이 작품은 제2차 세계 대전이라는 광기의 시대에도 인간애가 존재했다는 것을 알려준다. 전쟁 중에도 죄의식과 양심의 희망을 버리지 않았던 인간들의 소망과 비극적인 상황을 희극처럼 간결하게 보여준다. 상대를 바라볼 때 실은 자신의 마음속 어두운 그림자를 투사하듯 몇몇 단서만으로 상대방의 인생을 단정해버리는 경우가 많다. 어떠한 상황에서도 증오와 분노, 절망보다는 사랑과 희망을 잃지 않고 세상을 바라보는 것, 사람을 있는 그대로 받아들이는 것, 더 나아가 세상과 사람을 사랑으로 바라보는 것. 미셸 깽은 물질과 문명의 풍요로움을 누리기에 너무 급급해 타인을 있는 그대로 포용할 여유조차 없는 이 시대의 우리들 삶의 태도와 모습을 되돌아보게 한다.

우리는 살면서 수많은 사람을 만난다. 만나는 사람들 중 내 앞에 있는 사람을 어떤 일면으로만 평가하고 단정해버리지는 않는지, 지금 내 앞에 있는 사람이 어떤 내면의 가치와 아픔을 가지고 있는 지, 그가 얼마나 치열하게 살았는지 우리는 자세히 들여다보지 않는다. 단지 나에게 상대가 유익한 지 아닌 지만 먼저 판단한다. 내 앞에 있는 사람, 그 사람이 오래된 사람이든 아니든 우리는 그 사람의 내면세계에 귀 기울일 준비와 마음의 넉넉함을 가지고 있어야 하지 않을까. 아무리 바쁜 삶이라 해도(그 바쁜 삶이 무슨 의미인지는 모르지만), 오래된 사람일수록 우리는 그 사람의 내면세계의 새로운 가치를 발견할, 그래서 만남이 감동이 될 수 있는 마음의 여유가 있어야 하지 않을까.

(「전쟁과 문학」편, 국방정신전력원 블러그, 2017)

내가 샤일로에서 본 것

남북 전쟁(1861-1865)은 미국 독립 이후 최대의 내전이었다. 전쟁에 참전한 북군은 이백만이고, 남군은 백만 정도였는데 4년간의 전쟁으로 육십만여 명이 희생되었다. 북군 전사자는 십일만여 명, 남군 전사자는 구만여 명이었다. 또한 민간인 사십만여 명도 전쟁 와중에 희생되었다. 미국의 남북 전쟁은 노예제 폐지와 세계 대국으로 가는 계기가 되었다는 역사적 평가도 있지만 연방 정부가 남부에 대한 지배력을 장악하기 위한 전쟁이었다는 부정적 평가도 있다.

『내가 샤일로에서 본 것』(정탄 옮김, 아모르문디, 2013)의 작가 앰브로즈 비어스(Ambrose Bierce)는 북군에 이등병으로 참전했다가 이듬해 중위로 진급해 소대장으로 참가한 전투에서 두개골에 총상을 입는 등 전쟁 참화를 직접 겪었다. 제대한 그는 전쟁을 소재로 한 수많은 단편 소설을 쓰게 된다.

치카마우가 전투, 샤일로 전투, 스톤강 전투는 남북 전쟁에서 가장 치열했던 10대 전투에 속한다. 북군에서 이름을 날린 그랜트 장군이 샤일로(shiloh) 전투에서 한때 남군에게 패했는데 비어스는 그 직후 전투에 투입되어 일진일퇴의 격전을 치렀다. 그는 당시 겪은 처참한 전쟁터 모습을 작품 속에 그대로 묘사한다. 이를 통해 그는 전쟁의 정당성이나 명분, 신념보다는 전쟁에 참가한 인간들의 파괴된 모습을 적나라하게 보여준다. 전쟁을 벌이는 인간의 어리석음과 모순을 강조하려는 것일까? 그가 작품에서 보여준 현실적이기도, 비현실적이기도 한 참상을 소개해 본다.

"병사들은 숨을 몰아쉬었고 발병 때문에 고통스러웠으며 굶주림에 정신을 잃기 직전이었다. 지독한 행군이었다. 행군의 피로 때문에 병사의 삼분의 일을 잃은 부대도 있었다. 병사들은 충격을 당한 듯 쓰러졌고 쉬는 과정에서 회복하거나 죽거나 둘 중 하나였다."

이들이 죽음을 앞에 두고도 전투를 감행하는 힘은 어디서 비롯된 것일까. 노예 해방은 정치적 명분이다. 정의를 위해 싸운다고도 할 수 있다. 남군은 자신들의 가치관을 지키기 위해 싸웠다. 그것도 신념이니 신념 대 신념의 대결이고, 자존심과 자존심의 대결이다. 그러나 전투를 벌이는 장병들은 삶과 죽음의 기로에서 살아남기 위해 싸웠을 것이다.

"전사자의 시체에 발부리가 걸리는 때가 잦았다. 아직 목숨이 붙은 채 신음을 토하는 전우들의 몸뚱이에 발이 걸리는 경우는 더 많았다. 이들은 조심스럽게 부축을 받아 한쪽으로 옮겨진 후 버려졌다. 물을 달라고 애원할 정도로 정신이 있는 병사도 적지 않았다. (중략) 우리 중에 물을 가지고 있는 자는 없었다. 그래도 물은 차고 넘쳤다. 자정이 되기 전, 몹시도 거센 폭우가 몰아쳤기 때문이다."

부상을 당한 채 남겨진 병사들이 폭우 속에서 서서히 죽어갔을 처연한 장면을 떠올리게 한다.

"한 명만 **빼고** 모두 전사자였다. 유일한 생존자는 내가 행군 속도를 맞추기 위해 소대를 정지시킨 곳 근처에 누워 있었다. (중략) 얼굴을 위로 향한 채 경련을 일으키며 힘겹게 숨을 쉬고 있었다. 거친 콧김과 함께 우윳빛 거품이 튀어나와 뺨과 목과 귓가를 덮었다. 총알이 관자놀이 위쪽을 관통하여 드러난 두개골에서 뇌수가 떨어지고 있었다. 이런 끔찍한 상태로 아직 살아 있다는 것이 믿기지 않았다."

몸이 파괴된 채 아직 숨이 붙은 한 인간의 모습을 묘사하는 작가는 어떤 마음이었을까? 작품에서 한 병사가 고통으로부터 해방시켜 주자고 했지만 작품 속의 주인공, '나'는 그대로 놔둔다.

"나는 그 냉혹한 제안에 표현하기 힘든 충격을 받았고, 그러지 않는 것이 좋겠다고 말했다. 보기 드문 상황이었고, 많은 병사들이 지켜보고 있었다."

　회복이 불가능해 죽어가는 병사를 안락사시킬 것인지는 사람들의 가치관에 따라 다를 수 있다. 비록 견딜 수 없는 고통을 받으며 죽어가지만 여전히 숨이 붙어 있는 생명에 대한 작가의 깊은 연민이 느껴진다. 어처구니없이 죽어가는 병사들에 대한 묘사는 계속 나온다.

　"샤일로에서의 전투 첫날, 넓은 지역에 불이 나서 회복할 수 있었던 부상자 수십 명이 더딘 불 고문 속에 죽어갔다. (중략) 불시에 총격을 받아서인지 느슨하고 볼썽사나운 자세를 취한 시체들도 있었으나 대부분은 뒤틀린 모습을 통해 고통스러운 불길 속에서 처절하게 죽어 갔음을 말해주고 있었다. 군복 절반은 불에 타 없어졌고 머리칼과 수염은 완전히 타버렸다. 비라도 일찍 내렸더라면 그나마 손톱이라도 남았을 터였다. 어떤 시체는 몸집이 두 배로 부풀어 있었다. 반면 난쟁이처럼 오그라든 시체들도 있었다. 불길에 노출된 정도에 따라 얼굴들은 제각각 부풀어 오르기도 하고 검게 그을리거나 누렇게 오그라들기도 했다. 근육이 오그라들면서 손은 집게발처럼 변했고 표정은 섬뜩하게 일그러졌다."

　부상자들을 후송할 틈도 없이 치열한 전투가 계속되어 후송을 했다면 생명을 건질 수도 있었을 병사들이 허무하게 죽어 나가는 장면을 그린 것이다.

"그날의 음울한 사건들을 화제로 삼았다. 어느 사려 깊은 장교가 지나가다가 빽 소리를 질러 그들의 입을 막았다. 그런가 하면 다음에 지나가던 현명한 장교는 쓸쓸한 이야기를 마음껏 되뇌도록 격려하기도 했다."

아군 전사자에 대한 대화가 과연 사기를 떨어뜨릴 것인가 아니면 그 반대일까? 군 지휘관마다 판단과 입장이 다를 것이다. 입을 막는다고 전쟁의 공포와 두려움이 사라지지는 않을 것이다. 오히려 이제 내 차례가 될지도 모른다는 현실을 직시하고 그 공포와 직면하는 것이 더 나을지도 모르겠다. 그런 공포와 죽음에 대한 생각의 끊김과 이어짐과는 상관없이 전투는 계속된다.

"일진일퇴의 상황이었고 우리가 언제까지 버틸 지는 아무도 알 수 없었다. 그런데 느닷없이 적군의 좌측에 문제가 생긴 것 같다. 아군이 그쪽을 상당 부분 파고든 상태였다. 잠시 후 적의 선봉이 한꺼번에 무너졌고, 우리는 총검을 휘두르며 적군을 원래의 주둔지까지 밀어붙였다."

수많은 희생을 치르고 나면 어느 한 쪽은 패배하고 어느 한쪽은 승리를 한다.

"대체 이 많은 병력이 어디서 온 것이며, 왜 일찍 오지 않았는가? 냉혹한 암초를 향해 연달아 돌진하는 파란 물결. 아! 얼마나 자신만만하고 웅장했던가. 앉아 있던 우리의 지친 발에 저절로 힘이 들어갔다. (중략) 그 곳, 어제만 해도 그랜트의 병력이 패퇴했던 그 적진에서 우리 병사들은 혼란스럽게 뒤엉켜 승리의 도취감에 빠졌다. 그리고 여세를 몰아 수적으로 열세인 적군을 맹렬하게 몰아쳤다. 총검이 부딪칠 때마다 오싹한 쇳소리가 귀청을 찢었고 반동에 발이 휘청거렸다. (중략) 결핍감은 물질적인 측면보다 정신적인 측면에서 더 극심했다. 모름지기 보병이란 적을 약화시키는 실제적인 성과를 이루었을 때 무거운 팔에 설명할 수 없는 자신감이 실리는 것을 느끼는 법이다."

작가는 전쟁터에서 버틸 수 있었던 에너지는 '젊음과 열정'이라고 했다. "고독한 초소에서 총성을 들었을 때처럼 피가 끓어오른다"고 회상한다. 하지만 그는 뼈가 부서지고 살이 터져 나가는 전쟁의 참상과 참담한 심정에 대해 이렇게 되묻는다.

"그 황량함과 오싹한 침묵을 떠올릴 때마다 전율이 인다. 어디였을까? 죽음의 기괴한 불협화음, 눈에 보이는 그 전주곡은 어디부터였는가?"

인간이 지적인 존재로 불리긴 하지만 전쟁을 벌이는 인간처럼 어리석은 존재가 또 어디 있을까. 그는 마지막에 이렇게 말한다.

"그 시절 위기와 죽음과 공포, 이 모든 것이 절로 우아하고 아름다워지다니 말이다. 아! 젊음이여, 그대와 같은 마법사는 없어라! (중략) 오늘의 이 황량하고 음울한 풍경에 빛을 던져 다오. 그렇게만 해준다면 샤일로에서 버렸어야 했던 이 목숨, 기꺼이 바치리."

작가는 전쟁과 인간의 어두운 면을 부각시키면서도 생명 하나하나의 소중함을 통해 영혼이 구원에 이르는 삶을 성찰하도록 만든다. 덤으로 그의 다른 단편『아울크리크 다리에서 생긴 일』을 간략하게 소개한다. 남북 전쟁 당시 북군 병사들이 남부 농장주를 교수형에 처한다. 목에 감긴 밧줄을 끊어 처형한 자를 강물에 빠뜨린다. 그런데 그가 물속에서 몸부림치면서 손목을 묶은 밧줄을 풀고 헤엄쳐 밖으로 나온다. 그리고 집을 향해 걷는다. 자신이 살던 마을에 도착한 그는 멀리서 집 앞에 있는 아내를 바라본다. 반가운 마음으로 달려간 그가 아내를 껴안는 순간 목덜미에 엄청난 고통과 함께 어둠과 침묵에 휩싸인다. 그는 이미 교수형 당해 죽었으며 그 영혼이 아내를 찾아갔던 것이다. 이러한 반전이 주는 충격으로 전쟁의 비극을 고발하고 있다.

비어스는 전쟁의 정치적 목적이나 명분보다 참전한 인간들의 안타까운 죽음과 상처 받은 영혼에 주목한다. 『아울크리크 다리에서 생긴 일』을 소재로 프랑스의 유명한 시나리오 작가이자 영화감독인 로베르 앙리코(Robert Enrico)는『올빼미의 강』이라는 단편 영화를 만들어 1962년 칸 영화제, 1963년 아카데미 영화제에서 수상한다. 음악에 대한 열정을 가진 영화배우 조니 뎁은 이 단편 영화를 소재로 영국 밴드 베이비버드가 부른 뮤직비디오『언러버

블』을 제작하기도 했다.

(『전쟁과 문학』편, 『군(軍), 인문학에 빠지다』, 국방정신전력원, 2017)

전쟁은 여자의 얼굴을 하지 않았다

『전쟁은 여자의 얼굴을 하지 않았다』(박은정 옮김, 문학동네, 2015)의 저자 스베틀라나 알렉시예비치(Svetlana Alexievich)는 1948년 우크라이나 출신으로 저널리스트로 활동해 왔다.

저자는 이 책을 쓰기 위해 1978년부터 2004년까지 러시아 등 여러 곳을 돌아다니면서 소녀병사 출신 참전 용사를 취재했다. 저자의 이 책은 두 가지 중요한 특징을 지니고 있다. 첫째는 전쟁(제 2차 세계 대전의 독일과 러시아 전쟁)을 철저하게 여성 시각에서 썼다는 점이다. 둘째는 저자 자신이 밝혔듯이, '목소리 소설(novel of voice)' 혹은 '소설 코러스(novel chorus)'라는 새로운 형식의 구어체 소설이 그것이다.

그렇다면 저자는 왜 전쟁사를 새로운 전쟁 문학 형식으로 담았을까? 그것은 아마도 전쟁에 참전했던 당사자들이 겪은 그대로를 가능한 한 그들의 목소리로 전달하고자 했으며, 생생한 전쟁 기억을 재현하는 데 그 어떤 글쓰기도 이에 미치지 못할 것이라는 전제가 있었던 것 같다.

　저자가 이 책을 쓴 동기는 전쟁에서 희생을 치른 가족사에서 시작된다. 저자는 "여자들의 전쟁, 취재 여행을 떠난다"면서 "영웅적이건 어떤 장군의 활약 내용은 없다. (중략) 전쟁에는 여자만의 색깔과 냄새, 여자만의 해석, 여자만의 느끼는 공간이 있다"라고 하였고, "여자만의 언어로"로 쓰고 "허무맹랑한 영웅담도 없다"고 하였다. 따라서 "어떻게 퇴각했는지, 어떻게 공격을 감행했는지, 어느 전선에서 싸웠는지 남자의 전쟁에 대한 이야기"는 배제된다. 책에 수록된 소녀병사 출신 수백 명이 고백하는 코러스(합창)는 "자신의 삶에서 뽑아낸 진짜 고통과 아픔을 들려주며", "내가 말하는 것이 아니라 고통이 말하는 것"이 된다. 그녀가 인터뷰한 여성들은 제2차 세계 대전 당시 소련 병사 가운데 16세에서 20세 사이의 소녀들이었다. 그녀들의 전쟁 참전 동기는 대부분 조국애였지만 낭만적 감성이나 호기심이 발동한 경우도 있었다. 그녀들은 간호병, 저격수, 기관총 사수, 운전병, 보병, 고사포병, 공병, 연락병, 전투기 조종사, 해군 장교, 요리사, 기록병, 무선병, 기술병, 세탁병, 취사병, 전차병, 빨치산, 특수 공작원 등 거의 모든 병과에서 활약했다.

　"고통은 남루하고 힘겨운 우리네 삶에 의미와 가치를 부여한다. 우리 여자들이 바로 이 아픔과 고통의 길을 향해 용감하고 당당하게 나아갔음을 나는 밝혀야만 한다"거나 "전쟁이 아니라 전쟁터 사람들의 이야기"를, "전쟁의 역사가 아니라 감정의 역사"를 쓴다고 했다.

저자의 이 글은 1983년에 집필 완료되어 출판사에 보냈지만 거절당한다. 그 이유는 전쟁이 너무 무섭게 묘사되었다는 것, 끔찍한 내용이 너무 많다는 것, 지나치게 사실적이라는 것, 선도적이고 지도적인 공산당의 역할이 없다는 것, 한마디로 제대로 된 전쟁 이야기도 아니며 소비에트의 영웅을 모욕하고 있다는 것이다. 그러나 저자는 책에서 이렇게 항변한다.

"내가 원하는 것은 영혼에 대한 이해라 이름 붙일 수 있는 이야기들을 모은다. (중략) 신문에서 떠드는 영웅들과 공훈이 주인공인 전쟁, 젊은이들에게 교훈을 주기 위한 훈육용의 전쟁, 평범하고 인간적인 것에 대한 이 불신에 보통의 삶을 소위 이상이라는 것과 슬쩍 바꿔치기하려는 이 욕망에 나는 매번 충격을 받았다. 평범한 온기를 차디찬 광채와 맞바꾸려는 욕망에."

이 원고는 1985년에 벨라루스와 러시아에서 출간되어 빛을 보게 된다. 이 책의 내용 구성은 소녀병사들이 전쟁에 참전한 이유, 남자들과 똑같이 전투를 벌이며 겪은 일, 전쟁의 참화 속에서 자신들이 직접 겪은 일과 느낌이 주를 이루고 있다. 또한 남자 군인들이 바라본 소녀병사들의 모습, 전쟁터에서 꽃피운 사랑 이야기와 전쟁 후유증도 담고 있다. 그러나 전쟁에 참가한 남자들은 저자의 취재에 의문을 제기한다.

"무엇 때문에 여자들의 이야기가 필요한 거죠? 그건 다 여자들의 환상"이라며 저자가 취재 과정에서 만난 남자들은 대부분 거부감을 드러낸다. 이런 모습을 통해 남자들이 전쟁에 참가한 여자들이 뭔가 딴소리를 할까봐 두려워한다고 주장하는 저자는 여자들은 남자들이 보지 못하는 것을 본다고 설명한다. 전쟁에 참가한 여자들은 남자들이 생각하지 못하는 전쟁의 냄새와 색깔, 소소한 일상이 들어있다고 말한다. 가령 "배낭을 배급 받았는데 그걸로 치마를 해 입었지 뭐야"와 같은 말은 지극히 소소하고 유치한 이야기일 수 있다. 밤에 자면서 귀걸이를 한다거나 얼굴과 예쁜 다리가 다칠까봐 폭탄이 난무할 때 꿩처럼 얼굴만 파묻거나 팔, 다리를 먼저 숨긴다. 그런 모습을 본 남자 병사들은 어처구니없어 한다. 이것뿐인가. 남자들처럼 짧게 깎은 머리지만 전나무의 솔방울로 파마도 하고, 눈썹 염색도 한다.

그러나 이러한 유치하고 사소해 보이는 여성의 감성은 전쟁에서 수많은 목숨을 구하고 남자 병사들의 사기를 높여 주었다. 생명을 품고, 낳고, 기르는 그 모성애가 여성에게 죽는 것보다 더 고통스러운 것은 생명을 죽이는 일로 후유증은 컸다.

"불탄 군복 바지와 불타버린 두 팔, 역시 타버린 얼굴들을 봤을 때 (중략) 정말 놀랍게도 (중략) 나는 울지 않았어. 눈물을 잃어버린 거야. (중략) 축복의 눈물을, 여자에게 선물로 주어진 눈물을."(니나 야코블레브나 비시넵스카야, 특무 상사, 전차 대대 위생 사관)

전쟁이 끝나고도 결혼을 못하는 여성도 있었고 붉은 색만 보면 옛날의 고통이 되살아나서 못 견뎌 한다. 고기와 털 뽑힌 닭이 진열된 정육점은 그냥 지나친다. 자신들이 겪은 그 고통을 혼자 가슴속에 품어서 병이 된 여성도 있다. 전쟁터에서 만난 상관과 소녀병사는 전쟁이 끝나 결혼을 했지만 일 년을 못 가 헤어진 경우도 있었다. 남편은 아내에게 전쟁 냄새가 난다며 떠난 것이다.

"와요. 꼭 다시 와야 해. 우리는 너무 오랫동안 침묵하고 살았어. 40년이나 아무 말도 못하고 살았어."

그런 참전 소녀병사들의 마음을 헤아리는 사람들이 있다. 남자들은 말한다.

"우리 남자들에게는 죄책감이 있어요. 여자들을 싸우게 했다는 죄책감, 나에게도 그 죄책감이 있다오. 아군이 퇴각할 때가 생각나요. 가을이었는데 며칠 밤낮을 비가 내렸어요. 길가에 소녀병사가 죽어 있었소. (중략) 머리가 긴 아가씨였는데 온몸이 진흙투성이였지."

"우리 남자들은 여자를 엄마나 아내로 생각하는 데 익숙해요. 결국은 아름다운 숙녀에게 익숙하다는 거요."

남자 군인들은 처음에는 소녀병사들에게 적응하지 못했다. 그러나 그들의 존재감은 전투가 벌어지고 한두 해 함께 동고동락하면서 소중하게 다가오기 시작한다.

"전장에서 여자 웃음소리를 듣는 게, 여자 목소릴 듣는 게 얼마나 좋은지 당신은 상상도 못할 걸."(사울 겐리호비치, 보병 중사)

"남자들이 최전선에서 여자를 만나면 얼굴이 달라졌어요. 여자는 목소리만으로도 남자를 달라지게 하는 힘이 있었죠. 밤에 숙소 근처에 앉아 가만히 노래를 부른 적이 있어요. 다들 잠들었을 거라 생각해서 듣는 사람이 아무도 없을 줄 알았죠. 그런데 아침에 지휘관이 그러는 거예요. 우리 어제 안 자고 있었어. 여자 목소리는 어쩜 그리 구슬픈지."(올가 바실리예브나, 기병 중대 위생 사관)

　그리고 남자들이 하지 못하는 것들을 해낸 경우도 부지기수다. 소녀병사들은 여성이라는 정체성을 지키려고 애쓰면서도 한편으로는 군인으로서 자신들의 임무를 완수하려 노력했다. 적의 부상병들을 치료해주기도 하고, 전투 중에 버려지고 굶주린 독일군 부상병에게 빵을 건넸다. 전투 중에 용감한 여 간호병의 역할 때문에 잠시나마 전투가 중단되기도 했다.

　"중립 지대에 코스차후도프 중위가 부상당해 누워 있는 거야. 위생병들이 구해내려 애썼지만 목숨만 잃었어. (중략) '공을 세우려 당신을 보냈다오.' 몸을 곧추세우고는, 소리 높여 불렀어. 양진영이 총격을 멈추고 조용해지더라고. 우리 진영으로 끌고 왔어. (중략) 제발 등에만 쏘지 마라. 차라리 머리를 맞혀라. 내 생애 마지막 순간인가. (중략) 얼마나 무섭던지. 하지만 총성은 단 한 발도 울리지 않았어."(미라야 페트로브나 스미르노바, 위생 사관)

　때로는 소녀병사들도 복수심과 증오심에 불타오르기도 하고 남자 군인 이상의 공도 세운다. 콜리카치조프 소녀병사 저격수는 독일군 75명을 사살했다. 170여 명의 부상자를 구해낸 간호병도 있었다. 전쟁이 끝났지만 공병 대대 소대장으로 1년간 지뢰 제거 작업을 한 여군도 있었다. 지뢰 제거 작업으로 많은 사람이 목숨을 잃었다. 참전했던 소녀병사 출신들은 말한다.

　"하느님은 총을 쏘라고 사람을 창조하신 게 아니야. 서로 사랑하라고 만드셨지. (중략) 우리의 고통도. 우리가 겪은 그 아픔들도. 그건 잡동사니 쓰레기도 아니고 타다 남은 재도 아니야. 그건 바로 우리네 삶이지."(발렌티나 파블로브나 추다예바, 고사포 중대 중사. 고사포 지휘관)

"백병전은 정말 무시무시했어. 총검을 앞세우고 사람이 사람을 향해 돌진하는데 (중략) 시퍼런 총검을 빼 들고서. 그걸 보고 나면 말을 더듬게 되고 며칠은 제대로 말을 할 수가 없어. (중략) 눈물부터 쏟아져. (중략) 사람의 생명은 선물이거든. (중략) 위대한 선물. 생명은 우리 인간들이 마음대로 할 수 있는 게 아니야. (중략) 그렇게 끔찍하고 처참한 전투가 또 있을까. 심장 하나는 증오를 위해 있고 다른 하나는 사랑을 위해 있다, 그건 있을 수 없는 일이지. 사람은 심장이 하나밖에 없으니까. 나는 늘 어떻게 하면 내 심장을 구할 수 있을까 생각했어."(스베틀라나 알렉시예비치, 간호병)

저자는 "고통을 이겨낸 사람은 어떤 단단함을 가지고 있는지 알고 싶다"고 했다.

"나는 거대한 역사를 인간이 가 닿을 수 있는 작은 역사로 만들기 위해 노력한다. 그래야 뭐라고 이해할 수 있을 테니까. 할 말을 찾을 수 있을 테니까. 하지만 탐색하기 간단해 보이는 그리 넓지 않은 이 작은 영토—한 사람의 영혼의 공간—가 역사보다 더 난해하다. 알아내기 더 힘들다. 왜냐하면 내 앞에 있는 그건 살아 있는 눈물이고 살아 있는 감정들이기에. 대화하는 중에도 아픔과 공포의 그늘이 스멀스멀 피어난다. 살아 있는 사람의 얼굴이기에. 순간 스치는 고통의 표정 앞에서 간혹 나도 모르게 사람은 고통이 있기에 아름다운 건 아닐까. (중략) 길은 오로지 하나다. 사람을 사랑하는 것. 그리고 사랑으로 사람을 이해하는 것."

전쟁 중에도 존재했던, 그리고 그냥 지나쳤던 진정한 삶의 가치들을 저자는 확인하고 싶었던 것이다.

"회상의 기록은 역사도 문학도 아니다. (중략) 따스한 사람의 목소리, 과거가 생생히 반추되는 그 목소리에 원초적인 삶의 기쁨이 감춰져 있고 누구도 피해갈 수 없는 삶의 비극이 담겨 있다. 삶의 혼돈과 욕망이, 삶의 유일함과 불가해함이, 다듬어지지 않은 날것 그대로의 모습으로 남아 있다. (중략) 나는 우리의 감정들로 사원을 세운다. (중략) 우리의 염원과 환멸로, 동경들로 존재했지만 언제 슬그머니 사라져버릴지 모르는 것들로."

전쟁에서, 그리고 전쟁의 역사에서 보이는 것보다 보이지 않는 것을, 혹은 사소한 것이라 여겼던 소중한 삶들을 기록한 셈이다. 우리가 마음속에서 '신'을 추방했듯이 역사에서 추방당한 '감정'을 작가는 소중하게 담아냈다.

「전쟁과 문학」편, 『군(軍), 인문학에 빠지다』, 국방정신전력원, 2017)

서부 전선 이상 없다

1929년 발표된 『서부 전선 이상 없다』(Im Westen nichts Neues/홍성광 옮김, 열린책들)는 레마르크(Erich Maria Remarque) 자신이 직접 참전했던 제1차 세계 대전을 소재로 전쟁터 상황을 가능한 한 감정 표현을 배제하며 담담하게 그려 나간다.

이 작품은 세계적인 전쟁 문학 작품으로 꼽히며 반전사상을 담은 고전이 되었다. 과거 영웅들의 활약을 중심으로 한 전쟁 소설이나 전쟁 서사시와 다르게 평범한 병사들이 주인공으로 등장해 전쟁터에서 겪는 삶과 죽음에 초점을 맞추고 있다.

1910년대에서 1930년대 독일은 혼란이 지속되었던 시기이다. 철학의 어깨에 힘을 빼라고 하면서 철학에서 언어 문제를 집중적으로 다룬 철학자 비트겐슈타인(Ludwig Wittgenstein)과 동시대 인물인 소설가 후고 폰 호프만스탈(Hugo von Hofmansthal)은 독일 공공 기관의 권위적이고 공허한 허풍의 언어들, 독일어가 직면한 위기에 대한 비판을 문학적 화두로 삼았다. 그리고 『공간 없는 왕국(Das Reich ohne Raum/The Kingdom Without Space)』(1919년)을 쓴 저자 브루노 고예츠(Bruno Goetz)는 '생명도 없고 그저 차가운 이성'의 지배를 비유적으로 비판하여 히틀러와 나치 같은 최악의 권력이 등장할 수 있는 우려를 예고한 소설가로 평가받고 있다. 1929년에 발표된 『서부 전선 이상 없다』는 당시 유럽 제국 국가들의 이해관계의 충돌이라는 구조적 문제에서 전쟁이 벌어지긴 했지만, 독일 자체가 직면한 정치 문화적 위기의식과 더불어 전쟁에 대한 저자의 회의적인 시각을 담고 있다.

"이들은 열여덟 살의 우리를 성인 세계와 중개해 주고 이끌어 주어야 했다. 노동과 의무, 문화와 진보의 세계, 즉 미래의 세계로 말이다. (중략) 그들이 지니고 있는 권위라는 개념은 우리 마음속에서 더 깊은 통찰 및 인간적인 지식과 결부되어 있었다. 하지만 우리의 동료가 처음으로 죽는 것을 보자 우리의 확신은 산산조각이 나버렸다. 우리 또래가 어른들보다 더 정직하다는 사실을 우리는 인식하지 않을 수 없었다. 그들이 우리보다 나은 점은 상투어를 사용하고 일을 능숙하게 처리하는 능력뿐이다."

제1차 세계 대전 전후 이러한 독일의 시대적 배경을 감안하고 이 책을 읽는다면 저자의 묘사 대상인 병사들의 삶과 죽음이 교차하는 전선의 풍경, 가령 나른함에서부터 공포에 이르기까지의 감정들을 그리는 것은 전쟁과 잘못된 권력에 대한 일종의 항의일 수 있겠다.

소설에 나오는 병사들이 용감하게 싸우지 않은 것은 아니다. 해를 거듭할수록 그들은 전쟁 상황에 익숙해진다. 죽음이나 공포에도 익숙해진다. 자신들은 20세의 나이에 늙은이가 되었다고 독백하고 있다.

"강철 같은 청춘. 청춘이라 우리는 모두 채 스무 살도 되지 않았다. 그러나 어리다고? 청춘이라고? 그건 다 오래전의 일이다. 우리는 어느새 노인이 되어 있는 것이다."

전쟁에서 버틸 수 있는 것은 지극히 소소한 것들이다. 평소에는 흔한 음식도 소중하게 다가온다. 토마토, 따끈따끈한 빵 한 조각, 콩과 감자와 베이컨, 대추야자 열매와 구운 고기를 어쩌다 먹을 수 있다면 기대하지 않았던 행복감에 흠뻑 젖어든다. 또는 참호 속에 포탄 세례를 받는 동안은 죽을 맛이지만 다음 날 아침 교대해서 막사로 돌아갈 생각을 하면 절로 삶의 즐거움도 느낀다. 전쟁터의 지리멸렬한 시간들과 나른한 전선의 풍경에 대한 묘사도 있다.

"전선에서 연합군 전투기와 독일군 전투기가 공중전을 벌인다. 병사들이 내기를 한다. 독일군 전투기는 마치 혜성처럼 연기를 내뿜으며 추락한다. 이것으로 크로프는 맥주 한 병을 잃게 되어 언짢은 표정으로 돈을 센다."

전투 중인 병사들과 대지와의 관계에 대한 묘사도 직접 겪어 보지 않으면 쓸 수 없는 표현이다. 대지(더 구체적으로는 지형지물과 지세)는 생존의 터전이기도 하지만 그곳이 곧 무덤이기도 하다.

"군인이 오랫동안 땅에 납작 엎드려 있을 때 포화로 인한 죽음의 공포 속에서 얼굴과 수족을 땅에 깊이 파묻을 때 땅은 군인의 유일한 친구이자 형제이며 어머니가 된다. 군인은 묵묵히 자신을 보호해 주는 땅에 대고 자신의 두려움과 절규를 하소연한다. 그러면 땅은 그 소리를 들어주면서 다시 새로 10초 동안 그에게 생명을 주어 전전하게 한다. 그러고는 다시 그를 붙잡는데 때로는 영원히 그렇게 붙잡고 있기도 한다."

병사들이 진격을 할 때 옆에서 가던 한 병사는 목이 달아났는데도 몇 발짝 더 달린다. 그의 목에서는 분수처럼 피가 솟구친다. 이 모습을 목격한 병사도 죽을 수 있다. 그러나 적이 퇴각하면서 죽을 운명은 늦춰진다. 저자는 전쟁 중의 삶과 죽음을 우연의 법칙으로 이야기한다.

"포탄에 맞는 것도 우연이듯 내가 살아 있는 것도 마찬가지로 우연이다. 포탄으로부터 안전한 엄폐부에서도 나는 당할 수 있다. 그리고 엄폐물이 없는 전쟁터에서 여러 시간 동안 포탄이 비 오듯 쏟아져도 상처 하나 없이 무사할 수 있다. 어떤 군인이든 온갖 우연을 통해서만 목숨을 부지할 수 있다. 그리고 군인이면 모두 이런 우연을 믿고 신뢰하는 것이다."

공격, 역습, 돌격, 반격이라는 말들은 전투 작전 용어들이지만 실제로 이 작전에 투입된 병사들에게는 수많은 사연들이 담긴 언어이다. 지형의 이해라든가, 총포 터지는 소리, 포탄 날아오는 소리에 대한 지식은 생존율을 높여준다. 그러한 지식이 부족한 신참의 희생은 크기 마련이다. 제1차 세계 대전 때 독가스가 처음으로 등장한다. 가스 공격이 있을 때 신참들은 가스가 지면에서 오래 머문다는 사실을 모른다. 높은 지대에서 고참병이 방독면을 벗는 것을 보고 낮은 지대에 있던 신참들도 덩달아 방독면을 벗는다. 그러나 낮은 지대에 남아 있는 독가스 때문에 그들은 피를 토하며 죽게 된다. 이러한 허무한 죽음을 다 열거할 수는 없을 것이다.

주인공 보이머의 휴가, 그리고 부상당하면서 병원으로의 후송, 후방 부대에서 겪은 이야기와 전선의 복귀를 후반부에서 전개한다. 휴가를 나와 바라보는 평온한 마을의 풍경은 낯설기만 하다. 휴가 마지막 날에는 전쟁으로 상처 받은 마음과 그 마음을 위로받고 싶은 마음을 솔직히 토로한다. 부대에 복귀하여 다시 전선으로 향하고 휴가의 후유증을 앓는다. 공포감이 새롭게 다시 밀려오는 것이다. 그러나 그러한 공포를 극복할 수 있는 것은 전우들과의 형제애, 동료 의식이라고 주인공은 말한다.

"오직 삶만은 죽음의 위협에 맞서 계속 숨어서 기다리고 있다. 삶은 우리에게 본능이라는 무기를 주기 위해 우리를 생각하는 동물로 만들었다. 명료하고 의식적인 사고를 할 때 우리를 덮치는 공포로부터 우리가 무너지지 않도록 하기 위해 삶이 우리들의 마음속에 둔탁하게 스며들었다. 그리고 우리가 고독의 심연에서 빠져나갈 수 있게 삶은 우리 마음속에 동료 의식을 일깨워주었다."

1918년 여름, 전쟁이 막바지에 이르렀을 때 주인공의 몇 안 남은 동료들은 모두 숨진다. 조명탄이 배를 뚫어 죽은 뮐러, 유탄에 머리를 맞은 고참병 카친스키도 숨진다. 이 소설의 마지막 장면은 주인공 보이머의 죽음이다.

"온 전선이 쥐 죽은 듯 조용하고 평온하던 1918년 10월 어느 날 우리의 파울 보이머는 전사하고 말았다. 그러나 사령부 보고서에는 이날 '서부 전선 이상 없음'이라고만 적혀 있을 따름이었다. 그는 몸을 앞으로 엎드린 채 마치 자고 있는 것처럼 땅에 쓰러져 있었다. 그의 몸을 뒤집어 보았으나 죽어가면서 오랫동안 고통을 겪은 것 같은 흔적은 보이지 않았다. 그는 그렇게 된 것을 마치 흡족하게 여기는 것처럼 무척이나 태연한 표정을 짓고 있었다."

그리스 문학의 정수이자 가장 오래된 서사시, 호메로스의『일리아스』는 트로이 전쟁 당시 아킬레우스라는 영웅의 영광을 노래한다.『오디세이아』에서는 오디세우스가 십 년의 방황과 모험을 하고 자신의 고향 섬인 그리스로 귀향하는 과정을 그렸다. 이러한 고대의 모험담이나 영웅담과 비교하면『서부 전선 이상 없다』의 등장인물은 전쟁 중의 영광도, 고난 끝의 고향으로의 귀향(혹은 빛과 생명에로의 귀향)도 존재하지 않았다. 죽은 자들의 삶의 가치와 의미를 기억하고 반성하는 것은 산 자들의 몫이 될 수밖에 없다. 그래서 '서부 전선'이 '이상 없음'은 강렬한 역설로 다가오는 것이 아닐까.

(「전쟁과 문학」편,『군(軍), 인문학에 빠지다』, 국방정신전력원, 2017)

25시

콘스탄틴 비르질 게오르규(Constantin Virgil Georghiu)가 쓴 소설 『25시(The 25th Hour)』는 국내에도 잘 알려진 소설이다. 소설을 좋아하는 40대 이상의 사람들 가운데서 이 작품을 모르는 사람은 아마 거의 없을 것이다. 전쟁 문학 작품이면서 1940년대 몰락해 가는 현대 서구 문명을 비판한 작품이기도 하다. 앙리 베르누이(Henri Verneuil) 감독이 1967년 이 소설을 영화로 만들어서 소설만큼 유명해졌다. 이 소설에서 작가는 전쟁뿐 아니라 더 근원적인 문제, 현대 유럽 문명이 인간의 영혼과 인간성, 생명 존중보다는 숫자를 중시하는 기계화된 관료주의와 기계화된 문명 그 자체라고 주장한다. 전쟁은 그런 몰락한 현대 유럽 문명에서 비롯된 현상이다. 그 기계 문명과 전쟁에서 한 인간의 운명은 마치 '베틀에 끼어버려 빼낼 수 없는 실오라기'에 불과하다.

기계화된 문명 속에서 자본주의 사회는 비판에서 자유로울 수 없지만 공산주의 사회는 더더욱 암울하고 최악이다. 이 작품을 대하면, 조지 오웰(George Orwell)의 『동물농장』과 『1984』년, 올더스 헉슬리(Aldous Huxley)의 『훌륭한 신세계』, 프란츠 카프카(Franz Kafka)의 『소송』 등이 떠오른다. 철저하게 기계화된 관료 사회가 개인과 그 영혼을 어떻게 억압하고 파괴하는지와 체제의 극악무도한 과오를 고발한다는 점에서 유사한 공통점을 가지고 있다.

이 작품의 주인공은 불운한 운명을 겪는 요한 모리츠와 이 소설의 작가이자 요한 모리츠의 운명을 지켜보는 관찰자 트라이안이라는 소설가다. 1938년 루마니아는 암흑의 시절이었다. 샤를르 2세가 왕위에 올라 독재 정치를 해서 상황이 점점 수렁으로 빠져든다. 독일에 나치 정권이 들어서면서 루마니아는 독일의 속국이나 다름없는 나라가 된다. 1940년에는 소련의 영향권에 놓이게 되고 헝가리에게는 영토 일부를 빼앗긴다. 루마니아 군부가 샤를르 2세를 폐위시키고 독일과 동맹을 맺으면서 유대인을 탄압하는 등 전후 전범 국가의 운명을 맞는다. 독일과 한편이 된 루마니아는 소련에게 선전 포고를 했지만 소련군이 승리해 소련 영향권에 들어가게 된 루마니아는 공산 국가의 길을 걷게 된다.

소설은 총 7장으로 구성되어 있다. 주인공 모리츠가 사는 동네 '판타나', 그리고 비운을 겪는 과정이 제1장에서부터 제5장, 소설을 마무리하는 에필로그 등으로 작품이 구성되어 있다.

주인공 모리츠는 한때 루마니아에서 붐이 일었던 미국 이민의 꿈을 꾸었지만 사랑하는 여인 수잔나가 야만적인 폭력을 행사하는 아버지에게 쫓겨 집을 떠나자 그녀를 위해 미국행을 포기한다.

모리츠가 일확천금의 꿈을 포기하고 수잔나 곁에 남기로 한 것은 수잔나에겐 잘된 일이지만 둘 모두에게 불행의 시작이기도 하다. 모리츠는 수잔나와 결혼해 아이 둘과 함께 소박하고 행복한 삶을 영위하는 것처럼 보인다. 그러나 그것도 잠시 평소 수잔나에게 눈독을 들이는 루마니아 헌병 대장은 유대인이 아닌 모리츠를 서류를 조작해 유대인 수용소로 끌려가게 만든다.

루마니아 유대인 수용소에서 모리츠는 "유대인이 아니다"라고 항변하지만 유대인들은 모리츠를 유대 민족의 정신을 거역하는 배반자로 취급한다. 이때 수용소장을 매수한 유대인 일행은 모리츠를 짐꾼으로 동행시켜 함께 탈출해 헝가리로 가게 된다. 그곳에서 유대인 일행은 스위스를 거쳐 미국으로 가지만 홀로 남은 모리츠는 길거리에서 헝가리 경찰에게 붙잡힌다. 그는 루마니아가 파견한 간첩으로 오인되어 온갖 고문을 겪은 뒤, 헝가리 수용소에 갇혀 노역하며 지낸다. 그러나 그의 운명은 또 다시 바뀐다. 독일의 강요로 헝가리 노동자 5만 명이 독일로 보내지는데 그도 포함된다. 헝가리는 모리츠와 같이 국적 불명의 외국인들을 독일에 넘긴다. 그가 끌려간 나라에서마다 그의 이름은 바뀐다. 야노스, 욘, 요한, 야곱, 얀켈로. 그의 정체성은 어디에서도 인정받지 못한다. 노동자 5만 명을 독일에 넘기는 노예 매매(?) 정책을 결정한 헝가리 각료는 자신의 아들에게 고백한다.

"우리의 문화(유럽 문화)가 사라져 버렸어. 거기에는 세 가지 장점이 있었지. 첫째 미를 사랑하고 존중했어. 이건 그리스에서부터 유래된 거였어. 둘째 법을 사랑하고 존중했어. 이건 로마로부터 유래된 거였지. 셋째 인간을 사랑하고 존중했어. 이건 많은 시간과 노력 끝에 기독교도들이 전파한 거였어. 인간, 미 그리고 법이라는 세 가지 상징을 존중함으로써 서구 문명은 오늘날의 모습을 갖출 수 있었어. (중략) 오늘날 유럽은 가장 중요한 부분을 잃고 말았어. 그건 바로 인간에 대한 사랑과 존중. 이러한 사랑과 존중 없이 서구 문명은 더 이상 존재할 수 없어. 그건 이미 죽은 것과 다름없는 거야."

독일의 수용소에서 모리츠는 군복용 단추 공장에 배치되어 생산 라인에서 일하게 되지만 또 한 번의 기가 막힌 운명이 기다린다. 인류학 박사인 독일군 대령의 눈에 그가 들어왔다. 그는 게르만 민족 중에서도 순수 혈통의 게르만족 일명 '영웅족'을 찾고 있던 터였다. 그는 모리츠를 보자마자 그야말로 완벽한 영웅족이라고 확신한다. 독일군 대령은 모리츠를 보존시켜야 한다고 주장한다. 특별 관리 대상이 된 덕에 모리츠는 공장 노역에서 벗어나 이번에는 독일군 친위대 병사가 된다. 그가 하는 일은 수용소에서 경계를 서는 일뿐이다. 대령으로부터 지시를 받은 독일군 군의관은 20세 처녀 간호사 힐다로 하여금 모리츠를 남편처럼 돌보라고 지시한다. 그들은 휴가를 동시에 얻어 지내다가 힐다의 끈질긴 요청으로 결혼하고 아이까지 갖게 된다.

모리츠에게 마지막 비운의 운명이 다가온다. 수용소에 갇혀 있는 프랑스 레지스탕스 출신 다섯 명이 자신들의 탈출을 도와줄 것을 모리츠에게 부탁한다. 그리고 함께 탈출할 것도 종용한다. 고민 끝에 그들과 미군 진영으로 탈출하여 마침내 불행한 시간이 끝날 것 같았던 그에게 시련은 아직 남아 있었다. 독일군 친위대 출신이라는 꼬리표와 함께 독일 연맹인 루마니아 국적 출신이란 이유로 미군 관할 포로수용소에 수감된 것이다. 수용소 생활을 하던 모리츠는 수용소 책임자에게 탄원서를 보낸다. 자유로워야 할 그러나 결코 자유롭지 못했던 한 영혼의 절규였다.

"저는 농사꾼입니다. 농사꾼은 원래 기다릴 줄을 압니다. (중략) 이제 더 이상 기다릴 수 없습니다. 저를 죄수로 잡아두는 이유가 무엇입니까? 저는 도둑질도 하지 않았고 살인도 안 했습니다. 누군가를 속인 일도 없습니다. 법과 교회가 금지하는 일도 한 적이 없습니다. (중략) 이제 제 잘못이 무엇인지 물을 때가 된 것 같습니다. (중략) 손톱으로라도 교도소 벽에 쓰겠습니다. (중략) 당신이 누구건, 그리고 당신이 얼마나 많은 탱크, 기관총, 비행기, 수용소, 돈을 가지고 있건 제 삶과 그림자에 손댈 권리는 없습니다."

1938년부터 1951년까지 13년간의 수용소 생활에서 잠시 풀려나 열여덟 시간의 자유를 얻은 모리츠는 다시 미군 수용소에 갇힌다. 그러나 이번에는 미군의 제3국민들에 대한 특별 지원 정책에 따라 그의 가족 전체가 미군 군속 지원 허가를 받아 해피엔딩으로 끝나는 듯했다. 그러나 모리츠가 수많은 시간동안 겪은 영혼의 상처는 누가 보상해 줄 것인가.

모리츠뿐만 아니라 소련군들에게 여러 차례 집단 강간을 당해 소련군 아이를 낳은 그의 아내 수잔나, 모리츠를 끔찍이도 아꼈지만 수용소에서 죽음을 맞이하는 사제 코루가, 현실의 부조리에서 절망을 감당하지 못한 채 경비병의 총에 숨진 그의 아들 트라이안, 모두가 모리츠와 같은 시대의 희생자들이다. 이들에게 야만적 폭력을 행사하고 기계적으로 관리했던 자들도 어찌 보면 같은 영혼의 희생자일지도 모른다. 소설의 마지막 장면은 한 영혼의 비극을 압축해서 보여준다.

"모리츠는 (중략) 문득 철조망 앞에서 쓰러져 죽어가던 트라이안의 모습이 떠올랐다. 그리고 수용소를 둘러싼 기나긴 철조망이 그의 눈앞에 펼쳐졌다. 그는 코루가 사제의 잘려나간 다리를 생각했으며 지난 13년 동안 일어났던 모든 일을 회상했다. 그리고 수잔나와 막내 아이를 바라보며 말할 수 없는 서글픔을 느꼈다. 그의 눈에 눈물이 고였다. 루이스 중위는 웃으라고 명령하고 있지만 그는 웃을 수 없었다. (중략) 웃어요! 웃어! 그대로 웃고 있어요!"

그리스 상고 시대 고대 신화와 동시대 근동 지역(페니키아, 페르시아, 메소포타미아, 인도 등)의 유사한 신화에는 네 개의 시대인 금, 은, 동, 철의 시대 이야기가 있다. 그런데 철의 시대에 와서 인간 사회는 질서가 무너지고 퇴락하고 혼돈에 빠진다. 그리스 신화에서 제우스는 인간에게 좋은 것과 나쁜 것, 혹은 선과 악을 주었다. 혼란의 시대에 인간이 할 수 있는 것은 무엇일까. 그것은 뒤섞이거나 혼재하는 선악에서 선을 구별해 내는 분별력과 선을 추구하는 의지와 실천이다. 그러나 1940년대 몰락한 현대 유럽 문명만 놓고 볼 때 모리츠와 같이 한 인간이 그런 의지를 드러내고 자신의 운명을 개척하기란 불가항력적이다. 그래서 작가는 구원의 시간인 24시가 지나고 구원이 불가능한 '25시'가 되어 버렸다고 표현하고 있는 것이다.

우리는 그동안 그러한 유럽 문명을 맹목적으로 추구하지는 않았는지, 우리 사회는 몇 시쯤에 위치하고 있을까. 전 인민이 노예 상태에 놓인 북한 주민들은 몇 시에 놓여 있을까. 우리는 우리의 영혼을 구원하려는 노력을 어떻게 해야 할 것인가. 이에 대해 우리가 가진 확고한 의지는 무엇인가. 우리는 여전히 지극히 어려운 우리의 운명에 대한 성찰과 과제에 직면해 있다.

(「전쟁과 문학」편, 『군(軍), 인문학에 빠지다』, 국방정신전력원, 2017)

순교자

1980년대 말 텔레비전 커피 광고가 떠오른다. 첫 장면에서 한 중년 남자가 만년필로 빈 원고지에 글을 채워 나간다. 흘러나오는 목소리. "한 잔의 커피를 마시며 인생을 적는다.", 이어지는 장면은 바닷가를 거니는 중년, "가슴이 따뜻한 사람, 그 깊은 인생을 듣는다.", 그리고 어둠 속 모닥불 앞에 앉아 커피를 마시는 모습, "가슴이 따뜻한 사람과 만나고 싶다."

이 커피 광고에 나오는 사람은 재미 작가인 김은국이다. 미국명 Richard E. Kim인 그는 평양고보를 다니다 공산 정권이 들어서자, 1947년 월남해 학업을 계속했다. 대학 재학 중 6·25 전쟁이 발발해 서울에서 내무서원에게 체포되었지만 탈출해 인천에서 숨어 지냈다. 서울이 수복되자, 해병대에 자원해 훈련을 마친 그는 육군 소위로 참전했다가 중위로 전역한다. 미군 제2군단 제7사단 사령관 부관으로 근무한 인연으로 사령관의 도움을 받아 미국에 건너가 대학에서 문학 공부를 하며 소설을 쓰기 시작했다. 그는 1964년 영문으로 소설 『순교자The Martyred』(도정일 옮김, 문학동네, 2010)를 발표한다. 이 작품이 미국에 널리 알려져 베스트셀러 작가가 된 그는 한국인 작가로는 처음으로 노벨문학상 후보(1967년)에 오른다. 그의 작품은 한국에서도 소개되어 영화, 연극, 오페라로 공연되었다. 이범선의『오발탄』, 박경리의『김약국의 딸들』, 황순원의『카인의 후예』, 선우휘의『불꽃』등을 영화로 만들었던 유현목 감독이 1965년『순교자』를 영화로 만들었다.

　『순교자』의 줄거리는 한 사건의 진실과 그 사건을 둘러싼 등장인물들의 입장이 대립, 갈등을 일으키면서 전개된다. 그 진실을 알려고 파고들수록 한 인물의 아픔과 절망, 좌절과 허무와 직면하게 된다. 진실이란 무엇이며, 고통의 의미가 무엇인가를 작가는 묻는다. 한 인간이 겪는 고통의 의미가 베일에 가려진 '사건의 진실'과 엮이면서 등장인물들은 저마다 고뇌와 직면하는 공유의 현실이 된다.

　하나의 사건이 드러나는 시간은 1950년 인천 상륙 작전의 성공으로 국군과 유엔군이 평양을 점령한 때이다. 이 사건은 육군 본부 정보국 평양 파견대장 장 대령과 그의 부하 이 대위(주인공, '나') 앞에 벌어진다. 인민군이 전쟁을 일으킨 직후 평양에서 목사 열네 명이 북한 경찰에 체포되고, 그 가운데 열두 명이 총살을 당해 두 명만 살아남는다. 살아남은 두 명은 감옥에 갇혔다가 국군의 손에 구조된다. 문제는 누구는 죽었고 누구는 살아남았다는 데 있다. 그들은 '목사'라는 사제들이었다. 이 사건을 주목한 장 대령에게 사건의 진실은 이렇다. 첫째 '빨갱이'들이 목사 열두 명을 살해했다. 둘째 이 사건은 공산주의자들의 야만적이고 잔인한 종교 탄압이다. 이념 대결의 장에서 이보다 더 좋은 선전 자료는 없다는 것. 열두 명은 무조건 '순교자'가 되어야 했다. 장 대령은 죽은 열두 명이 순교자의 당위성에 합당한 증언을 받도록 이 대위에게 지시한다. 이들은 단순한 '희생자'인가 아니면 '순교자'인가.

이 대위는 장 대령과 생각이 다르다. 그는 입대하기 전 대학에서 인류 문명사를 가르치던 강사였다. 이 사건이 공산주의자들의 만행이라는 걸 인정하지만, 또한 국가를 위한 군(정보국)의 역할도 있으므로 그보다 먼저 사건의 '진짜' 진실을 알고 싶어 한다. 이미 장 대령이 단정한 사건의 '진실'에 의문을 제기한 셈이다. '진실은 덮어도 진실'과 '진실은 뇌물을 먹을 수 없다'가 대립한다. 이 대위는 살아남은 사람 가운데 한 젊은 목사가 미쳐버려서 사십 대인 신 목사를 만난다. 이 대위는 신 목사에게 '사건의 진실'을 묻는다. 그들이 과연 순교자답게 죽었는지에 대해서. 신 목사는 '신앙의 진실'을 내세우며 침묵한다. 평양의 기독교 신자들은 침묵하는 신 목사를 배신자 '유다'로 취급한다. 신 목사는 아무런 변명도 하지 않는다. 다만 이 대위에게 이렇게 말한다.

"기독교인이나 목사도 인간이란 점을 잊지 마시오. 그들을 잴 때는 다른 인간에 대해서도 똑같이 적용되는 척도와 저울대 위에 올려놓고 그 감정과 허약함을 재야하지 않겠소. (중략) 어떤 성직자도 육체적, 정신적 고문에 결코 굴복하지 않을 것이라고는 보지 않습니다."

이 대위는 진실을 원하나 신 목사는 사람들이 원하지 않는 진실일 수 있다고 생각한다. 장 대령은 계획대로 합동 추모 예배를 추진한다. 이 행사를 위해 두 명이 불려온다. 한 명은 군목인 고 목사로 평양 출신이어서 신 목사를 잘 안다. 또 한 명은 이 대위의 대학 동료이자 해병대의 박 대위이다. 고 군목은 합동 추모 예배 준비 위원장, 박 대위는 열두 명의 희생자 가운데 자신의 아버지가 포함되어 있어서 유족 대표로, 이 대위는 연락 장교 임무를 맡는다. 그러나 의견은 분분하다. 고 군목은 이러한 일은 민간 기독교계에 맡기고 군은 손을 떼야 한다는 것, 확실한 증거도 없고 순교자로 날조할 순 없다는 것이다. 그는 목사들이 공산 정권의 폭압에 항의하거나 종교의 자유를 위해 투쟁을 벌인 적이 없다고 말한다. 박 대위는 '기독교 광신자'인 아버지를 '순교자'라고 추켜세우는 것에 거부감을 갖는다. 장 대령은 '빨갱이'들에게 고문을 당한 뒤, 살해당한 것 자체가 '순교'라고 주장한다. 이 대위는 '사건의 진실'을 밝히는 것을 거부하는 신 목사가 어쩌면 '진실의 수호자'일지도 모른다는 생각에 이른다.

시간이 흐르면서 사건의 내막을 아는 인민군 장교가 포로로 잡혀오고, 사건과 관련된 경찰도 잡혀 온다. 그들의 증언에 의하면 목사들로 하여금 북한 정권이 일으킨 전쟁의 공개 지지를, '남한 해방 전쟁'의 정당성을 위한 선전용으로 활용하려 했지만 이를 거부해 고문당한 뒤 열두 명이 처형되었다고 했다.

죽은 사람들은 처형당할 때 '개처럼 비참하고 비굴하게 목숨을 구걸하다'가 죽음을 맞이했다고 했다. 처형 중에 상부 명령으로 중단되어 두 명만 살아남게 되었다는 것이다.

합동 추모 예배는 예정대로 진행된다. 신 목사는 예배식에서 자신은 죄인이며, 자신이 동료 목사들을 배신했다고 말한다. 포로들의 증언과 배치되는 증언이다. 이 말이 '사건의 진실'에 속하는 것인지, '신앙의 진실'에 속하는 것인지는 아무도 판단할 수 없다.

"형제들이여! 적들은 순교자들을 한 사람 한 사람씩 죽였고, 살육의 총성이 한 발 한 발 어두운 밤을 울리는 동안 순교자들의 영혼에서 (중략) 우렁찬 노랫소리가 어둔 밤하늘로 높이 솟아올랐습니다. (중략) 순교자들의 얼굴에 천국의 미소를 떠올리는 것을 보았습니다."

전 전선에서 중공군에 밀리면서 국군과 연합군이 후퇴하고 정보국 파견대도 일부만 남기고 모두 철수한다. 떠나기 전 이 대위는 신 목사를 만난다. 이 대위는 전쟁의 비참한 상황에서도 신은 침묵하고 있고, 열두 명의 목사는 신의 영광을 위해 죽은 것이 아니라 그저 무참하게 도륙을 당한 것뿐이라고 말한다. 신 목사는 대답한다.

"난 평생 신을 찾아 헤매었소. 그러나 내가 찾아낸 것은 고통받는 인간, 무정한 죽음에서 벗어나지 못하는 인간뿐이었소. 죽음의 다음은 아무것도 없소. 아무것도. (중략) 무의미한 고난으로 가득 찬 이 삶의 질병. 우린 절망과 싸우지 않으면 안 돼요. 우린 그 절망을 때려 부수어 그것이 인간의 삶을 타락시키고 인간을 단순한 겁쟁이로 쪼그라뜨리지 못하게 해야 합니다. (중략) 나는 인간이 희망을 잃을 때 (중략) 약속을 잊었을 때 어떻게 야만이 되는지를 거기서 보았소. (중략) 희망 없이는 그리고 정의에 대한 약속 없이는 인간은 고난을 이겨내지 못합니다. 그 희망과 약속을 이 세상에서 찾을 수 없다면 다른 데서라도 찾아야 합니다. (중략) 나의 희망. 될수록 많은 이들이 절망의 노예가 되지 않고 (중략) 될수록 많은 이의 평화와 믿음, 축복의 환상 속에서 눈을 감을 수 있었으면 하는 것, 그게 내 희망이요."

박 대위는 전선으로, 폐결핵이 심한 신 목사는 이 대위의 권유를 뿌리치고 피난가지 못한 신도들을 위해 평양에 남는다. 장 대령은 대원들을 데리고 이북 국경 모 지역으로 북상했다. 고 군목도 평양 신도들을 위해 모습을 감춘다. 이 대위와 지내면서 부상병들과 신 목사를 챙겨주던 군의관 민 소령은 지프차를 타고 남하하다 평양으로 되돌아간다. 병원에 남겨놓은 이십여 명의 중환자를 위해서. 모두가 자신이 맡은 소명을 위해 어딘가로 떠나고 사라진다. 어떤 의미에서는 열두 명의 목사뿐 아니라 살아 있는 자들은 저마다의 방식으로 순교자의 길을 간 것이 아닐까. 저자의 책 서문에는 이런 글이 있다.

"그리고 신성한 밤이면 나는 이 엄숙한 대지, 괴로워하는 대지에 내 가슴을 맡기고 운명의 무거운 짐을 진 이 대지를 죽을 때까지 충실하게, 두려움 없이 사랑하며 그의 수수께끼를 단 하나도 경멸하지 않을 것임을 약속했노라. 그리하여 나는 죽음의 끈으로 대지의 품에 들었노라"-횔덜린(Holderlin), '엠페도클레스(Empedocles)의 죽음'

부산으로 내려온 이 대위는 장 대령의 전사 소식을 듣는다. 군의관 민 소령은 실종 처리되었다. 신 목사는 이북 도처에서 봤다는 증언도 있고, 살아 있다는 피난민의 증언이 있었지만 확인할 길은 없다. 박 대위는 부상당한 채 병원에서 숨진다. 고 군목은 평양을 탈출하여 거제도에서 천막 교회를 차린다. 이 대위는 그를 찾아간다. 거기서 그는 끊어졌던 어떤 희망을 다시 느낀다.

"나는 걷기 시작했다. 줄지어 늘어선 난민 천막들—수많은 고난이 소리 없이 사람들의 내 동포들의 가슴을 쥐어뜯고 있는 그 천막들을 지나 (중략) 또 다른 한 무리의 피난민들이 별빛 반짝이는 밤하늘을 지붕 삼아 모여 앉아 두고 온 고향의 노래를 흥얼거리고 있었다. 그러자 나는 그때까지 한 번도 느껴보지 못했던 신기하리만큼 홀가분한 마음으로 그들 사이에 섞여 들었다."

'종교'라는 영어 단어 'religion'의 어원은 라틴어 'religio(렐리기오)'이다. '다시(re)', '잇다(ligio)'라는 뜻이다. 죽으면 '존재자(개별자)'로서 다시는 반복되지 않는 '나'를 이승에서 '무엇'과 '다시' 연결하며 살아야 할 것인가. 살면서 '끊어진' 것은 무엇이며, 다시 '이어야'할 것은 무엇일까. 어느 삶이든, 어느 고통이든 분명 '이어야'할 그 어떤 의미가 있지 않을까. 살면서 때때로 겪는 절망 앞에서 '마음의 시선'은 간절히 무언가를 찾고 있다.

(「전쟁과 문학」편, 『군(軍), 인문학에 빠지다』, 국방정신전력원, 2017)

소설

갈색 날개

병원을 팔아야 할지도 모르겠어요. 형수는 울먹였다. 형수님, 안 됩니다. 더 이상 형수님과 형이 상처받는 모습을 보고 싶지 않아요. 반수면 상태에서도 머릿속에서는 자꾸만 형수와 전화로 나누었던 아찔한 말들이 떠올랐다. 기차는 레일 위를 미끄러지듯 달렸다. 어디쯤일까. 바바리코트 주머니 안으로 손을 넣었다. 검표를 받아 한쪽 귀퉁이가 떨어져 나간 채 냉기 도는 기차표가 손에 잡혔다. 형, 내가 방패막이가 되어줄게요. 걱정 말고 병원 일이나 잘 하세요. 형은 그 동안 돌아가신 아버지를 위해서도, 또 형제들을 위해서도 할 만큼 했어요. 형의 입가에서 씁쓸한 미소가 흘렀다. 지쳤어. 알아요. 형이 지친 걸. 베푸는 것도 한도가 있죠. 주기만 하고 받지 못할 때 누구나 지치게 마련이죠. 그렇다고 형이 뭘 바라고 도와준 것은 아니죠. 끊임없이 도와주었는데도 그게 아무 소용없었을 때 허탈감에 빠지죠. 기차가 역에 다가오면서 힘겨운 듯 괴음을 일으키며 서서히 멈추었다. 이 낯선 역에서 굳이 내릴 이유는 없었다. 하지만 계속 가야 할 이유도 없었다. 어차피 목적 없이 나선 여행이니까. 졸리고 나른한 기분이 돌았다. 불쾌한 생각을 떨쳐 버리기 위해서라도 여기서 내려야겠다. 뒤로 젖혀진 의자에서 몸을 일으켰다. 푸석푸석한 머리를 대충 손으로 만지면서 창밖을 보았다. 여느 역이나 다를 바 없는 조그마한 시골 역이다. 역 주위로 흙먼지가 어지럽게 날렸다. 통로로 나와 천천히 걸었다. 오랫동안 의자에 앉아 여행한 탓인지 온몸이 결렸다. 기차에서 내리자마자 시골 내음이 폐 속으로 스며들었다. 기차가 역 밖으로 엉금엉금 기어나가자 철로 건너편 철책 너머로 낡은 기와지붕의 3층 건물과 그 건물을 중심으로 오밀조밀한 상가 건물과 주택들이 눈에 들어왔다. 그 반대편에는 민가가 듬성듬성 놓여 있고, 산 아래쪽에 있는 오래된 듯한 농가 위쪽에 황폐화된 텃밭이 있었다. 한동안 그것을 바라보다 돌아서서 벤치에 가 앉았다. 함께 내린 사람들은 짐을 한 아름씩 들고 있다. 자신들의 일부가 되어 버린 보따리와 상자 꾸러미들. 물건들은 구질구질하고 볼품이 없었으나 삶의 때가 덕지덕지 묻어 있다. 어딘가 검게 그을리고 밭두렁같이 주름진 이곳 사람들의 얼굴과 닮은 데가 있다. 모두가 지치고 피곤해 보이지만 집으로 돌아왔다는 안도감이 그 주름들 사이로 흐른다. 할머니가 보따리를 머리에 올리고 플랫폼을 빠져나가니 혼자가 된다. 이 정적. 이 평화. 오랜만에 맛보는 것들이다. 앉은 채로 역 주위를 둘러보았다. 벽에 이리저리 금이 가 있는 3층 건물 지붕 끝에는 검붉은 색조의 작은 천 조각 하나가 매달려 있고, 그 뒤편으로 여관 간판 일부가 먹구름을 배경으로 역 쪽을 바라보며 쭈뼛 내밀고 있다. 담배를 꺼내 들어 불을 붙였다. 한 모금

깊이 빨아들이자 현기증이 일어났다. 철책과 나란히 세워진 나무들이 마중이나 나온 것처럼 나를 바라본다. 이미 녹색의 생명력을 잃어 푸석한 나뭇잎들은 허공을 향해 자유롭게 뻗은 나뭇가지에 겨우 매달린 채 바람에 아등바등 떨고 있다. 간간이 낙엽들이 떨어져 어지럽게 날렸다. 약간 싸늘한 기운이 몸을 감싸고돌았다. 안 되겠어. 이러다가 우리 집이 몽땅 망할 수 있어. 동생 하나 때문에 집안 전체가 무너져 내릴 수 있단 말이야. 동생이 빚을 진 채로 이혼 당한 뒤 형은 충격과 함께 위기감을 느꼈다. 그리고 결단을 내렸다. 혈육의 정을 끊더라도 한 푼도 도울 수 없어. 아니 도와줄 여력이 없어. 너도 내 앞에서 동생을 도와주자는 말 하지 마. 안 그러면 형제 우의 다 깨질 수 있어. 감당할 수도 없으면서 나서지 마. 나는 쪽박 찬 신세가 되어 버린 동생과 형의 중간에서 그만 흔들리고 말았다. 한쪽 입장을 세워주다 보면 그 여파로 다른 형제가 타격을 입을 판이었다. 형의 방패막이가 되어 주었던 처음의 내 모습에 고마워하던 형도 나를 멀리하기 시작했다. 형이 그렇게 냉정한 태도로 일관하고 있을 때 난 이미 동생 일에 말려들고 있었다. 동생을 탓하기도 했지만 비참한 꼴을 보는 것은 더 견디기 힘들었다. 당신이 무슨 돈이 있다고 도와 줘. 처자식 제대로 먹여 살리지도 못하는 주제에. 아내는 매달 수십만 원의 이자를 내는 데다가 적지 않은 금액의 사채를 떠안은 것을 알아차린 후 이혼 얘기가 다시 불거져 나왔다. 죄는 미워해도 사람은 미워하지 말랬지. 할 수 있는 범위에서 도와주고 싶어. 정말 필요할 때 도와주는 것이 핏줄 아니야. 핏줄 좋아하네. 당장 내가, 내 새끼가 죽겠는데 누굴 도와 줘. 그게 동생이야. 웬수지. 당신 알아서 해. 난 못해. 그걸 해결 못하면 이혼이야. 난 반박할 수 없었다. 알면서도 선택한 길이었다. 그만큼이라도 해서 일이 더 이상 확대되지 않기를 바라는 마음이었지만 그것은 내 생각일 뿐, 나의 처신에 대해 잘했다고 여기는 사람은 아무도 없었다. 담배가 반쯤 타 들어갔을 때 건너편 건물 지붕 끝 기와에 천 조각이 다시 바람에 흔들렸다. 그 천 조각을 보면서 왠지 살아 있는 생명체라는 느낌을 받았다. 유심히 바라본다. 참새. 새. 그건 날개였다. 놈은 갈라진 기와 틈새에 다리에 끼인 채 거꾸로 매달려 있었다. 건물 주위를 보아도 지나다니는 사람은 거의 없었다. 혹 사람들이 놈을 보았다고 해서 구해줄 수 있는 위치에 있는 것도 아니고 그런 데에 관심을 가질 사람도 없어 보였다. 그렇게 매달려 있는 것이 꽤 오래된 듯 놈은 머리와 날개를 아래로 늘어뜨리고 있었다. 가끔 버둥거리는 것이 고작이었다. 쓴 웃음을 지으며 애써 고개를 돌렸다. 붙잡는 손을 뿌리쳐야 돼. 형이 그렇게 말할 때도 난 형이 동생을 도와주었으면 하고 바라고 있었다. 너 텔레비전에서 방영하는 동물의 왕국을 봤지. 사자들이 자신들의 보금자리를 지키기 위해서 형제들도 물어서 내쫓는 걸. 인간도 다를 게 없어. 인간도 동물의 왕국에서 살고 있는 거야. 동생 일에서 손을 떼. 난 후회한다. 내 방법이 틀렸던 거야. 네 입으로 한 말도 잊었니. 강요된 윤리를 경멸한다고. 그걸 이용하는 자들에게 침을 뱉고 싶다고. 넌 마음이 약해졌어. 형은 단호했고 냉랭한 기운마저 감돌았지만 틀린 말은 아니었다. 형은 그 동안 동생이 호소할 때마다 돈을 꿔주었다. 돌려받는 것을 사실상 포기하면서. 그런 동생이 딱하기도 했지만 형은 늘 동생이 행복하게 살기를 바랐다. 그까짓 돈 없는 셈치고 주더라도 동생이 시집에서 남편, 새끼들과 함께 시어머니 모시면서 행복할 수 있다면 얼마든지 감수할 수 있는 몫이라고 여긴 것은 형이었다. 그러나 결과는 형의 기대와는 정반대로 나타났다. 내가 동생 문제로 끙끙대고 있을 때, 형은 병원 휴가 기간을 이용하여 빙하의 나라, 캐나다로 날아갔다. 형의 그러한 돌출된 행동은 나에게 보내는 암묵의 메시지와도 같았다. 마음이 불안해지기 시작했다. 어디론가 다시 발걸음을 옮겨야 마음이 가라앉을 것 같았다. 언제부터인가 쫓기는 듯한 기분에 사로잡혀 사는 나였다. 아마도 동생이 시집에서 쫓겨 나오면서부터일 것이다. 어쩌면 사회에 첫발을 내디디면서 시작되었는지도 모른다. 그리고 현재의 내 모습을 동생 탓으로 돌릴 수는 없다. 오히려 동생으로 인해 무능력하고 무기력한 나의 존재가 더욱 드러났다는 것이 더 정확한 표현이다. 당신, 날 위해서 그렇게 돈을 벌어 보겠다고 눈에 불을 켜고 덤벼든 적이 한 번이라도 있었어? 아내는 동생을 도우려고 장사 밑천으로 마련한 사백만 원을 반 강제로 가로채면서 대들었다. 아내의 말이 틀리지는 않았지만 야속했다. 삼 년 동안 항공 다큐멘타린가 소설인가 쓴다면서 내 통장에서 빼간 돈이걸루 갚은 걸로 쳐. 그 돈으로는 변변한 장사를 할 것은 하나도 없었다. 그러나 다급한 심정을 몰라주고 나와는 정반대로 가는 아내를 보면 분통이 터졌다. 내 손은 주머니 속에 들어있는 기차표를 계속 주물러댔다. 건너편 새와 나를 사이에 두고 닳고 닳은 은빛 레일은 평행을 유지한 채 길게 남북으로 누워 있었다. 시야에 들어오는 레일만을 보면 어디가 시작이고 어디가 끝인지 모르겠다. 다만 이곳이 역이라는 사실이 하나의 시작과 하나의 끝이라는 것만을 말해 주었다. 하지만 난 시작도 끝도 아닌 어중간한 상황에서 저 바퀴가 반복해서 빚어낸 레일을 무심하게 바라보고 있다. 죽어 가는 새를 보기 위해 이 역에서 내린 것은 아니었다. 그 자리에서 벗어나고 싶었다.

벤치에서 일어서려는데 놈이 말을 걸어왔다. 구해 줘. 놈의 눈을 똑바로 응시했다. 날 여기서 빼내줘. 빼내 줘? 어떻게. 내가 지금 할 수 있는 일이라곤 아무것도 없어. 놈은 고개를 떨구었다. 믿어지지 않아. 이 현실을. 이런 꼴을 하고 있다는 것을 동료들이 알면 비웃을 거야. 누구라도 그런 운명을 맞을 수 있지. 그 말을 내뱉고 나서 이제 더 이상 물러날 곳이 없다는 것을 깨달았다. 더는 피해 다닐 수 없다는 것을. 다시 벤치에 앉았다. 다음 기차를 타겠다는 생각을 머릿속에서 지워버렸다. 놈이 다시 입을 열었다. 나의 두 날개를 봐. 이 무용지물을. 호, 빛나는 너의 날개를 비웃다니. 넌 그 두 날개로 저 하늘을 날아다녔어. 자유롭게. 지상과 하늘을 오가며 넌 이 세상의 아름다움을 맛보았어. 이제 와서 날개를 탓하는 건 지나친 것이 아닐까. 이 날개로는 다리를 빼낼 수가 없거든. 나는 고개를 끄덕였다. 너의 날개. 뭉툭한 입을 부리로, 온 몸을 덮었던 비늘을 부드러운 털로, 앞다리를 날개로. 오로지 날겠다는 것, 그 하나만을 위해 너의 먼 조상 때부터 수억 년 동안 변화시켜 온 거지. 넌 아름다움 그 자체야. 그리고 날개. 넌 날개를 갖고 있는 것만으로도 행복한 거야. 기어다니는 존재에서 비상하는 존재로 탈바꿈한 거지. 흉측한 얼굴과 두 다리와 날카로운 이를 버리는 대가로 넌 날개를 단 거라구. 비웃고 있군. 천만에. 나는 고개를 저었다. 놈은 날개를 퍼덕이며 필사적으로 탈출하려 했다. 힘이 부치는지 다시 날개를 늘어뜨렸다. 현기증이 나. 현기증이 나겠지. 목도 말라. 갈증이 심하겠지. 세상이 뒤집혀 보이는 것도 참을 수 없어. 멀리 한 무리의 새들이 날아가고 있었다. 놈은 그것을 바라보다 고개를 돌리고 눈을 감았다. 부러워하고 있군. 생각해 봐. 세상은 변한 것이 없어. 자, 보라구. 너무도 한가롭고 평화롭지 않아? 그런데 이게 뭐야. 내 꼴이. 세상을 원망하고 있군. 네가 그런 꼴을 하고 있다고 해서 세상이 어떻게 될 줄 알았나. 설마 세상이 함께 무너지기를 바라는 것은 아니겠지. 날개를 가진 것이 거추장스러워. 날 수 있다는 것이 원망스러워. 놈은 또 다시 부리로 기왓장을 쪼기 시작했다. 한참을 그러다가 다시 몸을 늘어뜨리고 말았다. 소용없는 일이야. 나는 안쓰러운 눈으로 놈을 바라보았다. 놈은 집요했다. 이번에는 몸을 일으켜 틈새에 낀 다리를 쪼기 시작했다. 놈은 당황하고 있었다. 울고 있었다. 현실을 받아들이지 않았다. 놈이 날갯짓을 강렬하게 할 때마다 먹구름을 뚫고 나온 눈부신 햇빛이 놈을 비웃기라도 하듯 처마 끝에서 금가루를 날리며 부서져 나갔다. 바람은 조금씩 거세져 갔다. 놈은 처음 발견했을 때보다 더 지친 모습이었다. 놈은 날개를 늘어뜨리고 바람에 흔들리고 있었다. 그 주위로 낙엽들이 날렸다. 놈은 그런 낙엽들을 쳐다보았다. 동생은 일을 하기 시작했다. 그리고 자기가 진 빚은 오 년이 걸리든 십 년이 걸리든 갚겠다고 했다. 그래, 돈 문제는 시간이 흐르면 해결할 수가 있지. 하지만 애새끼들은 어떻게 하지. 애들이 엄마를 찾지 않으면. 그것도 세월이 흐르면 엄마를 찾게 돼. 그건 본능 아니겠어. 하지만 상황은 전혀 예기치 않은 방향으로 흐르고 있었다. 아이들은 학교 앞에 찾아온 엄마가 창피하다고 다시는 오지 말라고 했다. 제 남편과 자식과 함께 오순도순 사는 것이 동생의 꿈이었다. 동생은 남편과 시어머니 몰래 아파트를 장만하려다가 돈 관리를 잘못해 한 순간 모든 것을 잃어버렸다. 하지만 동생 때문에 고통을 받아야 한다는 사실에 화가 났다. 무너져 버린 동생을 보면서 분노와 좌절, 핏줄에 대한 본능, 연민의 정, 그런 감정들이 복잡하게 얽힌 채 마음을 어지럽혔다. 그동안 시집살이가 고통이었나. 군이 아파트를 마련하여 나와야 했던가. 아무리 그렇다 해도 어떻게 많은 빚을 져야 했을까. 그러나 그런 의문과는 상관없이 이미 엎질러진 물이었다. 이혼은 새 삶의 시작이라고 했다. 고통을 이겨야 한다고 전문가들은 충고한다지만 동생이 그런 고통을 잘 견뎌줄지 의심스러웠다. 동생은 그렇다 치고 난, 나는? 한 달 두 달 지나면서 매달 갚아야 할 이자를 겨우 낼 정도로 금전적 압박이 도를 넘기 시작했다. 번역 일만 가지고는 역부족이었다. 돈벌이가 될 만한 일을 이것저것 찾아 해보기도 했지만 대부분은 내가 할 수 있는 일이 아니었다. 세상은 빈틈이 없었다. 문밖에 내놓은 폐지도 순식간에 가져가는 세상이었다. 돈이 될 만한 일은 어디서 누군가가 이미 하고 있었다. 가끔 시내에서 전화를 걸기 위해 빈 공중전화 부스를 향해 걸어가노라면 몇 발자국 먼저 안으로 들어가는 사람 때문에 걸음을 멈추며 세상엔 사람이 너무 많다는, 아니

세상이 너무 **빡빡**하다는 것을 느꼈다. 줄을 서 봐야 언제나 뒷줄이었다. 모두 자신의 영역을 갖고 이 세상을 살아가고 있었다. 나의 알량한 영역을 벗어나는 순간, 냉혹한 현실과 부딪혀야만 했다. 세상은 그렇게 호락호락하지도, 만만치도 않았다. 동생 일만 아니었다면 아내와 힘을 모아 번역 일만 하면서 그럭저럭 살 수 있었지만 이미 편안한 마음으로 생활하는 꿈은 산산이 부서지고 말았다. 현실적인 압박은 아내와의 관계를 더욱 소원하게 만들었고 나를 지치게 만들었다. 아내와의 보이지 않는 벽도 더 두터워졌다. 동생이 아니더라도 난 하루하루 힘든 삶을 살아왔다. 이런 모진 일을 감당할 수 없는 것도 따지고 보면 내 과거와 무관하지 않았다. 내가 첫 직장을 그만두지 않았던들 지금의 이런 운명을 과연 맞이했을까. 만약 반대의 길을 걸었다면 위기에 빠진 동생 하나쯤은 챙겼을지도 모른다. 그러나 그런 생각이 지금 무슨 소용인가. 모든 것을 잃어버릴 것 같은 위기감이 닥친 이 순간에. 초조해진 마음으로 형수에게 전화를 했었다. 형수님, 대학가에 조그만 호프집이 하나 나왔는데 좀 도와주십시오. 누굴 위해서죠? 동생을 위해서도 그렇고 집사람을 위해서도 그렇고. 지금 벌이로는 희망이 보이지 않습니다. 호프집을 하는 것도 그리 희망이 있어 보이지 않네요. 그게 진정 원하던 일이던가요? 그리고 이번 일은 아가씨 문제지 도련님 문제가 아닌 것 같군요. 동생 일이 터지기 전 봄까지 서점을 내주려 했던 형수였다. 그 때는 내가 사양했다. 자존심을 죽이고 전화를 걸었지만 형수는 형과 마찬가지로 냉담했다. 장사를 해서 **빠른** 시일 내에 돈을 벌어 보겠다는 생각은 포기해야 했다. 그리고 그전처럼 일상의 내 생활로 돌아갔지만 정상적인 생활은 불가능해져 있었다. 어느 새 현실은 돈 문제를 떠나 총체적 삶의 문제로 다가왔다. 결혼 초에는 의처증으로 날. 의처증이라니, 그건 오해야. 오해 좋아하네. 이제는 일을 벌여 날 괴롭혀. 당신 도대체 나한테 뭐야? 악마 같으니라고. 악마라고? 그래 악마지 뭐야. 그 동안 당신이 번 돈이 몇 푼이나 돼. 취직하기가 무섭게 사장하고 싸우고 회사를 뛰쳐나오기나 하고 그렇게 고고하면 머리 깎고 절에 들어가지 그랬어. 그 동안 꾸준히 한 게 하나라도 있어? 아내의 악담은 끝이 없었다. 일제 강점기 때 한인 조종사 얘기가 뭐 그리 대단해? 그런 이야기가 지금 당신하고 무슨 상관이람. 누가 그런 데에 관심이나 가질 것 같애. 정신 차리고 나가서 돈이나 벌어와. 아내는 화가 나서 그랬겠지만 잔인하게 속을 뒤집어 놓았다. 얼굴 마주치기만 해도 나의 약점을 여지없어 후벼파곤 했다. 나중에는 그것도 귀찮은지 아예 입을 다물고 말았다. 아내는 나 없이도 살 수 있을 것처럼 행동했다. 아내는 아쉬움이 없어 보였다. 늘 일을 했고 수중에 돈이 있었으며, 시간을 죽일 TV가 있었다. 그런 아내를 바라보면서 난 아내에 대한 나의 존재와 가치를 반문하지 않을 수 없었다. 날 괴롭히려고 결혼했어? 아내의 말이 귓가에서 맴돌았다. 그리고 형수가 한 말이 머릿속에서 공명했다. 내 문제가 아니라구? 아니라구. 이 건 내 문제야. 담뱃불을 발로 비벼 끄고 고개를 돌렸다. 간헐적으로 놈은 발악하듯 날갯짓을 했다가도 이내 몸을 늘어뜨렸다. 이곳에 오기 전에도 놈은 수없이 탈출을 위한 몸부림을 쳤을 것이다. 게다가 저 정도의 요동이라면 한쪽 다리는 끊어질 법도 했다. 그러나 기와는 좀처럼 놈의 다리를 꽉 문 채 놓아주지 않았다. 가느다란 햇살도 층층이 겹쳐지는 두꺼운 먹구름에 하나 둘 사라졌다. 역에는 어두운 그림자가 드리워지기 시작했다. 기차들이 역에 화물을 내려놓고 떠날 때마다 내 가슴속에도 무엇인가 풀리지 않는 것들이 차곡차곡 쌓여만 갔다. 그 위로 스멀스멀 어둠이 기어갔다. 놈은 여전히 매달려 있다. 왜 말이 없지? 무슨 말이라도 해 봐. 저 어둠. 두려워. 밤이 오기 전에 이곳을 탈출하고 싶어. 놈은 떨고 있었다. 나는 고개를 끄덕였다. 춥긴 하군. 바람도 차고. 언젠가 여자와 여관방에 들어섰지. 여자는 외로움을 달래 보기 위해서, 난 그날 하루를 도망칠 마음으로. 망각의 의식을 치르듯 우리를 감싸고 있던 껍데기들을 하나씩 벗겨 나갔어. 그런 다음 나란히 누웠지. 화장실 불도 꺼줘요. 여자는 나보다 더 어둠을 원했어. 그 여자도 막연한 희망을 가슴에 품은 채 하루하루 살고 있었어. 나와 만나는 것이 위안이긴 했지만 희망 없는 만남이란 걸 그 여자는 잘 알고 있었어. 서로 그 어떤 것도 바라지 않고 만난다면 그 관계는 지속될 수 있겠지. 서로 노력은 했어. 뭘 바라지 않기로. 하지만 인간은 원래 이기적인 동물이지 않아? 난 그 여자의 희망을 유지해줄 힘은 없었지. 그런 것을 기대하고 나와 만난다는 건 불행이야. 그 불행을 피하기 위해 우린 꺼질 새라 서로 성냥불을 켜댄 셈이지. 그래도 만나는 시간만큼은 현실을 잊을 수가 있었어. 난 가끔 이 현실이 믿어지지 않아요. 이혼은 남의 일로만 생각했는데 내가 이혼녀라니. 난 여자의 말을 들으며 생각했어. 그래. 일류대학도 나오고 그 어느 가정보다도 건실한 집안에서 자라난 딸인데. 사회 초년생으로서 젊은 여성이 갖고 있는 젊은 남자 사원들에 대한 호기심, 기대감 그리고 무한하게 펼쳐질 것만 같은 부푼 희망으로 가득 찼겠지. 그런데 멀쩡하게 생긴 엘리트 출신 남편이 정신병을 앓고 있는 줄은 꿈에도 몰랐겠지. 모든 여사원이 선망했던 그런 사원이었는데. 하지만 그런 생각이 지금 무슨 소용이야. 난 너의 그 기분을 알아. 그런 것에 빠진 채 모든 걸 너무 쉽게 결정했나 봐요. 아니지. 모든 젊은 남성과 여성이 그런 기대감을 갖고 사회에 첫발을 내딛는 것은 당연하지. 그녀의 손이 나의 손을 찾았어. 나는 그녀의 손을 꼬옥 쥐어 주었지. 아무 말이라도 좀 해요. 그녀는 어색한 분위기를 떨쳐 내고 싶었나 봐. 넌 남편과 이혼했지만 난 이 사회와 이혼한 셈이야. 여자는 아무 대답이 없었어. 나의 첫 직장은 은행이었어. 비록 판검사는 아니지만 법, 정의, 윤리 그 어떤 점에서도 꽤나 민감했지. 아니 어쩌면 세상 물정 모르는 순진한 사회초년생이라고 봐야겠지. 나는 그녀의 가슴 위로 손을 얹었다. 여자는 대답 없이 내 손을 쓰다듬었다. 난 돈을 벌어 누구 못지않게 잘 살겠다는 마음보다 내가 옳다고 여기는 길로 가려고 노력했어. 젊었으니까. 그런데 은행에서는 그런 노력 자체가 불가능했어. 적어도 내가 처한 환경에서는 그랬어. 패배자의 변인지는 몰라도. 난 선택해야 했어. 직장을 그만둘 것인가 말 것인가를. 난 부패한 직장에서 내 신조대로 살 수 없을 바에는 그만두는 것이 옳다고 생각했어. 그리고 퇴직금으로 산악 장비를 구입하고 몇 년간을 백수가 된 채 산으로 산으로 돌아다녔어. 그 후로 지금까지 안정된 생활? 사회 적응? 신념을 위한 싸움? 난 그런 것들을 갖지

도, 하지도 못했거니와 신념을 위한 싸울 힘도 없었지. 아까운 시
간들이 간 거야. 옳고 그름의 판단? 그 선택? 그런 것들은 돈 버는
기회와 일치하지 않더라구. 내가 돈을 벌기 위해 나서기만 하면 돈
을 만지기도 전에 옳고 그름의 판단을 먼저 해야 하는 상황에 봉착
했어. 나중엔 세상이 잘못된 건지, 내가 잘못된 건지 헷갈렸어. 세
상은 온통 돈을 향해 치달리고 있는 것처럼 보이고. 냉혹한 사회에
서 나에게 강요하는 건 살아남을 거야, 말 거야였지. 그렇다고 내
가 언제나 옳은 일만 하고 옳은 판단을 하고 사는 것은 전혀 아니
었어. 그 시대는 가치 판단 자체가 무척이나 어려웠던 시절이었으
니까. 저처럼 마음의 병이 중증이네요. 그럴지도 몰라. 나의 방황
도 무의식적으로 작용하는 보상 심리인지도 몰라. 81년 봄, 군대에
서 나왔을 때 그 혼돈의 세상은 깨끗하게 정돈되어 있었어. 난 까
막눈이 되어 있었지. 몇몇 병신이 된 대학 동기를 보면서, 그들과
보이지 않는 갭이 있다는 걸 깨달았어. 1학년 때 몇 번 본 얼굴이
이 세상에서 없어진 것도 믿어지지 않았어. 내가 대학 시절에 배운
법, 정의, 윤리는 마치 딴 세상의 얘기들 같았지. 난 은행원이라는
사실이 부끄러웠던 거야. 군사 정권의 시녀. 그리고 그 시녀가 갖
고 있는 온갖 특권. 그 특권을 시기하며 부러워하는 젊은이들의 눈
초리. 먹고 살아야 한다는 과제보다 부끄럽고 미안한 내 모습을 지
워버리는 것이 낫다고 생각했어. 남들이 알아주지 않는 작은 전쟁
을 뒤늦게 시작한 거야. 그냥 부조리한 사회에 대한 눈곱보다 더
적은 거부의 몸짓일 뿐이었지. 최소한 나 스스로 떳떳해지는 모습
으로 살고 싶은 심정. 그 심정은 얼마간 날 자유롭게 했지만 미래

를 준비할 어떤 힘도 갖추지 못하게 했다는 걸 딸의 키가 자라듯 점점 크게 느껴졌어. 그녀의 몸은 이미 나의 몸에 바싹 밀착해 있었어. 그녀의 몸으로부터 뜨거운 열기가 전해졌고 대화는 끊기고 말았어. 그녀는 그리 원치 않았지만 난 그녀에게 달려들었어. 황폐해진 나의 영혼은 뜨겁게 달아오른 몸을 빌려 그녀의 살 속으로 파고 들어갔어. 마치 구둣발에 짓이겨진 지네가 어둡고 칙칙한 구석으로 몸을 비틀며 기어 들어가듯 말이야. 그렇게 안으로 깊숙이 더 깊숙이 들어갔지만 소용없었어. 여자의 몸으로부터 떨어져 나왔을 때 조명을 받고 있는 연극 무대의 한 장면처럼 창문으로 스며든 외등 불빛은 방바닥에서 뒹구는 술병이며 속옷, 겉옷들을 비추고 있었어. 시뻘건 두 남녀의 나신도. 어지러운 그 방안의 광경은 마치 와해된 내 정신을 컴퓨터 단층 촬영을 해놓은 흑백 사진과도 같았어. 다가올 시간들을 맞이하는 내 마음의 조감도이기도 했고. 여자는 더욱 깊은 한숨을 쉬었고 난 훤한 대로변에 실오라기 하나 안 걸치고 누워 있는 기분이었어. 바로 너처럼. 그 황당함. 그 부끄러움. 나를 짓누르는 좌절감과 공허감, 야비한 인간들이 내게 선물한 마음의 상처들. 그런 것들이 모두 튀어나와 날 조롱했지. 난 그 조롱을 받으며 도망 다녔어. 난 이불에 얼굴을 파묻고 있는 여자가 듣건 말건 중얼거렸어. 섹스는 마치 마법의 약 같아. 먹고 살 거야 말 거야의 판단과 선택, 옳고 그름의 판단과 선택의 혼란 속에서도 살아가도록 해주는 힘이 있거든. 그만해요. 여자는 나지막이 말했어. 여자는 듣기 싫었나봐. 강에 떠 있는 나뭇잎이 강변에 닿고 싶어도 못하는 건 끝없이 흘러가게 해주는 인간의 시간, 설익은 자본주의, 시장 경제 원리, 약육강식, 적자생존, 뭐 그런 비슷한 것 때문이야. 여자는 눈물을 흘리고 있었어. 전 그 남자를 만난 죄 밖에 없어요. 내가 푸념하는 동안 여자는 자신의 초라한 처지를 생각했어. 난 가슴이 아팠어. 속으로 생각했지. 그래, 네 선택. 네 선택에 확신이 있었다고 행복을 보장해준 것은 아니었겠지. 난 결혼한 지 삼 개월 만에 이혼할 수밖에 없었던 여자의 등을 어루만졌어. 마치 꼽추가 다른 꼽추의 등을 쳐다보는 심정으로. 정신병을 앓고 있었던 네 남편은 마치 80년대 서울과 같아. 낮엔 돈벌이에 미쳐 있고 밤엔 환락에 취해 흐느적거리는 서울을. 그 남자와의 악연을 가슴에 담고 있으면 넌 앞으로 행복할 수 없어. 그렇게 안 한다고 이 사회가 그걸 보장해줄까요? 난 대답 대신 물었다. 앞으로도 이렇게 살 거야? 어떻게요. 어정쩡하게 말이야. 그래요. 후배들이 그런 날 보고 빈정거리더군요. 강한 도덕주의자가 되어 살지 못할 바에 아무것에도 구애 받지 말고 살라고 하더군요. 구애 받지 말고? 네. 그 말 그대로요. 그러나 여전히 이혼녀의 도장이 찍힌 채. 여자는 잠시 말을 잇지 못하다가 천천히 입을 열었다. 이혼녀는 이혼녀일 뿐이에요. 낙오자로서의 이혼녀. 이혼녀는 삶의 기쁨을 느낄 자격이 이 사회에선 없나 봐요. 난 날개를 올려다보았다. 넌 절망이란 단어를 실감하나? 그건 맛보지 않으면 함부로 내뱉을 수 없는 말이지. 네 꼴을 보아. 날개는 있지만 이러지도 저러지도 못하고 있으니. 그래, 넌 절망이란 단어를 실감하겠어. 나의 자랑스러운 그 날개는 희망이면서 또한 절망이구나. 꿈이란 것도 그런 거지. 희망이란 게 그런 거야. 이봐. 무슨 말이라도 해 봐. 놈은 그래도 말이 없었다. 죽어가는 놈을 지켜본다는 것이 좀 잔인하다는 생각이 들었다. 놈이 고개를 돌렸다. 한동안 놈과 난 그렇게 말없이 서로 지켜보았다. 놈과 내가 있는 곳은 시간과 공간이 멈추어 버린 듯했다. 현기증이 일면서 앉은 자리 위를 부유하는 듯한 착각에 빠졌다. 언제가 불면증에 시달리다 겨우 잠들어서 꾼 꿈이 있어. 시커먼 늪지대 위를 날고 있었지. 끝도 없이 날아다니다 갑자기 자꾸만 아래로 내려가는 거야. 늪에 빠지지 않으려고 했지만 소용없었어. 늪에 빠지면 죽을지도 모른다는 생각에 버둥거리다 꿈에서 깨어났지. 고개 돌리지 마. 듣기 싫어도 할 수 없어. 지금 널 보며 내가 지껄이는 말은 이런 것 밖에 없어. 팽팽하게 긴장한 목 뒤를 손으로 주무르며 자리에서 일어났다. 고개를 든 채 너무 오래 있었던 탓인가. 금방이라도 비가 쏟아질 것 같았다.

산에 가지 않은 지도 벌써 몇 해가 되었다. 오랜만에 느긋한 여행을 한번 해보고 싶었다. 공교롭게도 동생일이 터졌고 기대했던 여행은 날아가 버리고 말았다. 지금 이 여행. 이미 그런 여행은 아니었다. 무작정 집을 나선 길이지만 그저 막막했다. 어디로 갈지도 몰랐고 서울로 돌아간다는 것도 두려웠다. 그리고 이름 모를 이 시골에까지 흘러왔다. 벌써 서울을 떠난 지 사흘이 되었나. 일, 돈, 동생, 아내와 딸. 내 모든 현실의 끈을 끊고 완전히 이탈한 여행이었다. 내가 돌아가서 살아야 할 곳은 그곳이었다. 그러나 도망치듯 집을 나선 난 이미 패잔병이었다. 아니 도망병이었다. 얼마 전 뉴질랜드에서 사는 매형으로부터 전화가 왔다. 조만간 초청을 할 테니 여기 와서 같이 살자. 그 좁은 땅 덩어리에서 아등바등 살지 말라고. 그 말에 귀가 솔깃해졌다. 하지만 어디서 사는 것이 문제가 아니었다. 그렇게 떠나면 영원히 비겁한 자의 불명예를 안고 사는 꼴이 될지 몰랐다.

벤치에서 일어났다. 처마끝에도 서서히 어둠이 내리자 놈이 눈을 번쩍 떴다. 겁에 질린 눈, 당혹스런 눈빛이 나의 시선과 부딪혔다. 놈의 눈은 커져 있었다. 놈이 다시 날갯짓을 하며 한쪽 다리로 기왓장을 반복해서 밀어댔다. 그 모습에서 오만한 모습은, 자신감에 찬 모습은 볼 수가 없었다. 자랑스러움도 날렵함도 없었다. 놈의 날갯짓이 부자연스럽고 무겁게 느껴졌다. 놈이 다시 그네를 탔다. 두 날개 끝이 아래로 처져 있었다. 몇 발자국 옮기자 현기증이 일었다. 귓가에서 윙윙하는 소리가 맴돌았다. 빗방울이 하나 둘 떨어지기 시작했다. 지친 몸을 뉘여야겠다. 잠시 서 있다가 걸음을 옮겼다. 서너 발자국 갔을까. 걸음을 멈추고 뒤를 돌아보았다. 여전히 놈은 매달린 채로 있다. 이젠 놈이 현실을 부정할 것 같아 보이지 않았다. 어쩌면 그렇게 생각하는 것이 놈에겐 편할지도 몰랐다. 다시 걸음을 옮겼다. 걸으면서도 뭔가 살아 있는 것을 유기하는 기분이 들었다. 목덜미가 다시 통증으로 뻣뻣해졌다. 걸음을 멈추고 돌아보았다. 처마 끝에서 검붉은 날개가 파닥거리고 있다. 놈의 생명력은 정말 질겼다. 생명력이 질기다는 건 그만큼 많은 고통이 뒤따른다. 그러나 기력이 빠지면 그런 생명력도 흙먼지와 함께 바람에 휩쓸려 날아갈 것이다. 손으로 팽팽해진 뒷덜미를 문질렀다. 소모적이고 희망이 보이지 않는 몸부림 같다. 희망 없는 몸부림. 역을 빠져 나와 여관으로 향했다.

후둑후둑 유리창을 때리는 빗소리에 잠에서 깨어났다. 자리에서 몇 번 뒤척이다가 일어났다. 창문을 열자 빗방울들이 방안으로 튀어 들어왔다. 얼굴에 달려드는 비의 파편들이 잠을 저만치 달아나게 했다. 몇 시나 되었을까. 그게 무슨 상관이랴. 창밖에는 희미한 외등 불빛 아래 역과 마주한 삼층 건물이 희미하게 드러났다. 비는 산과 들판, 도시에 골고루 내리지. 존재하는 모든 것에 내리지. 하찮은 것이든 아니든 가리질 않아. 열정적으로 때론 슬픈 노래를 하듯 내려와 온갖 더러움을 껴안고 낮은 곳으로 찾아 흘러. 더 갈 데 없는 비는 지하로 자취를 감추고 말지. 저 비의 소리 없는 외침. 비는 참으로 예수를 닮았어. 인간들의 어긋난 균열에 꾸역꾸역 스며들어. 저 비의 위대한 침묵의 해법. 비는 내리는 것이 아니야. 비는 하강함으로써 올라가지. 날아가지. 지상의 것들을 껴안고 날아가는 거야. 아직도 체온이 가시지 않은 것들에겐 그저 차가운 물방울일 뿐인지도 몰라. 유리창에 빗방울들이 몸을 던져 부서지고 하나 둘 흘러 내렸다. 부서진 빗방울들의 잔해 사이로 기왓장 끝에 매달린 놈이 보였다. 놈의 다갈색 깃털이 빗물에 젖어들자 눈을 껌뻑거리며 가녀린 몸을 떤다. 그러나 빗물이 흘러내리는 기왓장 틈새에서 빠져 나오기 위해 안간힘을 쓰고 있다. 몸에서 힘이 빠져 나가고 의식이 점점 희미해져서도 놈은 다시 입을 열었다. 허기와 갈증이 더 심해. 더 견디기 어려운 것은 이제는 자유롭게 날지 못한다는 사실이겠지. 자신에게 솔직해져. 말을 돌리지 말고. 난 빈정거렸다. 그래, 흥정하고 싶어. 살고 싶어. 살아남을 수만 있다면 어떤 거래도 하고 싶어. 하지만 네가 참으로 비참한 것은 그 어떠한 거래도 할 수 없다는 데 있어. 더욱 비참한 것은 그런 거래를 할 상대가 없다는 거야. 내 다리를 끊어 줘. 나는 대꾸하지 않았다. 하지만 내 다리를 끊어주고 그래, 두 날개도. 날개도 가져 가. 나는 침묵했다. 놈도 더 이상 외치지 않았다. 먹구름과 어둠과 빗소리만이 놈을 감싸고 돌 뿐이었다. 역 주위 외등 불빛들이 비에 촉촉이 젖은 채 가물거린다. 죽는 것도 무섭지만 이 침묵이 더 무섭지. 어둠과 죽음에 대한 공포. 죽는 것은 어떤 것일까. 모든 것을 잃어버리는 기분일 거야. 놈의 독백을 들으며 난 놈의 비상을 상상했다. 틈새에 다리가 끼기 전까지는 세상에서 가장 자유로웠을지도 몰라. 상하좌우 어느 방향으로든지 차고 올라가는 자유와 상쾌함. 그 기분을 과연 말로 할 수 있을까. 때로는 낙엽이 떨어지듯 하강을 하기도 하고 높은 하늘 위에서 허공을 가르기도 하면서 비행의 유희를 만끽했어. 하루하루의 삶이 무겁다든가, 버겁다든가 하는 느낌은 몰랐어. 따스한 햇살이 내리는 옥상에서 날개를 늘어뜨리고 오수를 즐기기도 했지. 역 관리인의 랜턴 불빛이 이리저리 빗줄기를 가르고 있었다. 놈은 그것을 보고 소스라치게 놀랐다. 저승사자! 놈은 눈을 감았다. 랜턴 불빛은 가물거리며 멀리 사라졌다. 놈이 눈을 뜨고 다시 입을 열었다. 지상과 하늘. 이십 센티미터가 채 안 되는 날개로 자유롭게 두 세계를 옮겨 다녔어. 그런데 이게 뭐야. 지금 네가 어떻든 난 너의 존재를, 너의 날개를 인정해. 하늘을 날 수 있는 두 날개가 있다는 그 자체. 날개의 존재와 가치를 인정해. 지상의 모든 것들을 뛰어넘고 아름다울 수 있는 날개. 하지만 두 날개의 의미가 퇴색되어 가고 있다. 지금은 아예 그것들이 싸늘하게 식어가고 있지만. 탈출을 위해서 너의 희망마저 소진시키고 있어. 그리고 기력이 빠지면서 작은 가슴에 젖어드는 건, 죽음의 그림자, 공포, 삶에 대한 애착, 비에 젖어드는 몸이 무겁게 느껴질 거야. 어쩌면 빗물에 젖은 몸이 하중을 견디지 못하고 다리가 끊어진 채 비와 함께 하강할지도 몰라. 빗물은 널 껴안고 생전에 네가 가보지도 않은 지상에서 가장 낮은 곳으로 흘러가 버리겠지. 놈은 대꾸하지 않았다. 창문을 닫은 뒤 눅진한 자리에 가서 누었다. 눈을 감았지만 잠이 오지 않았다. 몸이 나른해졌다. 현기증으로 몸이 뜨는 기분이었다. 놈이 매달려 있는 기분도 이런 것일까. 악몽을 꾸고 있는지도 모른다. 그러다가도 차가운 빗줄기에 깨어나겠지. 그리고 지옥 같은 현실을 다시 맛 봐야겠지. 살고 싶은 애착 때문에 눈을 번쩍 뜨겠지. 마지막으로 탈출하려 하지만 깃털 하나도 움직일 수 없을 거야. 이젠 어느 것이 꿈이고 어느 것이 현실인지 분간하기도 힘들지. 칠흑 같은 우주 공간을 떠다니다가 블랙홀 같은 곳으로 빨려 들어가는 기분일까. 그대로 눈을 감고 있으면 정말 죽을지도 몰라.

억지로 잠을 청했고 얼마간 잠을 잘 수 있었다. 오늘밤은 유난히 길다. 다시 깨어났을 때도 여전히 어둠은 가시지 않았다. 놈의 환영이 나타났다. 여전히 다리 하나는 원망스럽게도 기와장이 물고 있다. 혼자라는 걸 뼈저리게 느꼈어. 늘 혼자인 것이 좋았지. 누군가 함께 한다는 것은 참으로 거추장스러웠지. 완전한 자유를 구가하며 살았어. 날개가 있고 두 다리가 있을 때 그 외의 것은 보잘 것이 없어 보였어. 그 누구의 간섭도 용납하지 않았어. 너의 생리를 잘 알고 있지. 너에게 타협이란 있을 수 없는 일이겠지. 너의 날개는 완전한 자유를 향한 유일무이한 진화의 결과지. 영원히 하늘에 있을 수도 또 지상에 영원히 안주하지도 못하면서. 그러면서 두 세계를 끊임없이 오르내렸어. 그러나 이제 하늘과 지상, 그 중간에 매달린 채 꺼져가고 있군. 아름다운, 저 잔인한 조물주의 미학을! 이봐. 눈을 떠. 계속 지껄이라구. 삶을 포기하는 거야? 여전히 말이 없군. 그렇다면 참으로 무서운 결정이다. 어느 누구도 최후까지는 삶을 포기하는 자는 없어. 실낱같은 희망만 있어도 자신의 몸이 모두 깨져 나가더라도 살아남으려고 하지. 그런데 포기라니. 목숨이 붙어 있고 날개가 있다는 것은 쉽게 포기할 수 없게 하는 이유인지도 몰라. 그런데 자포자기라니. 이젠 현실을 있는 그대로 받아들이는군. 너의 영혼과 다름없는 날개를 팔아보겠다는 의욕은 다 어디 간 거야. 죽을 순간만을 기다리는 건가. 자유롭게 비상했던 시간들을 회상해 봐. 그건 네가 쪼아 먹을 수 있는 마지막 부스러기인지도 몰라. 마지막 팝콘 조각. 그 크기에 넌 속고 살았지. 팝콘 조각을 분주하게 쪼아 먹던 시절이라도 되새기고 있어야 이 두려움을 잊을 수 있지 않겠어? 놈은 더 이상 대꾸하지도 움직이지도 않았다. 허기라든가 갈증 따위는 느끼지 않겠지. 다리의 통증도 없을 거야. 냉기도 하중도 느끼지 못하지. 바람에 흔들리는 촛불의 잔영 같은 희미한 의식만 남아 있을 거야. 느낄 수 있는 건 거부할 수 없는 시간의 흐름. 그리고 다가오는 죽음을. 모든 것이 어둠 속으로 내려앉는다. 빗줄기도 놈도 나도. 비의 소리도 약해지고 있었다. 온몸이 쑤셔 왔다. 꼼짝도 할 수 없을 것 같다. 한쪽 다리가 쥐에 걸린 듯 감각이 없다. 목이 뻐근하다. 잠시 후 몸을 가눌 수 있게 되자 자리에서 일어났다. 여관방을 나와 아래층으로 내려갔다. 현관문을 열자 바람이 세차게 불어왔다. 냉기가 뼛속까지 스며들었다. 빗줄기는 가늘어졌다. 찬바람을 맞으며 바람에 밀려가는 무심한 먹구름을 바라보았다.

망국의 시절, 중국에서 활동한 한인 조종사를 모델로 한 소설에 모든 것을 바쳤다. 그러나 소설은 지지부진했다. 완성될 듯하면서도 뭔가 아쉬운 작품. 결국 삼년 만에 손을 놓고 말았다. 손을 놓았을 때 내 주위에는 아무것도 남아 있는 것이 없었다. 삶에 대한 열정과 자신감도. 마치 내 미완의 소설에 등장하는 삶과 죽음의 기로에 선 전상국 대좌처럼 세상의 모든 압박으로부터 쫓기고 있다. 교착 상태에 빠진 한구 전선에서 일본기로 새까맣게 뒤덮은 하늘을 보는 전 대좌의 심정이랄까. 마지막이 될지도 모르면서 맥주통 같은 폴리카포프 기에 올라 탄 전 대좌. 그 기종으로는 일본의 날렵한 A5M 전투기를 막아낼 수 없다는 것을 누구보다 잘 알고 있었다. 한구와 정주를 내주면 사천으로 몰릴 수밖에 없는 절대 절명의 시간들. 전 대좌는 구태여 그 폴리카포프 조종석에 올랐다. 조종석에 올랐을 때 그 아린 심정. 사랑하던 사람들의 얼굴들이 하나 둘 떠올랐겠지. 결국은 혼자가 되는 시간은 어김없이 왔고 그의 심장은 엔진처럼 터질 것처럼 끓었으며 삶의 열정과 자신감의 두 날개는 황톳빛 죽음의 활주로를 차고 올랐지. 그는 싸우러 올라갔다기보다는 초월을 위한 마지막 비행을 했던 거지. 놈이 처마 끝에서 바람에 날리는 모습이 눈에 들어왔다. 동이 트기까지 이제 시간은 얼마 남지 않았다. 놈이 마지막 새벽을 맞이할 수 있을까. 너의 모습에서 죽음의 그림자를 본다. 너의 날개. 검붉은 다갈색 날개. 화려하지 않은 탓에 넌 언제나 죽음을 예정하고 있는 듯했어. 그러나 지금이라도 살아있다면 다리를 끊어라! 다리를 끊고 저 어둠으로부터 탈출하여라. 탈출하지 못한다 해도 네 운명을, 억울한 네 운명을 사랑하라! 네 주위를 둘러싸고 있는 어둠과 빛, 바람과 잡초까지. 그리고 너의 다리를 물고 있는 기왓장까지도 사랑하라! 네 운명의 신조차도 사랑하라! 너와 이별할 시간이 다가온다. 너의 마지막을 감싸고 있는 것은 싸늘한 바람뿐이구나. 어둠은 먹구름과 함께 저 산을 넘어간다. 새벽이다. 몸이 굳어 있구나. 더 이상 당황하지도 않는구나. 눈을 떠서 마지막 새벽을 볼 수 있다는 데 감사해야겠지. 더 이상 다리를 물고 있는 기와 틈새를 원망하진 않겠지. 그렇게 봐 왔으면서도 죽음은 늘 남에게나 닥치는 것인 줄 알았지. 어느 날 갑자기 먹구름처럼 몰려오는 것인데 말이야. 자신만은 백 년 천 년 살 것처럼 보이지. 그러나 이렇게 불현 듯이 오는 거야. 순서 없이 말이야. 하루 동안에 겪은 당혹감, 공포, 원망 따위들이 얼마나 부질없는가를 깨달았지. 그것들은 그 전에 맛보았던 쾌감처럼 흘러가 버리는 걸 알았지. 그런 것들은 길가에 흩어진 팝콘 조각들과 다를 것이 없어. 눈이 뻑뻑하게 굳어가고 의식은 흐려지고. 마치 뿌얀 유리창문을 통해 세상의 모든 빛들이 멀어지듯 이 조그만 역전의 불빛이 눈에서 가물거리지. 하루의 시작을 알리는 새벽의 소음들은 멀어져 가고. 죽음을 재촉했던 비는 이젠 더 이상 내리지 않는다. 기왓장들과 굳어진 몸 끝에서 빗방울들만이 간간이 떨어진다. 깃털에 맺힌 영롱한 빗방울들이 수직 하강할 때마다 너의 지친 영혼이 지상으로 내려오는 듯하다. 재생의 씨앗을 뿌리듯. 뭔가 가슴속에서 빠져나가는 기분이 들었다. 아직은 채 어둠이 가시지 않은 동쪽 하늘엔 샛별이 유난히 밝다. 으슬으슬 떨려왔다. 옷깃을 여미며 여관 안으로 발걸음을 옮겼다.

아침에 눈을 떴을 때 햇빛이 방에 가득했다. 창밖을 보니 하늘은 파랗고 지상은 먼지를 말끔히 씻어간 듯 쾌청했다. 팔베개를 하고 한동안 그렇게 누워 있었다. 이 세상에서 가장 큰 죄가 뭔 줄 알아? 자학하는 거야. 다른 것 다 용서해도 그것만은 신도 용서하지 않아. 그리고 우리가 동생을 위해 도와주어야 할 것은 돈이 아니라 시간이야. 혼자 있는 시간 말이야. 훨훨 날아가 버려. 수면 위에 떠 있는 북극의 빙하 같았던 형의 말. 수면 밑에 잠겨 있던 형의 고뇌는 써늘한 얼음 바위가 되어 내 마음을 짓눌렀다. 눈을 감았다. 형은 이혼 당한 동생을 사랑하는 법을 알고 있었다. 자기 자신을 사랑하는 법도. 옷을 주섬주섬 챙겨 입고 신발을 신었다. 통로에 나와 선 채로 여관방을 들여다보았다. 창문으로 쏟아져 들어오는 빛줄기가 쾌쾌한 냄새들을 휘저었다. 마음에 앙금처럼 자리잡은 동생과 형에 대한 감정들과 내 삶의 앙금들도. 그것들은 빛줄기를 따라 밖으로 빠져 나가기 시작했다. 돌아서서 어둠을 밟으며 통로를 통해 여관을 나섰다. 입구에서 걸음을 멈추고 철로 반대편에 있는 빈농가를 바라보았다. 황폐해진 빈농가의 그 텃밭은 오랫동안 방치해 놓은 내 과거였다. 그리고 나의 미래이기도 했다.

역 창구에서 서울행 기차표를 끊고 플랫폼으로 들어섰다. 레일은 여전히 길게 누워 있다. 사람들이 하나 둘 플랫폼으로 들어서기 시작했다. 내 인생의 전선이 멀지 않았음을 느꼈다. 삼층 건물과 지붕 끝을 보았다. 놈의 모습은 보이지 않았다. 질척해진 건물 주변 바닥을 눈으로 훑었다. 거기에도 없었다. 길에는 낙엽들만 뒹굴 뿐이었다. 놈의 흔적을 찾지 않기로 했다. 하나가 끝나고 또 하나가 시작되는 역. 희망 그리고 삶이란 절망의 활주로를 타고 끝없이 날아오르기를 반복하는 거. 코트의 깃을 세우고 주머니 속에 손을 넣으니 기차표 두 장이 손에 잡혔다. 하나는 살점이 떨어져나간 것이고 또 하나는 이제 막 산 것이다. 그것들을 번갈아가면서 주물럭거렸다. 주머니에서 어제의 기차표를 꺼내들고 철책 가까이 다가갔다. 그 기차표를 철책 너머 삼층 건물 기와지붕 위로 힘껏 던졌다. 그것이 지붕 위에 오르기도 전에 낙엽들과 함께 바람에 휩쓸려 멀리 날아가 버렸다. 한동안 서서 그 광경을 바라보았다. 이제 기차를 타야 한다. 저 반복의 레일 위에 다시 몸을 맡겨야 한다. 기차가 거칠게 숨을 몰아쉬었다. 나는 절룩거리며 기차에 올라탔다. 통로를 지나 창가 쪽 자리에 앉았다. 앙상한 가지들이 이리저리 바람에 날리며 하늘을 향해 뻗어 있는 것이 눈에 들어왔다. 저 나무들. 불안한 자유인의 모습들! 계절의 중간에 서서 낙엽의 칼집에서 가지의 칼을 뽑아 내 삶의 온갖 거짓 바람을 향해 공허한 칼질을 하며 슬픈 자유가를 부른다. 허무한 초월의, 비상의 노래를. 주머니 속에 손을 찔러 넣었다. 파닥거리는 기차표가 쥐어졌다. 기차는 서서히 움직였다. 인간의 시간과 거꾸로 가는 눈부시게 맑고 깨끗한

산야는 나무들을 하나 둘 삼켜 버리고 나와 함께 기차를 탄 사람들은 거역할 수 없는 자신들의 시간을 무표정한 눈으로 바라보며 굳이 버릴 것도 없고, 버릴 수도 없는, 그리고 잃어 버려도 가슴 아프지 않을 듯한 표정을 지으며 삶의 짐들을 가슴에 담고 각자의 삶의 전선을 향해 떠난다. 기차표를 주무르기 시작했다. 기차는 어느 새 역을 빠져 나가 레일 위를 달리고 있었다. 기차표에서 따스한 온기가 느껴졌다. 놈을 손으로 꼭 쥐었다. 아직 살아갈 시간들이 남았으므로. 그래서 검붉은 날개야. 그건 아직도 내겐 유효하다. 기차는 이미 역에서 한참 벗어나 어정쩡한 인생들을 싣고 어정쩡한 서울을 향해 질주하고 있었다.

(1997년 작)

거미

즐거운 홈 쇼킹! 쇼핑! 시간이 돌아왔습니다. 이화영 아나운서, 오늘 첫 번째로 소개할 상품은 어떤 거죠? 네, 이번 마이 홈 쇼킹! 쇼핑! 시간에 소개해 드릴 상품들은 여러분이 정말 깜짝 놀랄 것들만 준비했습니다. 오늘도 잠이 안 와. 먼저 소개해 드리는 이 상품은 그 중에서도 아주 특별한 것입니다. 그렇습니다. 기대가 되죠? 여러분들은 무비 카메라로 화면을 담을 때 손이 떨려 화면이 흔들리는 일을 겪어 보셨을 줄로 압니다. 그런데 ○○사가 새로 개발한 전자 손떨림 보정 기능이 이 문제를 깨끗하게 해결했습니다. 며칠 전 미경이로부터 사십구재 치렀다는 소식 들었어. 이 캠코더는 구십구 년 신제품으로 직수입한 것입니다. 콤팩트 육 밀리미터 캠코더, 이십오 인치 컬러 모니터, 손떨림 보정기능을 갖춘 이 무비 카메라는 정가가 백이십만 원이지만 특가 판매 기간 동안 구십구만 구천구백 원에 판매하고 있습니다. 자식이 죽으면 가슴에 묻는다던데. 디지털 효과를 원터치로, 십육점구 화면 네거티브와 포지티브 디지털 줌 모자이크 기능이 있습니다. 가보지 못해서 미안해. 어디 한 번 제가 찍어 볼까요? 이화영 아나운서가 웃고 있습니다. 브이 자를 만들어 손을 흔들고 있군요. 그런데 화면이 흔들려요. 어제 술을 마셨더니 이렇게 손이 떨리네요. 전화가 안 되던데. 하지만 이렇게 단추 하나만 누르면, 정말 화면이 흔들리지 않는군요. 거기 손은 이화영 아나운서가 일부러 흔드는 거지요. 웃는 모습이 정말 한 떨기 백합 같군요. 이상한 건 아니겠지. 여러분들도 좋은 추억을 만들어 영원히 간직하시기 바랍니다. 친구들이나 식구들과 함께 홈 뮤직 비디오를 찍을 수도 있고 초보자도 멋진 화면을 손쉽게 만들 수 있습니다. 가능하다면 전화 좀 줘. 이 상품 역시 삼 개월 무이자 할부 결제가 가능하구요. 자막에 소개해 드리는 것처럼 이십사 시간 주문을 받고 있습니다. 바다를 보고 싶어. 전화번호가 자막으로 나가고 있지요. 공공팔공 공공팔공 사오사옵니다. 깊이 잠기고 싶어. 잠들고 싶어. 이화영 아나운서, 다음에 소개할 상품은 어떤 거죠?

잠에서 깨었을 때 눈가로 빛이 번지고 있었다. 손끝인가. 팔꿈치인가. 통증이 왔다. 눈을 떴다. 남편이 출근을 하고 나서 부어오른 눈을 비비며 주부들이 느지막이 일으키는 소음들. 통증은 기억 속에서 일던 착각일 뿐이었나. 두 손으로 얼굴을 비비며 안도의 한숨을 쉰다. 차들이 도로에서 일으키는 소리들. 참 고마운 소리들이다. 이 세상에 살아 있다는 것을 확인시켜 주는 끈들. 늦은 오전 시간인데도 방 안이 어두컴컴하다. 구름층이 제법 두터운 모양이다. 인수봉 동양길이었던가. 처음으로 톱을 서서 몇 피치 그런데로 잘 올라갔다. 피톤에 확보한 후 주위를 둘러보니 산 아래가 아득해져 있고 하늘은 구름 한 점 없었다. 갑자기 겁이 일었다. 위를 올려다보았다. 자기 최면이 필요했다. 난 이 길에 익숙하다. 한 피치만 오르면 쉰다. 조금만 견디면 정상까지는 무난해 보인다. 확보를 풀고 앞으로 손을 내밀었다. 다시 두려움이 마음속에서 꿈틀거렸다. 발을 걸쳐야 한다. 만만한 곳이 없었다. 가야 한다는 생각에 더듬거리다 발을 올렸다. 마음이 조급해졌다. 태양이 걱정스런 햇살을 던졌던가. 철렁. 바위에서 금속성 소리가 일면서 묵직한 몸이 깃털처럼 날렸다. 아, 이렇게 가는구나 하는 생각을 그때 했는지 기억은 없다. 아득한 느낌. 몸이 엄청난 압력을 받으며 출렁, 공중에 매달렸다. 온통 암흑이다. 점점 사라지는 어둠. 눈을 떴을 때 파트너의 외침이 들렸고, 파트너의 빌레이에 내가 살아 있다는 것을 알았다. 팔꿈치에 통증이 왔다. 그렇구나. 죽은 것이 아니구나. 통증을 느끼는 몸이 고마웠다. 파트너가 힘들게 잡아당기고 있을, 그의 온 힘이 팽팽하게 느껴지는 이탈리아제 구 밀리미터 자일이 아니었다면. 위를 올려다보았다. 파란 하늘과 태양이 바로 전처럼 그대로 있었다. 고맙구나. 정말 고맙구나. 그렇게 하늘이, 태양이 있어줘서. 일어나서 창문의 커튼을 젖히고 창문을 연다. 아침에 선규가 미술 준비물을 미처 챙기지 못했었지. 선규와 같이 등교하려 했던 은미가 입을 삐죽 내민 채 혼자 집을 나섰고. 학교에 가는 은미를 제대로 보지도 못하고 선규와 함께 붓, 물감, 스케치북과 팔레트를 찾느라 부산을 떨었다. 안절부절못하는 선규는 교실문을 열 때 자신을 쳐다볼 반 아이들의 눈과 굳은 얼굴을 하고 있을 것만 같은 선생을 상상하는 모양이었다. 스케치북과 실내화 주머니를 양손에 쥐어 주었다. 짐을 든 모습이 영락없이 완전 무장한 특전사 차림이다. 선규가 얼굴이 시뻘건 채로 허둥지둥 나가는 것을 보고 나서 앞뒤 생각도 없이 이부자리에 몸을 던졌었다. 골목은 한산하다. 아침 시간 왁자지껄하며 등교하던 아이들은 서랍 속에 가지런히 정돈된 물건들이 되어 교실 안에 꼭꼭 채워져 있겠지. 건너편 집 감나무와 대추나무 위로 뿌연 하늘이 눈에 들어온다. 커튼을 올리고 돌아서서 주방으로 나갔다. 식탁 위에는 아직도 치우지 않은 음식 그릇들이 널려 있었다. 우유를 꺼내 포트에 담아 가스레인지 위에 올려놓고 불을 켜자, 레인지 위로 파란 불꽃이 피어올랐다. 식탁에 있는 식빵을 토스트기에 넣고 의자에 가 앉았다. 의자 뒤에 상체를 기대고 눈을 감았다. 권태롭고 나른한 일상생활이었지만 마음은 안정되어 있었다. 며칠 전부터 정리되지 않은 잡다한 생각들이 머릿속을 어지럽힌다. 편지 때문인가. 엄마를 찾는 아이들 때문인가. 엄마 언제 와. 은미가 오늘 아침에 수저로 밥 말은 국을 휘저으며 물은 말이었다. 아이들이 어른들의 감정을 이해할까. 당분간. 은미가 마음에 차지 않은 대답에 밥을 먹는 둥 마는 둥하다가 수저를 놓았다. 문 앞에 서서 침묵시위를 하던 은미는 휑하니 나가 버렸다. 저럴 땐 애 엄말 닮았어. 무언가 타는 냄새가 코를 자극했다. 은미는 집에만 있는 아빠가 창피하게 생각되는 모양이다. 상체를 일으켜 토스트기를 바라보니 연기가 피어오르고 있었다. 머리를 뒤로 젖혔다. 옆으로 고개를 돌려 연기를 꾸역꾸역 내뿜는 토스트기를 하릴없이 바라보았다. 낙엽을 다 털어낸 밤무리 언덕의 나무들이 바람에 맞서고 있는 풍경이 눈에 어른거렸다. 얼마 전부터 토스트기가 말썽을 피우더니만. 상체를 일으켜 느린 걸음으로 식탁으로 가 토스트기의 옆구리를 쳤다. 속을 드러내듯 그을린 식빵 두 쪽이 불쑥 고개를 내민다. 그것들을 손으로 집어 들어 식탁에 꺼내 놓았다. 뜨거운 열기가 손끝에서 맴돌았다. 냉장고 문을 열고 보리차를 꺼내 컵에 받아 마셨다. 냉기가 식도를 훑고 뱃속으로 내려와 몸 전체로 퍼지자 잠이 멀리 달아났다. 가스레인지의 불을 끄고 우유를 컵에 따라 다시 의자에 가 앉았다. 컵에 담긴 우유를 마시다 말고 식탁에 내려놓았다. 주방 통유리 밖을 내다본다. 몇 안 남은 나뭇잎들이 나뭇가지에서 이탈하여 아래층 정원으로 낙하하고 또 몇은 베란다 바닥으로 떨어져 이리저리 구른다. 방으로 돌아와 서랍을 열었다. 투명한 비닐봉지에 껌정이 두 개가 눈에 들어왔다. 껌정이들을 집어 들었다. 묵직한 무게가 느껴졌다. 다시 껌정이들을 서랍에 넣고 서랍 바닥에 놓여 있던 노트를 꺼낸다. 노트 사이에 들어 있던 편지들이 방바닥에 쏟아진다. 편지들을 주섬주섬 주워서는 서류봉투에 담았다. 편지지의 날이 아직도 아물지 않은 분홍빛 손가락 끝을 건드렸다. 손이 아려 왔다. 소양강의 맑고 투명한 은빛 물이 갈색 숲 사이로 흐르는 풍경이 눈에 어른거렸다.

잠에서 깨어났어. 수면제를 먹었는데 미색의 벽지와 천장, 장롱, 화장대와 책상이 어둠 속에 잠긴 채 희미하게 형체만 드러내고 있어. 내가 건드리지 않으면 영원히 그렇게 있을 것처럼. 창문으로 아파트 단지의 불빛이 스며들고 있네. 창문 틈새로 부는 바람에 커튼이 흔들려. 새벽 한 시. 창문을 열었어. 단지 내에 불이 켜져 있는 집이 간간이 보인다. 주차장엔 장난감처럼 차들이 정연하게 놓여 있고 인적이 끊긴 거리를 비추며 줄지어 서 있는 가로등 불빛이 떨고 있다. 어둠에 잠긴 아파트가 가끔 섬뜩한 느낌을 준다. 건너편 아파트 건물 위로 밤하늘이 보인다. 검푸른 색이야. 자리에서 일어나 옷을 갈아입었다. 언젠가 네가 말해 준 적이 있지. 밤하늘도 푸른색이라고. 밤하늘 어쩌고 하니까 네 수첩이 생각난다. 네 수첩은 늘 신문 쪼가리로 복잡했지. 몇 년 몇 월에 무슨 혜성이 지구 근처로 날아오고 어쩌고 하는 것들. 육안으로 볼 수 있는 혜성이 있고 망원경이 있어야 보이는 혜성, 남쪽으로 가야 보이는 혜성, 북쪽으로 가야 보이는 혜성, 등급이 몇이고 하는 따위의 메모들. 한두 달 후에 공연할 연극이나 음악회 따위를 메모해 두었다가 찾아가 보는 것도 보통 정성이 아닌데 넌 몇 개월, 혹은 그 이상의 시간들을 기다렸다가 볼 수 있는 일들을 메모해 놓았지. 네 수첩을 보면서 코웃음을 쳤었는데. 아파트 문을 닫고 복도를 걸어 나와 엘리베이터 앞에 섰어. 단추를 누르니 덜컹거리면서 엘리베이터가 올라온다. 십삼 층. 관짝 같은 엘리베이터가 멈추고 입을 벌린다. 엘리베이터 내벽 사방엔 거울이다. 그 거울 속에 낯선 여자들이 들어서 있어. 충혈된 눈들. 헝클어진 머리. 눈가의 주름. 무표정한 그 여자들이 날 응시하고 있다. 닫히려는 순간에 몸을 들이밀어 그 여자들의 품에 구겨 넣었어. 지하 일층을 누른다. 엘리베이터가 서서히 내려간다. 수천 미터 땅 속 깊숙이 내려갈지도 모른다는 착각이 인다. 지하 일층을 가리키며 엘리베이터가 멈춘다. 차 문을 열고 운전석에 앉아 시동을 걸었다. 차가 힘차게 심장 박동을 한다. 기계들이란 언제 어느 때고 원하는 대로 작동을 하지. 짜증을 내는 일이란 거의 없어. 차 불빛에 주차장 벽 위 모서리에 있는 거미줄이 눈에 들어온다. 쳐놓은 거미줄로 봐서는 상당히 큰 거미가 사는 모양이야. 차를 돌려 주차장을 천천히 빠져 나왔다. 일산에서 시내로 이어지는 한산한 도로를 질주해서는 남쪽 강변도로를 탔어. 흐르는 강물과는 정반대로 질주한다. 강물들이 역류하는 느낌. 내 피가 역류하는 느낌. 강변을 빠져나와 경부고속도로를 향한다. 어둠을 뚫고 텅 빈 고속도로를 달린다. 그리고 경주. 경주는 올 때마다 이국적인 냄새를 풍긴다. 다른 도시들에서는 느낄 수 없을 만큼 깨끗하고 시내에 그렇게 크고 많은 능이 있는 것도 낯설고. 내 몸 속에 수십만 년이 된 유전자가 있는 것은 별로 실감하지 못하는데 저렇게 천 년 이상이 된 능을 보면 세월의 아득함을 느끼며 전율한다. 차를 몰아 불국사 쪽으로 달렸다. 불국사 입구 주차장을 앞을 지나쳐서 아직 어둠이 채 가시지 않은 토함산 숲속으로 들어간다. 어둠이 점차 가시고 있었지만 토함산 위에 난 길에는 짙은 안개가 깔려 있다. 경비행기를 타고 구름 위를 나는 기분이야. 토함산 능선을 따라 굽어진 길을 따라 달린다. 안개가 걷혀 가는 토함산을 뒤로하고 동쪽으로 나 있는 국도로 접어들었다. 길의 경사도가 점점 완만해져 평지와 다름없는 길을 달린다. 바다가 얼마 남지 않았다는 걸 알 수 있다. 얼마를 달렸을까. 지평 위로 작은 숲이 있고 그 사이로 바다가 눈에 들어왔다. 저걸 보려고 일곱 시간을 달려왔다. 차를 횟집이 늘어선 길 한쪽에 세우고 바닷가로 내려갔다. 하늘과 바다가 펼쳐진 백사장에 섰다. 내 시야에는 인간의 흔적이라곤 하나도 없어. 태초의 모습도 이런 것일까. 내게 용기가 조금 더 있다면 옷을 다 벗어 던지고 저 바다와 하늘과 함께하고 싶다. 백사장을 걸었어. 파도가 발아래에서 부서진다. 네 손길이, 입맞춤이 떠올랐다. 감포 앞 바다의 파도가 내 다리와 모래밭 저만치 놔두었던 수첩과 지갑을 먹어 버렸어. 결혼 예물로 받아 십 년 가까이 차고 다니던 시계하고, 핸드폰까지. 파도가 내 가슴을 덮쳐 너에 대한 기억까지도 삼켜 버렸으면.

집 앞 건너편 이발소에 들어서자 포마드 향과 스킨로션 향이 코를 자극하면서 가물거리는 추억들이 꿈틀대기 시작했다. 안경에 김이 서리고 몸 구석구석으로 실내의 온기가 번져 나갔다. 어서 오세요. 오십 초반의 사장이 손님의 머리를 자르며 인사를 한다. 질퍽한 시멘트 바닥에 선 채로 안경에 서린 김을 닦았다. 남자는 기도하듯 고개를 숙이고 있었다. 머리를 깎고 있는 모습이 하도 진지해 보여서 미소를 지었다. 흰 가운을 입은 이발사가 손가락으로 남자의 머리를 살짝 민다. 남자가 머리를 오른쪽으로 기울인다. 너무 기울었는지 이발사가 두 손으로 남자의 머리 자세를 교정한다. 남자의 기우듬한 머리 자세는 절로 미소 짓게 만든다. 다시 가위질이 계속된다. 난 이 이발소의 허름한 모양새가 좋다. 이발소 냄새도 좋다. 어린 시절 형들과 함께 갔던 이발소 분위기가 떠오른다. 기다란 나무판자를 손 받침대 양쪽에 걸쳐 놓아야 우리는 그 위에 앉아 이발을 할 수 있었다. 흰 천을 걸치고 있는 나를 거울을 통해 보면서 달을 정복한 암스트롱 같은 우주 비행사를 상상하곤 했다. 맏형은 늘 비행에 앞서 주문을 했다. 삼부로 해주세요. 쟤네들도 요. 그리곤 맏형은 눈을 감았고 작은형도 눈을 감았다. 나는 형들의 모습을 곁눈질하다가 사각거리는 가위질이 시작되면 눈을 감고 검은 우주의 무한 공간을 비행하기 시작했다. 우주 비행사가 캡슐에서 나와 가느다란 산소 공급용 튜브 하나에 의지한 채로 백오십억 년이 된 우주 공간을 유영하는 모습이며, 달에 착륙하여 경중경중 뛰는 모습, 돌을 채집하는 모습을 그렸다. 그런 장면들은 동네 전기 제품 대리점 앞에서 보았었다. 대리점 유리 진열장 앞의 거리에는 지구 밖으로 날아간 인간들을 구경하기 위해 사람들이 잔뜩 몰려와 있었다. 나는 사람들의 틈을 비집고 유리 진열장 가까이 다가갔다. 우주복을 입은 인간들이 달 표면을 거닐고 있는 장면들을, 진열장 안에 있는 흑백 티브이가 보여주고 있었다. 안경을 다시 쓰고 앉을 곳을 찾았다. 남자의 몸에 두른 하얀 천 위로 검은 머리털이 수북이 쌓이고 있었다. 창가에 있는 긴 나무의자에 가 앉았다. 김이 허옇게 서린 창문 유리창을 손으로 문질렀다. 좁은 이차선 도로 풍경 일부가 찢어진 화면처럼 눈에 들어왔다. 차가 지나칠 때마다 갓길에 있던 낙엽들이 이리저리 날린다. 하늘을 올려다보니 구름이 잔뜩 몰려와 있다. 일기 예보대로라면 오늘밤 많은 눈이 내릴지도 모른다. 덤프트럭들이 빠른 속도로 거칠게 달려 시야를 가리는 동안 흙먼지들이 그 뒤를 따라 지리멸렬하며 사방으로 흩어진다. 검은색 비닐봉지가 삼 회전 공중 곡예를 하고는 흙먼지들 사이를 날아다니다 전봇대에 달라붙어 파르르 떤다. 바람이 물러가자 비닐봉지는 미끄럼을 타듯 길 위에 주저앉았지만 아직 제 자리를 찾지 못한 흙먼지는 흩날렸다.

아파트 문을 닫고 열쇠를 돌리자 찰칵하는 소리와 함께 이십삼 평의 공간이 잠긴다. 그 기분 너 아니. 주차장 벽 모서리에서 거미를 봤어. 어둠 속에서 검은 물체가 움직이며 벽 틈으로 사라졌다. 커다란 거미줄이 출렁거린다. 오늘은 월차. 신촌에 있는 한 백화점으로 간다. 매장에 들어서니 화려한 불빛들, 유리 진열장, 상품들, 유니폼들 사이로 몽유자들이 돌아다닌다. 사람들의 무의식을 자극하는 이국풍의 단어들. 블랙그라마, 마호가니, 그로우, 블루 아이리스, 샤링, 커리 따위의 옷 이름들. 혜성처럼 낯선 소재들. 거미의 꽁무니에서 끝없이 나오는 거미줄 같은 장식품의 이름들. 그 끈끈한 이름들이 색상과 모양과 향을 뿜어내면 우리가 잊어버린 기억들이 묻어 나오고, 최면에 걸린 듯 물건을 사고. 또 그것들이 다른 기억들을 끄집어내고. 소리 없는 몽상의 핵분열. 상품 하나가 만드는 욕구의 재창조는 사람들로 하여금 이 풍요의 도시를 하염없이 맴돌게 하고 겉돌게 한다. 실내등 코너에 섰다. 마음에 드는 게 하나 눈에 들어온다. 갓에 균일하게 주름이 잡혀있어서 흔하지만 세라믹 소재가 세련된 맛이 있다. 아주 옅은 연녹색이 은은한 우윳빛 유리창으로 스며드는 빛을 연출할 것 같다. 소파에 놓을 와플형 쿠션도 세 개나 샀다. 파스텔 톤의 갈색인데 초등학교 시절 미술 시간을 연상시키는 색이야. 그때 우리 집은 가난해서 미술 도구를 준비해 가지 못했어. 담임 선생이 준비 못 해온 학생들을 일으켜 세웠어. 내 귀에는 아이들이 일으키는 소음들이 윙윙대고. 어린 시절 잘 사는 친구네 집에서 보았던 서부 영화 장면이 떠올랐어. 적들에게 포위된 낙오자가 겁에 질린 채 주위를 둘러보던 모습. 내가 꼭 그 꼴이었어. 그들이 꺼내 놓은 스케치북, 팔레트, 붓 물통, 물감 따위들이 글썽이는 눈물에 흔들리는 거야. 텅 빈 책상도 민망했고 그 위에 빈손도 어떻게 해야 될지 몰랐어. 나도 모르게 손가락들은 텅 빈 책상 위에 수없이 난 홈들을 따라 알 수 없는 그림을 그리고 있었어. 담임 선생은 밖에 나가 낙엽을 주워 오라고 하더군. 책상에서 벗어나자마자 짝은 나의 빈 책상에 미술 도구들을 슬쩍 밀어 놓았어. 마음이 더욱 비참해졌다. 교실 밖으로 내몰린 아이들은 교정 작은 숲 속에 쌓인 나뭇잎들을 밟으며 걸어 다녔어. 두 팔을 벌리고 섰다. 가슴과 아직도 채 마르지 않은 눈과 뺨에 나뭇잎들 사이로 날아든 황금 화살들이 꽂혔어. 이대로 죽었으면. 서늘한 바람 속에서도 따스함이 얼굴에 번진다. 눈을 떠 보니 피는 나지 않았다. 오히려 기분이 나아졌어. 한 아이가 내 코 앞에서 은행잎과 단풍잎을 빙글빙글 돌리고 있었어. 가난에 찌든 아이의 눈빛과 눈물 자국이 남은 내 얼굴에 반사된 그 아이의 입술에 번지는 미소. 우리는 교실에서 망신당한 일 따위는 언제 있었냐는 듯이 은행잎과 단풍잎을 줍기도 하고 도깨비풀을 서로 던지며 놀았어. 한 남자아이가 내가 던진 도깨비풀이 털옷에 붙자 총에 맞은 병사처럼 갈색 낙엽들 위로 쓰러졌어. 우린 같이 뒹굴며 깔깔거렸어. 마주보며 머리에 곱게 탈색한 나뭇잎들을 꽂아 주기도 했고.

미술 시간이 끝날 때까지 난 빈 터, 햇빛이 드는 곳에 앉아 가을을 화폭에 담았다. 도화지가 없어도 그림을 그릴 수 있다는 걸 그때 알았어. 마음속의 도화지에 그림을 그렸으니까. 탐이 나는 육인용 커피잔 세트가 눈에 띄었는데 다음에 사기로 했다. 네가 아파트에 놀러 온다면 그 커피잔의 첫 손님이 될지도 모르는데.

연탄난로 위에 놓인 물통에서 피어오른 뜨거운 김이 실내로 퍼져 나갔다. 실내 공간 위쪽을 가로지르는 분홍색 빨랫줄과 은색 연통에는 손님들의 때를 벗긴, 그리고 벗길 하얀 수건들이 나란히 걸려 있었다. 열 평이 채 안 되는 공간에서 사람들은 비비대기치며 죄를 자르고, 과거를 씻고, 앙금을 털고, 미련을 밀며, 짧아진 현재에 기름을 바르고, 거울을 보며 미래에 대한 기대감에 모양을 내고 있다. 낡은 소파에 앉아 차례를 기다리는 아이들이 만화책을 넘기며 키득거린다. 남자가 와 있으리라고는 생각하지 못했었다. 아마도 남자에겐 오늘이 특별한 날인 모양이다. 오늘이 특별한 것은 내게도 마찬가지이다. 여자는 슬픈 눈을 하고 있을 것 같다. 우수에 젖은 눈은 감포 바다를 닮았을 것이다. 입술도. 거친 시멘트 바닥에는 사람들의 머리에서 잘려 나간 검은 머리털들이 물기를 머금은 채 질펀하게 널브러져 있었다. 이발사들이 빠르게 손을 놀리는데도 사람들은 줄어들 줄 모른다. 창문틀과 벽 사이 버긋한 곳에서 슬금슬금 바퀴벌레가 기어 나온다. 처음 이 동네로 이사 왔을 때 베란다, 방, 주방, 화장실에서 바퀴벌레들이 텃세를 하고 시위를 벌였다. 아연했지만 마음을 다잡고 도배를 해가면 바퀴벌레들을 쓸어냈다. 일층에는 집주인 식구들이 살고, 지하 단칸방에는 삼십대 초반의 여자가 혼자 살고 있다. 집은 칠십 년대 풍으로 어설프게 양옥집을 흉내낸 낡은 이층집이어서 여름엔 한증막이고 겨울엔 춥고 웃풍이 심했다. 방마다 구들장이 뛰놀고 비만 오면 주방 천장에서 비가 새서 바닥에 대야와 바가지를 늘어놓기도 했다. 대부분의 집이 그런 식으로 어슷비슷하게 낡아 여기도 서울인가 싶기도 했다. 퇴원하고 나서 뜸하던 바퀴벌레들이 다시 나타났을 때 어쩌다 창문으로 기어 들어온 것이겠거니 했다. 약을 먹은 놈이 뒤집힌 채 방바닥에 놓여 있곤 했다. 약 설명서대로라면 놈이 자기 집에 기어 들어가야 하고, 다른 놈들이 그 놈을 갉아먹고 모조리 죽어야 하는데 적어도 내 방에서는 그런 일이 결코 일어나지 않았다. 밤마다 벽과 벽지 틈새, 책꽂이 뒤에서 놈들이 사각거릴 때면 소름이 돋았고 잠잠할 때도 환청에 시달렸다. 지난 한 달 동안 그렇게 잠자리를 설쳐야 했다. 살충제 세 통을 뿌리고 곳곳에 약을 놓았지만 소름 끼치도록 질긴 놈들의 생명력 앞에서 그것들은 무용지물에 불과하였다. 어떤 놈은 약을 먹고 누워 괴로워하다가도 인기척에 점점 마비되어 가는 몸을 필사적으로 뒤집고는 공격적으로 더듬이를 세우기도 했다. 머리카락 사이에서 바퀴벌레가 꼼지락거리는 놈을 털어내기도 했다. 스멀스멀 이마 위로 기어가는 놈도 있었다. 어떤 놈은 천장을 기어다니다가 얼굴을 향해 낙하했다. 잠결에도 머리맡 방바닥에 놈이 떨어지는 소리를 들을 수 있었다. 불을 켜니 놈이 구석을 향해 도망쳤다. 신문지를 말아 일격을 가했다. 허연 내용물이 터져 나왔다. 불쾌했다. 잠도 달아났다. 도발적이고 징그럽게 생겨서만은 아니었다. 놈들이 꼬이는 이유가 바로 나의 입 안에서 나오는 퀴퀴한 입 냄새 때문이라는 생각에 이른 것이다. 나 자신에 대한 혐오감이 불쑥 마음속에서 솟구쳤다. 젊은 이발사가 빗자루로 만화를 보는 아이들의 발을 툭툭 치며 물기 먹은 바닥에 널린 머리털들을 쓸어낸다. 거울 속에서 한 여자의 환영이 떠올랐다. 눈을 감았다.

쇼핑하러 간 백화점에서 한 남자를 보았어. 백화점 직원인가 보다. 머리에 헤어로션을 발라 단정하게 뒤로 넘기고 양복을 입은 모습이 예쁘다. 남자에게 예쁘다는 표현. 어울리는 사람이 있어. 이상하게 그로부터 강렬한 인상을 받는다. 남자는 여직원에게 무슨 말인가 하고 여자는 물품의 수를 세며 남자 직원에게 말을 한다. 남자의 입술을 조용히 훔쳐본다. 잘생긴 얼굴은 아니지만 그 입술에 깊이가 있다. 그 입술을 통하여 이 세상의 것들을 받아들이고 자신만의 세계와 색으로 채색했을 짙푸른 입술. 그 입술 깊은 곳에는 어떤 기억들이 유영하고 있을까. 그 남자의 입술을 보니 바다가 떠오른다. 내가 결혼하고 몇 년 만에 널 다시 만났을 때도 네 입술이 바다 같았어. 설명할 수 없는 느낌이었어. 뭐랄까. 인생의 쓴맛 단맛 다 보고도 아름다움을 잃지 않으려고 애쓴 흔적이 남아 있는 표정 같은 거. 네 눈이 그랬어. 이 남자의 푸른 입술에 푹 잠겨 버릴까. 하지만 오늘은 물건을 사러 온 거야. 전에 봐두었던 커피잔 세트를 샀다. 흰색 바탕에 핸드 페인팅을 한, 잘생긴 도자기들이다. 기계가 찍어낸 것이겠지만 그런 느낌이 전혀 들지 않는다. 거실 소파 앞에 깔 카펫도 한 장 샀다. 붉은 계통의 체크무늬를 하고 있는데 네모 안의 그림이 몽환적이다. 카펫에 수를 놓은 그림 내용은 현실 속에 있지 않은 산과 구름 모양이 묘하게 그려져 있고, 배경과 어울리지도 않는 상상의 흰 새가 어디론가 날고 있는 거야. 날이 추워지기 시작하니까 거실에 깔아 놓으면 한결 따뜻해 보이겠지. 집에 돌아와서 그 남자를 생각한다. 널 생각해 봐야 소용없으니까. 피곤함이 몰려와. 옷을 다 벗어 던지고 침대 이불 속에 몸을 맡긴다. 내 의식이 분열되어 가는 것 같다. 이렇게 편지를 하는 건 너를 잊기 위한 의식인데, 너에 대한 생각이 여전히 꿈틀대고 있다. 깊은 잠에 빠진다. 사람에게도 겨울잠이 있었으면. 그럴 수 있다면 정말 다시 시작할 수 있을 텐데.

이발을 하는 사람들 사이로 내 얼굴이 나타났다. 어색한 모습. 얼마 전까지만 해도 상상할 수 없는 모습이다. 하지만 마음은 편하다. 얼마간의 시간이 더 흐르면 지금의 초라한 모습에 익숙해질 것이다. 이발소 안의 나른한 공기가 맴돌면서 만든 뿌연 유리창 너머로 다른 세상의 것들인 양 차들이 휙휙 지나간다. 졸음이 온다. 내가 여자를 만나서 어쩌자는 건지. 젊은 이발사가 쓰레기 봉지를 들고 밖으로 나갔다. 찬바람이 뺨을 할퀸다. 왼손을 주머니 깊숙이 집어넣었다.

아버지를 만났어. 내게 삼백만 원을 주면서 금조를 사오라고 했어. 난 돈을 받아 쥐고 어느 낯선 동네를 헤맸다. 어느 골목에 들어섰는데 그곳은 모두 새를 파는 가게들만 있었어. 나는 가게에 들어가 금조가 있냐고 물어봤어. 남자는 없다고 하면서 어느 가게를 손으로 가리켰어. 그곳으로 갔더니 무표정한 여자가 있었어. 금조가 있냐고 물었다. 여자는 말없이 새장과 새가 가득한 안으로 들어갔다. 나도 그 여자를 따라 들어갔어. 한 새장 앞에 여자는 걸음을 멈추었고 난 그 새장 안의 새를 보았다. 황금빛 새. 돈을 그 여자에게 주고 새를 받아와 아버지에게로 갔어. 내가 한 번도 살아 보지 않은 기와집인데 아버지는 대청마루에 앉아 계셨지. 아버지는 그 새장을 들고 방으로 들어가셨어. 나도 따라 방에 들어가니 아버지는 그곳에 계시지 않았다. 방 한가운데는 빈 새장만 놓여 있었어. 잠에서 깨어나 꿈 생각을 했어. 금조가 무엇을 뜻하는지, 왜 아버지가 느닷없이 꿈에 나타났는지 이해할 수는 없었어. 카펫에 그려진 새 그림 때문인가. 꿈이 하도 생생해서 금조라는 뜻을 곰곰이 생각해 봤는데, '오늘 아침'이라고 해석할 수도 있겠고 호주산 꿩과에 속하는 새일 수도, 포획이 금지된 새일 수도, 말 그대로 황금 색조를 띤 새일 수도 있겠지. 며칠 전에 백화점에 갔지만 뭐 특별히 살 것은 없었어. 그 남자는 보이지 않는다. 백화점 오층을 빙빙 돈다. 남자는 결국 나타나지 않았어. 명찰이라도 봐 둘걸. 아파트 바깥에 눈발이 날려. 처음 이곳 아파트에 이사 왔을 때도 하얀 것들이 날리고 있었어. 민들레 꽃씨들. 잘 포장된 정방형 도로들과 드넓은 아파트 단지 위에 민들레 꽃씨들이라니. 그 광경을 보면서 얼마 전 꿈에서 보았던 아버지의 얼굴을 떠올렸다. 가난하던 시절이 머릿속에서 흐른다. 우리 육 남매 말고도 배다른 사 남매가 이 세상에 존재한다는 것을 안 것은 대학교 이학년 때였어. 아버지에게는 오래 전부터 사귀던 여자가 있었나 봐. 그 둘 사이에 자식이 네 명이나 있었던 거야. 객지에 나와 고생하며 살면서도 참으로 많은 자식을 낳았다 싶다. 그런 일은 돈 많은 사람들한테나 있을 법한 일이 아닌지. 왜 그랬을까. 난 가끔 꽃집 앞에 진열해 놓은 선인장들을 보면 걸음을 멈추고 그것들을 바라보았어. 언젠가 무심코 보던 선인장을 어느 꽃집 앞에서 보고 있노라니 아버지가 왜 그랬었는지 알 것도 같아. 선인장이 꽃을 피우는 건 고사 직전에 번식을 하기 위해서라는 걸. 녹색과 가시잎들과 선홍빛 꽃 색깔의 앙상블이 죽음의 전주라고는 믿어지지 않아. 차라리 또 다른 생명을 위한 서곡이라고 표현하는 것이 낫겠지. 난, 아파트에서 사는 거 정말 만족해.

수선을 떨던 젊은 이발사가 세면대로 가서 손님의 머리를 감겨 주자 실내는 평온을 되찾아 나른한 분위기로 되돌아갔다. 남자의 몸에 씌웠던 하얀 천을 벗겼을 때 머리는 짧고 단정하게 깎여 있었다. 입원하기 전에 봐 왔던 남자의 모습과 딴판이다. 여자 면도사가 의자 등받침대를 뒤로 젖혔다. 남자는 그 위에 눕는다. 앞뒤로 유별나게 튀어나온 머리와 가슴에 포개어 놓은 자그마한 손과 짧고 두툼한 손가락들이 눈에 들어온다. 여자 면도사는 남자 얼굴에 면도용 크림을 바르고 뜨거운 김이 나는 수건으로 얼굴을 덮는다. 여자 면도사는 얼굴을 덮은 수건을 반 접어 남자의 이마가 나오게 하였다. 여자는 면도칼을 집어 들었다. 부드러운 손길처럼 예리한 면도날은 이마에 난 자잘한 솜털들을 밀어내기 시작했다. 면도날이 형광등 불빛에 반짝거릴 때마다 짧고 뭉툭해진 손가락을 어루만졌다. 봉합한 손가락들이 까맣게 타 들어갈 때 내 영혼도 그렇게 타들어가는 기분이었다. 둘째 손가락을 재수술해야 될지 말지는 일주일 더 지켜봐야 한다고 의사가 말했을 때 밥이 먹히지 않았다. 침대에 하릴없이 누워 손 병신이 아니라는 것을 어떻게 숨겨야 할지 고민했다. 침상에 누워 옆 병상에 있는 환자를 보면서 위안을 했다. 옆 사람은 양손 손가락이 모두 잘려 나가 봉합한 손가락에 철심을 박고 돌아다녔다. 그를 보면 슬픈 눈을 하고 있는 영화 '가위손' 주인공이 떠올랐다. 일주일 동안 억지로 밥을 먹으면서 상실감을 꾸역꾸역 삼켜야 했다. 그래, 가운데 손가락과 넷째 손가락이 새끼손가락만큼 짧아진 것, 손톱이 없어졌다는 것을 빼놓고는 달라진 것이 없었다. 그런대로 살아갈 수 있을 거라는 생각도 해보았다. 날씨가 이렇게 차면 시려서 힘을 잘 쓰지는 못하지만. 사고가 난 순간을 떠올라서 몸서리를 쳤다. 이러는 것도 시간이 지나면 사라지겠지. 여자 면도사의 칼끝에 남자는 아이처럼 잠들고 있었다. 내가 남자를 처음 본 것은 이곳 대부분의 건물이 그렇듯이 벽엔 금이 가 있고 덧바른 시멘트가 떨어져 매흙이 부서져 내렸다. 모서리가 깨져서 반들거리는 유리창은 시커먼 때가 덕지덕지 붙어 있는 삼층짜리 건물 앞이었다. 그는 그 건물에서 서성거리다가 분식집들과 보습학원, 미술학원과 음악학원들, 책과 비디오 대여점 앞을 지나 떡집 앞에서 무엇을 잊어먹은 사람처럼 걸음을 멈추고 멍하니 서 있었다. 마흔을 앞둔 삼십대 후반인 나와 동년배로 보인 그는 키가 좀 작고 남루한 잠바 차림에 약간 다리를 절었다. 그 당시 나는 실직 상태였고 이런 집에 이사 오게 만들었냐는 힐난조의 짜증 섞인 아내 잔소리와 불쾌감이 사라질만 하면 나타나는 바퀴벌레에 시달리던 때였다. 동네는 초등학교 옆 주택가로 왕복 이차선 도로가 나 있었다. 길 양쪽에는 가게가 딸린 이삼 층짜리 낡은 건물들이 마치 육칠십년대 풍경을 화면에 담기 위해 만들어 놓은 영화 세트처럼 어깨를 맞대고 다닥다닥 붙어 있었다. 그 다음에 남자를 본 것은 중국집에서 식사를 할 때였다. 남자는 중국집 건너편 빈 가게 안에서 도배 작업을 하고 있었다. 썰렁한 실내를 내비치는 유리창에 임대 문의와 전화번호가 적힌 흰색 한지가 붙어 있는 낡은 그 가게 분위기 때문인지 남자 표정은 어두워보였다. 가끔 개천 부근에서도, 그 반대편 이차선 도로 끝 부근에서도 그를 보았다. 그 남자가 이 동네에서 만드는 동선의 조각들을 연결시켜 보면 자연스럽게 낙후된 동네의 개념이 머릿속에 들어오는 것이다. 이차선 도로 한쪽 끝에 놓여 있는 개천이 구 경계선을 이루고 있었다. 그 건너편은 지하철 공사가 한창 진행 중이지만 몇 년이 지나도록 마무리되지 않은 상태였다. 어수선하기는 해도 시장도 있고 해서 다리 건너편은 나름대로 번화한 맛이 있었다. 그 반대편 신촌으로 빠지는 쪽은 버스들이 다니는 길목인데다 사거리에 큰 빌딩도 있고 아파트 단지도 몇 있어 제법 상권이 형성되어 있었다. 그러니까 그 중간에 있는 이 동네는 초등학교 등하교 시간을 제외하고는 한산하고 어둠이 깔리면 을씨년스럽기까지 한 지역이었다. 밤이 되면 길 양쪽의 네온사인 불빛에 동네가 슬며시 잠겨버리는 것이다.

현대식으로 기교를 부린 새로 지은 연립 주택들과 공사 중인 집들이 간간이 있었지만 예스러운 동네 분위기를 결코 바꾸지는 못했다. 어쩌다 한밤중에 폭주족들이 동네를 뒤집어 놓을 듯이 랩 음악을 크게 틀어 놓은 채 악을 지르며 오토바이를 몰고 가거나 머리에 기름을 바르고 검은 선글라스를 낀 젊은 남녀가 탄 지붕 없는 노란색 외제 스포츠카가 지나치기라도 하면 이 동네가 꽤나 외졌다는 것을 실감하게 된다. 거울 속에서 다시 여자의 환영이 나타났다 사라졌다. 현정이.

내가 언제 아버지에 대해 말한 적이 있던가. 아버지의 과거. 아버지는 평양공업학교를 나왔어. 졸업 직후 징병으로 끌려가 일본 동해안 어느 항구 해군 기지에서 전투기 정비병으로 근무를 하고 있었어. 일본이 패전하고 아버지는 자유의 몸이 되었지. 아버지는 나무로 만든 전투기들을 뒤로하고 황폐화된 작은 도시를 배회했어. 일본에 머물까, 아니면 사랑하는 동네 처녀에게로 갈까. 사람이 살면서 인생에서 몇 번은 운명적인 선택을 하게 되지. 아버지가 그런 때였나 봐. 며칠 동안을 그렇게 고민하다가 현해탄을 건너는 배에 몸을 싣고 부산에서 평양행 기차를 탄 거야. 평양에는 소련군이 주둔해 있었고 공산당 활동이 범상치 않았겠지. 아버지의 아버지 그러니까 내가 한 번도 보지 못한 할아버지의 집과 땅이 공산당에 접수되어 하루아침에 빈털터리가 된 거야. 아버지의 아버지는 지주였으니까. 아버지는 할아버지를 모시고 중화군 산서면에 있는 작은아버지에게 갔는데 희망이 보이지 않았나 봐. 아버지는 평양으로 가서 지금 나의 어머니를 만나서 아마 이런 식으로 말을 했을 거야. 난 일본에 정착해 돈을 벌어 볼까도 했지만 평양으로 왔어. 당신 때문에. 당신이 날 사랑한다면 그리고 날 믿는다면 함께 경성으로 가자. 우리의 인생을 새롭게 시작해보자. 여기서는 아무 희망이 안 보여. 어머니는 며칠간 시간을 달라고 했을 테고. 하긴 나 같아도 쉽게 결단을 내릴 수 있는 문제는 아니지. 대대로 살아온 고향을 버리고 부모 형제와 생이별을 한다는 것은 끔찍한 일이었겠지. 그러나 전쟁이 날지도 모른다고 했어. 시내에는 팔뚝에 줄줄이 시계를 찬 소련 군인들이 돌아다녔을 테고. 어머니는 결국 아버지를 따라가기로 결정했고, 한치 앞을 알 수 없는 미래의 운명을 한 남자에게 맡긴 어머니는 한국 전쟁이 나기 전 해 안내인을 앞세우고 아직 철조망도 없었던, 눈에 보이지도 않는 삼팔선을 넘어온 거야. 이듬해 한국 전쟁이 나기 한 달 전에 둘은 결혼을 했어. 내가 이 세상에 생긴 뿌리의 사연이야. 이젠 아버지의 아버지의 뿌리, 그 아버지의 뿌리, 나의 그 뿌리에 대한 흔적도, 아버지의 흔적도 내겐 없어. 열한 시 오십구 분에 멈춘 아버지 시계를 빼놓고는. 요즘은 길을 걷다가도, 회사에서 일하다가도 자꾸 눕고 싶은 생각만 들어. 가끔 내가 바다 속에 잠겨 있다는 착각을 해. 내 손에는 유일하게 수면 위와 연결된 밧줄이 잡혀 있고. 이 손을 놓아버리면 영원히 바다 깊숙이 잠기겠지.

이발을 하는 사람들의 열기에, 난로의 열기와 물통 위의 더운 수증기가 더하면서 눈이 감겼다. 몽롱한 것이 졸음이 되어 온다.

여자 면도사의 칼끝은 남자 귀에 난 솜털들을 밀어내고 있었다. 내가 남자와 처음 말을 나눈 것은 지난 초여름 길 건너편 작은 가게에서였다. 남자는 한쪽 팔로 오렌지주스 병과 과일 봉지를 안은 채 내 등 뒤에서 물건을 고르고 있었다. 미안하지만 저기 애플파이 좀 꺼내 줄래요. 나는 뒤로 돌아 남자를 쳐다보았다. 허연 먼지가 뒤섞여 있는 머리는 다보록해 보였다. 선반 위에 쌓여 있는 애플파이 상자를 하나 꺼내어 그에게 건네주었다. 그는 여전히 낡은 잠바와 체크무늬가 있는 바지를 입고 있었는데 바지 밑자락이 땅바닥에 끌려 해져 있었다. 나는 퇴원을 하고 나서도 머리는 삼일에 한 번, 면도는 지저분하다고 생각되면 밀었으며 집을 나설 때면 늘 말쑥한 외출복으로 갈아입었다. 그런 나의 의도적인 노력은 시간이 흐르면서 점차 시들해져 갔고 초췌한 것이 꼭 그 남자를 닮아가고 있었다. 남의 사생활에 대해 쑥덕거리길 좋아하는 동네 여자 몇 명을 제외하고는 남들이 나에게 바지 주머니에 넣은 왼손이 어떤지에 대하여, 왜 은미네 내외가 별거를 했는지에 대하여 특별히 관심을 두지 않는다는 것도 새삼 깨달았다. 오히려 최근에 부쩍 어수선해진 동네 분위기는 멀쩡한 생활인이라는 것을 억지로 내보이려 했던 나의 의지를 무색하게 만들었다. 트럭에 물건을 바리바리 실은 상인들의 마이크 소리가 줄줄이 이어졌고 거지가 동네를 배회하는 것도 자주 눈에 띄었다. 어떤 때는 정신 나간 여자가 초등학교 담 아래를 걸으며 손끝으로 타 들어가는 담배를 쥔 손을 휘저으며 입에 담지 못할 저주와 욕지거리를 하다가 어디론가 사라지기도 했다. 초저녁에는 칼 갈아요 하는 소리가, 야밤에는 찹쌀떡, 메밀

묵 하는 소리가 어울리는 동네였다. 저녁이면 선규와 은미와 개천으로 나가 사질토 위에 난 길을 걷곤 했다. 폭이 오십 미터가 넘는 제법 큰 개천이었다. 개천 건너편 제방 아래 한쪽 거친 땅에는 바지런한 동네 사람들이 배추나 상추, 얼갈이, 고추 등을 키우는 밭으로 사용되었고 그 위쪽 제방 위에는 개천 따라 가로수가 끝없이 늘어서 있어서 운치가 있어 보였다. 그 반대편 제방 아래에는 개천을 따라 사질토 위에 길을 내고 보도블록을 깔아 사람들이 자전거를 타거나 조깅, 산책 따위를 즐기도록 하였다. 개천의 물도 맑았다. 지난 추석 때에는 한 젊은이가 밤에 개천 다리 아래에서 낡은 바바리코트를 입고 오, 수잔나인가 제니 보이인가 하는 곡을 색소폰으로 연주하기도 했다. 느린 곡조의 색소폰 소리가 흐르는 가운데 아이들은 그 주위에서 불꽃놀이를 하며 개천 위를 아름답게 수놓았다. 그 애잔한 색소폰 소리는 개천을 따라 흐르면서 늘어서 있는 잡풀들을 흐느적거리게 하고 개천 물에 잠긴 달을 취하게 하면서 다리 위로 바람 타고 흘러서는 길가로 퍼져 나갔다. 무엇보다도 내 심장의 동혈, 음습한 곳까지 흘러 들어와 황량한 들판의 억새풀이 일으키는 소리가 되었다. 남자는 가끔 다리 위에 서서 잠바 주머니에 손을 넣고 개천 아래를 내려다보곤 했다. 색소폰 소리는 사라졌고 아이들이 개천 위 밤하늘을 수놓던 불꽃놀이의 잔영은 다리 위에 서 있는 남자의 모습과 스산하게 오버랩되었다. 대천 다리 위에 서 있던 남자의 인상이 채 가시기도 전에 그 남자를 다시 본 것은 한 분식집에서였다. 남자는 김밥을 사 가지고 나갔다. 분식집 여자도 나의 부재를 알고 있었는지 어디 다녀왔냐고 물었다. 나는 적당히 얼버무렸다. 방금 나간 남자 있지? 예. 검게 탄 얼굴에 깡마르고 눈이 해쓱하게 들어간 분식집 여자가 앉아 있던 탁자 위에는 팔정도 책과 불교 관련 만화책이 널려 있었다. 저 남자 도배하는 사람이라더군. 저렇게 작은 키에도 도배 일이 가능한가 봐. 왜요? 세상에 그보다 더 믿지 못할 일들을 신문 지면에서 매일 보…. 분식집 여자는 내 얘기엔 아랑곳없이 김밥을 말면서 말을 잇는다. 그나저나 큰일이여. 하루에 이삼만 원도 못 본당게. 다음날 그걸루 재료 사고 아저씨하고 애들 차비 주면 남는 게 없어요. 저 건너편 은하양말가게가 분식집으로 바뀌었지요? 네. 근데 지난 준가 지나치다 보니께 분으로 얼굴에 떡칠을 하고 입술엔 빨간 칠을 하고 술을 판당게. 그 망할 년이. 하기야 두 딸년 맥여 살려믄 뭐락도 해야 되지만 얌전히 분식집이나 해먹지, 남정네들 홀리면서 밤엔 아랫도리도 파는지 모르겠어. 도마 위에 올려놓고 김밥을 썰다가 칼을 쥔 손을 허공에 휘저으며 말했다. 그럴 리가 있냐고 대답하고는 난 딸의 눈치를 살폈다. 아, 하는 수작 보면 다 알아. 저 아래 공사하고 있지. 거기 인부들이 들락거리는데. 동네에서, 그것도 학교 바로 옆에서 분식집 간판 걸고 그러면 안 되지. 김밥을 접시에 담아 식탁에 내왔다. 우리 아저씨, 공사장 일을 하는데, 돈도 못 받고 그렇다고 일을 그만두지도 못하고 저러고 있네. 술만 처먹고. 장사도 못하는 주제에 음식값은 죄다 올려서 손님 발길 다 끊어 놓구 말이야. 분식집 여자의 타령은 계속되었다. 고등학교 다니는 딸년이 말을 듣지 않고 쏘다닌다고, 외박까지 한다고 또 다시 불평을 늘어놓았다. 나는 그 딸과 관련해서 더 심한 얘기가 나올 것 같아 서둘러 계산을 하고 분식집을 나왔다. 분식집 여자의 말에 의하면 남자가 이 동네에 모습을 나타내기 시작한 것은 지난봄부터라고 했다. 기억을 더듬으면 오래 전에 남자가 미니 봉고차에서 도배 작업 도구들을 내렸던 것도 같았다. 그러나 최근 들어 그는 빈손으로 이 동네를 돌아다녔다. 여자의 면도날은 남자의 귀와 턱 사이의 수염들을 밀고 있었다. 이발을 다 하고 난 후의 남자 모습이 궁금해졌다. 남자는 얌전한 아이처럼 손을 가지런히 맞잡고 가슴 위에 올려놓고 있었다. 나는 다친 손을 꺼내어 어루만졌다. 병원에 있을 때 한쪽 손엔 붕대를 감고 한쪽 손은 비밀 주사약을 걸어 놓은 폴 대를 끌고 화장실을 가는데 마침 병문안 온 친구와 복도에서 마주쳤었다. 이 시간에 예수가 병원엔 왜 돌아다니냐고 했다. 그 친구, 어디 비길 데가 없어 나 같은 놈을 그런 성인에다 비유하나 싶었다. 하긴 폼이 비슷하긴 했다. 머리가 긴데다 감지도 못하고 수염도 못 깎았으니까. 육체적, 정신적 고통이 심하기도 했고. 그런데 내가 정말 아파했던 것은 뭐였을까.

더 이상 사람들은 늘지 않았다. 이발사들의 부드러운 가위질 소리가 나른하게 이어졌다. 여자 면도사가 칼을 놓고 스킨로션을 남자의 얼굴에 발라 준다. 김이 피어오르는 수건으로 남자 얼굴을 닦아 주고 목 주변을 수건으로 툭툭 치며 머리카락을 털어냈다. 머리 감아요. 여자의 짧고 강한 어투엔 짜증이 섞여 있지만 자신의 일에 대한 자부심과 포만감도 섞여 있었다. 남자는 자신이 거쳐야 하는 의식을 경건하게 받아들였다. 남자는 의자에서 벌떡 일어나 세면대 앞으로 갔다. 목에 금목걸이를 차고 짧은 머리에 기름을 발라

올백으로 넘긴 갸름한 얼굴의 젊은 이발사는 발로 의자를 밀어 놓고 턱으로 의자를 가리킨다. 남자는 젊은 이발사의 작고 날카로운 눈빛에 기가 눌린 듯 이내 눈을 내리깔고 의자에 앉는다. 이발사는 빠른 손놀림으로 수건을 남자의 목에 두르자마자 머리를 내리누른다. 조그만 키에다 엉덩이가 들리고 머리가 세면대에 처박힌 모습이 우습기도 하고 측은해 보이기까지 했다. 젊은 이발사에게 예의를 지키라고 한마디하고 싶었지만 그만두었다. 어쩌면 남자는 이 버릇없는 이발사뿐만 아니라 뭇사람들로부터 비웃음을 산 일이 많았을 터이다. 그런 세상에서 자신이 어떻게 처세하며 살아가야 하는지 터득하고 있을지도 모른다. 바가지에 뜨거운 물과 찬물을 적당히 퍼 담은 젊은 이발사는 남자의 머리 위에 쏟아 부었다. 남자의 머리 위로 김이 하얗게 솟아오른다. 젊은 이발사는 한 손으로 남자의 목을 누르듯 잡고 머리에 비누칠을 한 뒤 우적우적 감겨주기 시작했다.

대학교 삼학년 때였지. 기억 나? 그날 비가 많이 왔는데. 날 집에 바래다준다고 비를 맞으며 우리 동네에 왔었지. 어둔 골목길에서 내게 키스를 하고. 빗속에서 넌 내 손을 잡고 집 앞에 있는 산으로 향했어. 구두를 벗고 스타킹을 벗은 채 빗물을 먹은 산 흙을 밟으며 네가 이끄는 대로 산 속으로 들어갔어. 무서워? 아니. 가슴은 방망이질을 하고 있었어. 빈터에 올라섰을 때 주위에는 어둠과 폭우와 바람에 흔들리는 아카시아꽃들과 나뭇잎뿐이었어. 발아래에는 눈처럼 아카시아꽃들이 깔려 있었고. 우리의 발소리를 그 아카시아꽃들이 삼켜 버렸지. 너는 나에게 입맞춤을 퍼부었지. 나의 몸은 빗물에, 너의 입술에, 아카시아꽃에 녹아 흘러내리고. 빗방울들은 숲속으로 날아들면서 아카시아꽃이 되어 머리 위로, 어깨 위로 날렸어. 넌 서툴지만 격정적으로 나의 몸을 찾았지. 흔들리는 몸을 지탱하려고 두 팔로 땅을 짚자 아카시아꽃에 파묻혔다. 통증. 통증 때문에 상체는 점점 기울어지고 어느새 얼굴은 아카시아꽃밭에 파묻혔어. 생경한 육감과 꿈결 같은 촉감. 격정 속의 서툰 너의 몸짓, 네 손길, 파열되고 부서지는 나의 몸, 비에 젖은 흙과 아카시아꽃들. 마치 바다 속을 유영하는 기분이었어. 넌 더듬거리며 내 손을 찾았지. 그때까지만 해도 바로 옆에 누워 있는 남자. 바로 너와 결혼하게 될 거라고 생각했어. 너는 나의 첫 남자였으니까. 너무도 당연한 그 사실에 대하여 난 더 생각할 것이 없었어. 그저 낯선 여자처럼 되어 버린 내 주위의 것들만 눈에 들어왔어. 아카시아꽃들 위에 누워 있는 너의 알몸, 나의 알몸. 우리를 에워싼 아카시아나무들, 아직 채 떨어지지 않은 하얀 아카시아꽃들, 그 사이 사이로 보이는 회색 조각하늘, 그리고 내 영혼을 적시며 흔적조차 없이 사라지는 빗방울들. 바다 속 열대어들처럼 숲 속 빈터에 날리는 아카시아꽃들.

만화책을 보며 키득거리던 아이들이 머리를 깎고 빠져 나가자 이발소는 조금 한산해지기 시작했다. 주말이라 손님들은 계속 들어올 것이다. 남자가 이발하는 것은 내 예감이 맞는다면 지하방 여자 때문일 것이다. 그 여자의 방을 구경한 것은 얼마 전이었다. 날이 추워지면서 보일러를 틀었으나 작동되지 않았다. 보일러는 지하실에 있었다. 보일러 기술자를 전화로 불렀다. 그와 함께 지하실로 내려갔을 때 마침 여자는 집에 있었다. 가볍게 눈인사를 했다. 여자의 눈은 해맑았다. 짧게 커트를 하고 파마를 해서 하얀 살결의 목이 산뜻하게 드러나 있었다. 지하실 한쪽에 각층으로 연결된 보일러들이 있었고 방문 앞쪽 빈 공간은 부엌으로 사용되고 있었다. 백열전등 불빛 아래서 기술자가 보일러를 손질하고 있는 동안 여자는 설거지를 하고 있었으며 나는 그 옆을 어슬렁거렸다. 지하실인데도 곰팡이 냄새가 심하지 않았다. 여자의 방 쪽에서 그녀의 살림 솜씨가 오롯하게 느껴졌다. 달콤하고 맑은 향기가 나의 몸으로 스며들었다. 슬쩍 방안을 들여다보았다. 방은 깨끗했다. 작은 담자색 보가 깔린 책상 위에 놓여 있는, 유리컵에 꽂아 놓은 노란색 프리지어가 먼저 내 시선을 끌었다. 어두컴컴하고 습기 찬 시멘트 바닥 부엌과 대비가 되는 방안은 볼수록 아담하고 포근해 보였다. 작은 창문에는 분홍색 커튼이 있고 방바닥엔 노란색 장판이 깔려 있었으며, 벽엔 녹색 꽃무늬 벽지가 붙어 있었다. 앙증맞은 타원형 거울이 달린 화장대와 작은 침대, 오디오 세트와 텔레비전이 깔끔하게 정돈되어 있었다. 침대 위 벽에는 무명 화가가 그렸을 법한 그림이 걸려 있었다. 하얀 옷을 입은 소녀가 무릎을 꿇고 시선을 위로 한 채 두 손을 모으고 기도하는 그림이었다. 고흐가 그렸던가, '애도하는 사람'의 그림을 연상하게 했다. 아빠를 따라 내려와 여자 방을 구경하는 은미가 더 신기해 하는 눈치였다. 예쁘게 꾸미고 사시네요. 내가 칭찬을 하자 여자는 환하게 웃으면서도 부끄러워했다. 은미는 어느새 방안에 들어가 이것저것 구경하고 있었다. 여자는 그게 싫지만은 않아 보였다. 남자가 이 동네를, 여자의 집 주위를 맴도는 걸 이해할 수 있을 것도 같았다. 젊은 이발사가 남자의 바지 뒷주머니에 흰 수건을 꽂아 놓는다. 남자는 나를 쳐다보다가 이내 세수를 하기 시작했다. 흰 천 밖으로 나와 있던 현정이의 차갑고 파란 기운이 도는 손이 떠올랐다. 그것을 머릿속에서 지우려고 애를 썼다. 이번에는 거울 속에서 현정이가 나를 응시했다. 거울 속에서 어른거리는 현정이의 얼굴이 창백했다. 밤이면 방 안을 기웃거리는 달빛. 현정이가 떠난 직후 가끔 방에 누워 있으면 창문으로 밤하늘과 달과 별들이 훤히 보였었다. 창문을 통해 들어온 달빛은 어둠 속에 누워 있는 나의 얼굴을 비추었다. 저 달빛이 데스마스크(death mask)를 뜨는가 싶어 벌떡 자리에서 일어나기도 했다. 가위질 소리에 고개를 들었다. 핏기 잃은 거울 속의 현정이가 여전히 나를 응시하고 있었다. 현정이가 내 곁을 완전히 떠나기 전 몇 번의 전화 연락을 무시했다. 만나자고 했을 때도 만나 주지 않았다. 얼마 전까지만 해도 내가 아쉬워 전화를 했었는데 자격지심인가. 그녀가 버럭 목소리를 낼 땐 날 비웃고, 다른 직원이 전화를 받을 때는 일부러 내 전화를 피하는 것 같기도 하고. 어느 땐 영어로 말하는 사람이 받을 때도 있었다. 미국인이었을 것이다. 영어 단어를 더듬더듬 늘어놓으며 그녀를 찾았더니 유창한 영어로 대답했다. 아마 그녀가 부재중이라는 소리인 것 같았다. 외국인의 입에서 흐르는 낯선 언어가 소원하게 느껴져 이제는 쉽게 다가갈 수 없는 곳에 그녀가 있구나 하는 기분마저 들었다. 실직해서 동분서주 할 때 그녀로부터 전화 온 것을 알면서도 연락 못하던, 때로는 일부러 하지 않았던 때가 있었는데. 남자는 머리를 깎고 나서 거울 앞에 섰다. 남자는 나를 알아보는지 쳐다보다 시선이 마주치자 이내 고개를 돌리고 짧아진 머리를 손질한다. 얼굴에 로션을 바르고 머리에 기름을 바르고 빗질을 한다. 남자는 양복을 입었다. 양복은 헐렁하긴 해도 잠바 차림보다는 훨씬 나아 보였다. 남자는 밖으로 나가 개천 쪽으로 걸어갔다. 남자가 시야에서 사라졌다. 입원하기 전 언젠가 은미와 함께 개천으로 가기 위해 문을 나섰을 때 남자가 상기된 얼굴을 하고 총총걸음으로 골목을 빠져 나가는 모습을 보았다. 안 좋은 일이 있었던 모양이었다. 도배하러 온 것은 아니었다. 지하방 여자가 제 뜻대로 따라 주지 않는 듯한 표정이었다. 그때도 남자는 붉은 넥타이에 허름한 곤색 양복을 입고 있었다. 그때서야 남자가 이 동네에서 만드는 동선이 내가 사는 집으로 점점 가까이 이동하고 있다는 것을 깨닫게 되었다.

나른한 것이 마치 바다 위에 떠 있는 기분이야. 잠은 더 오지 않아. 바닷물이 빠져 나가는 걸까. 허리가 아파. 미안해. 그런 편지 써서는 안 된다는 것쯤은 알아. 전에도 말했지만 내가 어떤 의식을 치르는 것으로 이해를 해줘. 널 내 머릿속에서, 마음속에서 아니 내 인생에서 지워 버리고 싶어. 그렇게 하지 않으면 정말 난 미쳐 버릴 거야. 편질 읽고 나면 태우겠지. 여자들이 화장을 하듯. 사람이 죽으면 화장하듯. 요즘은 별을 보고 싶어. 네가 언젠가 말해 주던 것처럼 그 검푸른 공간에 하얗게 수놓은 별들 말이야. 서울에서도 볼 수 있다고 했지. 북한산에 올라가면. 검푸른 공간에, 작렬하는 태양 빛에 하얗게 부서지는 여름 바다처럼, 펼쳐진 별들 말이야. 그런 거 보면 빛과 어둠은 한배에서 태어난 형제일 거야. 어둠이 없으면 빛의 존재도 없는 거지. 내가 이혼한 날 밤, 위로해 준다고 날 태우고 인왕산 스카이웨이를 갔었지. 꼬불꼬불 숲 속에 난 길들을 한참 가다가 우거진 나무들 사이로 동네의 불빛들이 정릉이라고 했지. 난 정말 착각을 했어. 밤하늘의 별들이 정릉이라는 마을에 다 내려와 있는 줄 알았어. 넌 운전을 하면서 어린 시절에 보던 밤하늘의 별 얘기를 했고 비행기에서 뿌린 삐라 얘기도 했지. 햇빛을 받아 은빛 조각처럼 날리는 것들을 잡으려고 아이들과 함께 동네를 뛰어다녔다고. 그 삐라들은 밤하늘의 별들이 내려오는 거라고. 그 별들은 동네 주택가의 기와지붕 위로, 어느 집 마당으로, 길 위로, 산 너머 어디론가 사라졌다고 했지. 네 앞에도. 지상에 내려앉은 그 별은 종이였지만 가쁜 너의 숨을 멈추지 못하게 하는 어떤 마력을 가진 그 무엇이었다고 했지. 넌, 늘 내가 살아 있다는 느낌을 줘. 넌 내 숨겨진 본성을 끌어내고 하찮은 것들 앞에 세워 놓고 나를 전율하게 해. 소파에 마냥 앉아 있다. 베란다 통유리 너머에는 가는 눈발이 날리고 있다. 민들레 꽃씨들이 날리는 것 같다. 가끔 잠을 자다가 자리에서 벌떡 일어나 깜깜한 방을 둘러본다. 내가 살아 있는 걸까. 인식 체계의 혼란. 있다와 없다의 판단 기준의 붕괴. 지금 내가 살고 있는 게 현실인지 아닌지도 혼란스러워. 아이가 미치도록 보고 싶어. 그런데 눈물은 안 나. 나중에는 내가 아이를 보고 싶어하는 건지 아닌지, 슬픈 건지 아닌지도 알 수 없는 시간이 오겠지. 문득 자리에서 일어나 아버지의 시계를 찾는다. 거실에 나가 붙박이장의 서랍들을 모두 열어 보았지만 보이지 않는다. 주방에 있는 서랍들도 열어본다. 잡다한 물건, 이것저것 쌓아 올려놓은 책꽂이에서는 시계는 보이지 않는다. 괜히 마음이 초조해진다. 한 번도 찾아보거나 관심을 갖지 않다가 막상 눈에 보이지 않으니까 어디에 있는지 확인하고 싶어졌어. 책장 서랍. 장식장, 티브이 받침대 아래 수납장, 다용도 수납장을 돌아다니며 뒤진다. 장롱 문을 열자 한 번도 뜯지 않은 물건들이 균형을 잃고 방바닥으로 쏟아져 나온다. 내가 아파트에 살면서 이렇게 많은 물건을 샀던가. 거미줄 같은 이 도시에 살면서 사들인 물건들이다. 방바닥에 쏟아져 나온 그것들은 마치 공허한 섹스를 하고 난 흔적처럼 널려 있다. 그것들을 헤치고 코트를 제치면서 주머니를 뒤졌다. 아버지의 시계가 겨울 코트 주머니 안에서 나왔어. 시계는 멎어 있었어. 시계를 들여다봤어. 금방이라도 초침이 움직일 것처럼 보인다. 지난번 바닷물에 젖은 내 시계 옆에 아버지 시계를 나란히 놓았어. 지하 주차장에 있는 거미줄에 거미가 잡혀 있는 걸 봤는데 얼마 전에 보니까 반도 안 남은 채로 매달려 있었어. 언젠가 그 거미를 볼 수도 있었는데, 인기척에 어둠 속으로 사라졌어. 결코 제 모습을 완전하게 드러내는 법이 없다. 내가 본 것은 노란색과 검은색의 줄무늬를 하고 있는 다리와 몸. 상체와 하체 중심에는 커다란 반점이 있었어. 놈은 정말 강렬하고 화려한 색깔을 하고 있다. 그 붉은 반점 안으로 내 영혼이 빨려드는 환상에 빠진다. 오늘은 청계천 벼룩시장으로 간다. 오늘의 예정된 사냥. 차의 시동을 켤 때마다 가슴이 울렁거린다. 알 수 없는, 방향 감각을 상실한 충동. 무슨 물건을 살까. 돌아다니다 보면 끌리는 물건이 있겠지.

앉으세요. 나는 일어나서 남자가 앉았던 의자에 가 앉았다. 여자 면도사는 흰 천으로 내 몸을 감쌌다. 집게로 흰 천 끝자락을 목 뒤에서 고정시키자 근엄한 동작을 하며 이발사가 다가왔다. 너무 꽉 조여져서 목이 불편했다. 헛기침을 몇 차례 했다. 어떻게. 짧게. 짧게…. 손가락은 이미 짧아졌다. 이 겨울도 짧게 잘라 주었으면 좋겠다. 이발사가 미소를 지으며 말한다. 왜 죄가 이렇게 자라도록 오지 않았습니까? 수도원에 다녀왔지요. 나도 농담조로 대꾸했디. 내가 병원에 있는 동안 니의 부재를 알고 궁금해 하던 동네 사람들 몇몇이 있다는 게 그나마 고마웠다. 이발사는 수건을 물에 축여 뜬 머리카락을 잡아 나갔다. 오랜만에 왔는데 아예 완전히 밀어버릴까요. 시원하게 말이죠. 이 한겨울에? 나는 고개를 끄덕였고 이발사는 고개를 저었다. 죄 없는 사람은 없어요. 그러나 너무 많은 죄를 짓는 것도 문제죠. 그래서 사람들은 이곳에 오는 거고 나 같은 사람도 필요한 것 아닙니까. 짧으면 됩니다. 이발소 사장은 독실한 기독교 신자이긴 해도 배타적이지 않고 넉살도 좋아 동네 사람들의 인심을 얻고 있었다. 하지만 머리에다 죄를 대입시켜 입버릇처럼 얘기하는 것에 은근히 부아가 나 비아냥거렸다. 아, 모양이라도 내야지. 그나마 세상이 아름답지. 안 그러면 더 추하지 않소. 내가 눈을 감고 입을 다물자 이발사는 머리를 쳐나가기 시작했다. 난 죄를 자르는 게 아니라 마음을 자르는 거야. 거울 속에서 경춘 국도가 펼쳐졌다. 실직하기 직전, 춘천에 출장을 간 날, 경춘 국도에는 유난히 많은 잠자리 떼가 날아다니고 있었다. 춘천의 아파트 공사장에서 인부 한 명이 죽고 두 명이 중상을 당하는 사고가 일어난 날이었다. 봉고차는 시속 백 킬로미터로 달리고 있었다. 타닥타닥. 유리창에서 잠자리들이 부서져 나갔다. 윈도우 브러시가 쉼 없이 잠자리의 잔해에서 흘러나온 누런 액들을 닦아내는 동안에도 계속 날아와 머리를 터트리고 있었다. 속도가 줄어들면 머리 없는 잠자리들이 하늘거리며 차 뒤로 사라졌다. 두 손을 모아 쥐었다. 가운데 손가락과 넷째 손가락은 봉합에 실패해 썩은 부위를 다시 잘라내야 했지만 둘째 손가락은 다행히 봉합에 성공해 손톱 아래 으깨지고 잘려 나간 부분만 도려낸 그곳에 생살을 이식했다. 리버스 아일랜드라는 수술 방식으로 손가락 하단 부위를 도려내 손가락 끝 부분에 섬처럼 심어 놓고, 뜯어낸 손가락 하단에는 발바닥 안쪽의 살을 떼어 내 덮는 약간 복잡한 수술이었다. 수술실로 끌려가면서도 내내 리버스 아일랜드라는 말을 뇌까렸다. 리버스 아일랜드. 아일랜드. 재수술을 받기 직전 의사에게 봉합 실패로 잘라낸 손가락을 달라고 했더니 의사는 어리둥절해했다. 그리고는 쓴 미소를 지으며 그렇게 하자고 했다. 굵은 주사 바늘이 왼쪽 어깨에 박히니 뻐근했다. 시간이 흐르면서 팔은 마치 나무 조각을 달아 놓은 것처럼 감각을 잃어 갔다. 머리 위에서 가위질 소리가 들리자 난 눈을 감았다. 이발사의 가위질 소리와 의사들이 손끝에서 칼질하는 소리가 중첩되어 귀를 괴롭혔다. 더 이상의 우주 비행은 없었다. 깊은 수렁 속으로 몸이 잠기는 기분이 들었다. 작년이었던

가. 현정이와 인사동 찻집에서 만나던 날 모습이 떠올랐다. 그녀는 늦은 밤에 전화를 했었다. 그날따라 늦게까지 일하고 들어왔다. 웬만하면 그냥 쉬고 싶었다. 그런데 그녀가 했던 말이 귀를 먹먹하게 했다. 아무래도 못 살 것 같아. 난 아무 말도 하지 않았다. 둘은 오랫동안 전화기를 든 채로 그렇게 있었다. 수화기를 통해 그녀의 고르지 못한 숨소리가 들려왔다. 현정이는 그 어색한 통화 끝에 나와 줄 수 있겠냐고 어렵게 한마디했다. 그 말. 그 느낌. 찻집의 문을 여니 나의 눈에는, 현정이. 손끝에서 의사들의 메스가 서걱거린다. 일그러지고 참담한 표정의 현정이 모습이 사라지고 망망대해의 섬이 아스라이 머리에 떠올랐다. 눈을 떴을 때 내가 누워 있는 침상은 복도를 지나 병실로 들어가고 있었다. 미몽 중에도 무감각해진 살에 바늘과 실이 관통하던 느낌들이 남아 있었다. 왼손에는 이미 팔뚝까지 올라오는 두툼한 새 붕대가 감겨 있고, 오른쪽 발에도 붕대가 감겨 있었다. 바늘로 찌르는 것 같은 통증이 간헐적으로 이어졌지만 심하진 않았다. 시간이 얼마나 지났을까. 맨 살을 도려낸 발과 손끝이 욱신거리기 시작했다. 통증 때문에, 손에 곁은 탐욕이 잘려 나간 고통 때문인가. 어서 이 시간들이 지나갔으면. 머리를 들어 보니 가느다란 철심이 박힌 채 새까맣게 썩어 버린 두 개의 손가락이 비닐봉지에 담긴 채 가슴 위에 놓여 있었다. 나는 손을 들어 그 위에 포갰다. 의사나 아내도 나의 그런 행동을 이해하지 못했다. 하지만 어떤 미련이 그래야 한다고 날 독촉했다. 혐오스럽지만 내 인생을 미워할 수만도 없는 어떤 감정이.

나만의 꿈을 만들어 드리는 즐거운 홈! 쇼킹! 쇼핑! 시간이 돌아왔습니다. 자, 오늘은 어떤 상품부터 소개해 볼까요. 예, 오늘은 쁘티 패션 시계군요. 세계의 유명 잡지사들마다 극찬한, 당신과 나만의 영원한 약속, 커플 시계로군요. 지하 주차장에서 거미를 봤어. 정밀산업의 결정체와 유명한 초현실주의 화가가 그린 세계적인 명작과의 만남이군요. 땅거미 하나가 왕거미의 거미줄을 타고 올라갔어. 우리나라에서는 단 백 개만 한정 판매하는 이 세계의 줄은 백 퍼센트 가죽으로 되어 있고 색상도 고급스럽고 다양하군요. 왕거미가 어둠 속에서 땅거미를 기다리고 있다. 이 시계의 특징은 열두 시간 눈금을 최대한 줄이고 시계 전면에 그림을 최대한 살렸군요. 땅거미는. 에메랄드 색 바탕에 황금빛 새가 어디론가 날아가는 모양입니다. 거미줄이 출렁하고, 이어지는 격렬한 움직임들. 시계를 볼 때마다 환상 속에 빠져드는 느낌을 받을 것 같군요. 왕거미가 땅거미의 몸에 거미줄을 칭칭 감는다. 이화영 아나운서가 시계를 차봅니다. 저도 한 번 차 볼까요. 자, 어떻습니까? 더 이상 움직임은 없고 거미줄의 미동만이 남아 있다. 시간을 볼까요? 영시 이십오 분. 맞죠? 왕거미가 어둠 속으로 사라진다. 커플 시계로 연인들만의 계절을 연출해 보시지 않겠습니까? 너에 대한 미련 이제 없어. 이 상품 역시 삼 개월 무이자 할부 결제가 가능하구요. 널 귀찮게 하는 일 앞으론 없을 거야. 자막에 소개해 드리는 것처럼 이십사 시간 주문을 받고 있습니다. 널 위해 카디건을 하나 샀는데. 전화번호가 나가고 있지요. 갈색이야. 공공팔공 공공팔공 사오사옵니다. 이걸 전해 줄 수 있을지. 이화영 아나운서, 다음에 소개할 상품은 어떤 거죠?

흰 천위로 남자가 이발할 때와 마찬가지로 나의 머리카락이 수북이 내려앉았다. 의자에 앉아 고개를 숙이고 있던 남자의 모습이 어른거렸다. 남자의 머리는 늘 부스스했다. 도배를 하면서 묻은 물풀이 보득해져 한 눈에도 지저분해 보였다. 남자는 언젠가 골목에서 여자와 다퉜다. 베란다에 나가 보니 지하방 여자와 남자였다. 여자는 남자의 등을 떠밀며 가라는 손짓을 했다. 여자는 바닥에 떨어져 있는 꽃다발을 주워 남자의 손에 던지듯 안겨 주었다. 줄기에서 떨어져 나간 장미 몇 송이가 골목길에 뒹굴었다. 그들은 나를 올려다보았다. 나를 의식해서인지 남자는 무언가 여자에게 하고 싶은 말을 하지 못하고 여짓거리다가 뭉개진 꽃다발을 들고 골목을 빠져 나갔다. 여자는 철문을 소리 내어 닫고 집안으로 들어가 버렸다. 거울을 들여다보았다. 거울 속의 현정이가 멀어져 갔다. 현정이가 아파트 생활에 만족한다니 다행이었다. 그 대신 직장을 계속 다니게 되었다고 했다. 네 이름이 적힌 아파트 등기부 등본과 외국 회사라는 직장이 어느 한편으론 남편 역할을 해주겠지. 든든한 그 무엇으로서. 아파트는 널 때리지 않을 테고. 너에게 미친 년이니 어쩌니 욕도 하지 않을 것이며 아파트를 정신병원에 집어넣어야 될지 말지 고민할 것도 없고. 아파트가 술을 잔뜩 먹고 와서 너의 옷을 거칠게 찢고 강제로 침대에 눕히는 일도 없을 테지. 문만 걸어 잠그면 그 누구도 너를 방해하지 않겠지. 전화 코드까지 뽑아 놓으면 더욱 좋겠지. 넌 어떤 확실한 것을 잡고 싶어하는 눈치였어. 그러면서도 쉽사리 재혼할 엄두도 못하고. 이혼녀라는 과

거의 초라하고 초조해하던 모습은 정말 씻은 듯이 사라지고 직장 여성으로 완벽하게 탈바꿈했다. 더군다나 미국 회사라 더 세련되어 보였었는데. 그런데 왜 넌 그래야만 했을까. 다른 선택은 없었던 거니. 아까 그 남자 아세요. 이발사가 말을 걸었다. 알죠. 몇 개월 전부터 봤는데 동네 여자를 쫓아다니는 것 같아요. 총각이 처녀 쫓아다니는 게 이상한가요. 난 반문했다. 둘이 어울려 다니면 동네 구경거리가 될까 봐 그래요. 그럼 어디 가서 살라고. 구경거리가 되면 어때서. 흰 천 위로 쌓이는 머리카락이 눈에 들어왔다. 흰 머리카락도 적지 않게 섞여 있었다. 고개 숙인 내 앞에 있는 흰 머리카락은 어리석은 삶의 반복을 더 이상 허용하지 않겠다는, 세월이 내게 주는 경고인지도 모른다. 바람이 차가워지면서 호떡 파는 노점상이 부쩍 눈에 띄었을 때 산에서 남자를 보았었다. 산은 다리 건너편 시장을 지나서 길가에 있는 초등학교 뒤에 자리잡고 있었다. 산 위에 오르자 넓은 공터에 바람이 불면서 흙먼지가 일었다. 남자는 언제 와 있었는지 그 바람을 맞으면서도 움직이지도 않은 채 동네를 내려다보고 있었다. 아이 서넛이 농구대 앞에서 공을 튕기고 있었고, 비만을 걱정하고 있을 법한 나이든 여자 몇몇이 손에 목장갑을 끼고 공터를 돌며 조깅을 하고 있었다. 나는 그 남자와 거리를 두고 서서 전경을 둘러보았다. 좌측 북한산 줄기가 우측으로 가면서 만든 안정된 스카이라인은 남산과 육삼빌딩 쪽으로 오면서 높아지다가 우측 관악산 쪽으로 흐르면서 곤두박질쳤다. 그런 스카이라인 안쪽 아래에 파묻힌 동네가 그것과 대조를 이뤄 한눈에 들어왔다. 서울의 모든 곳이 쌓아 올리기만 하는데, 높아만

가는데. 좁은 이차선 도로를 사이에 두고 고만고만한 집들이 옹기종기 모여 있는 동네가 새삼 정감이 갔다. 남자는 숲속에 난 길을 걸었다. 그와 거리를 두고 숲길을 걸었다. 그는 길옆에 난 들꽃들을 유심히 보기도 하고 잡풀이 난 곳에 앉아 나뭇가지들의 각을 유심히 보곤 했다. 나는 나의 눈으로, 아니 그의 눈을 통해서 나무의 생명력을 읽을 수 있었다. 어떤 나무는 줄기를 중심으로 부챗살 가지들을 달고 있어서 마치 편집증 환자 같았다. 그러나 나무 줄기를 중심으로 구십도 이상 옆으로 뚝뚝 뻗은 가지들을 보면서 왜 난 저렇게 살지 못했을까 하는 회한이 자꾸 머릿속을 짓눌렀다.

저녁이 되어 어둠이 이 동네에 내렸을 때 눈발이 날리기 시작했다. 이층 베란다로 나왔다. 말끔하게 깎인 머리를 싸늘한 바람이 훑고 지나간다. 연이어 목덜미에 눈발이 스치고 지나간다. 등골까지 싸늘한 전류가 흐르면서 가볍게 몸이 떨렸다. 공중 군무를 펼치면서 하얀 무희들은 감나무, 대추나무 가지 끝을 붙잡고 휘돌아 담위에서 왈츠를 추며 길 위의 온갖 것들을 달뜨게 한다. 은미와 선규도 장갑을 끼고 나와 손끝으로 눈을 만진다. 골목에서 여자가 모습을 드러냈다. 여자가 들어가고 나서 골목길에 나 있는 하얀 발자국들을 보았다. 베란다에서 서성거렸다. 내 예상이 맞는다면 남자는 곤색 양복에 붉은 넥타이를 매고 바지 끝을 눈 덮인 길바닥에 끌면서 골목에 나타날 것이다. 낮에 본 대로 머리는 단정할 테고 베란다, 화단, 지붕 그리고 동네 집들의 마당과 길 위에 눈이 더금더금 쌓여 갔다. 이십 분 정도 지났을까. 하얀 무희들의 군무가 절정에 달했을 때 뽀득뽀득 발자국 소리를 내며 남자가 나타났다. 손에는 커다란 장미 꽃다발이 들려 있었다. 벨이 울린다. 여자가 마당에 나타나고 문이 열렸다. 서로 목 인사를 한다. 들어오세요. 여자가 나지막하게 말한다. 남자는 문 안으로 들어온다. 남자가 여자에게 꽃다발을 내민다. 여자가 꽃다발을 받아들고 환하게 웃는다. 남자의 뒤에서 여자가 꽃다발을 든 채 한 손으로 남자의 머리와 어깨에 내려앉은 눈들을 털어주었다. 긴장이 가시지 않은 듯 남자가 어색한 미소를 짓는다. 남자는 앞장선 여자를 따라 지하방 쪽으로 갔다. 언젠가 현정이가 한 말을 곰곰이 생각해 보았다. 안 만나기도 힘들고. 웃으면서 말했지만 그녀의 본심이었을 것이다. 난 그 말을 듣고 마음이 무거웠다. 그녀가 날 만나는 걸 버거워하고 있다는 것을, 그녀의 심정이 꽤나 혼란스럽다는 걸 알았다. 알면서도 각자의 영역이 있으므로 난 모른 척했다. 또 다시 불행을 반복하지 말기를. 그렇다고 새로운 만남을 두려워하지 않기를 바랐는데.

눈이 동네를 곱게 쓰다듬으며 깊어가는 밤. 서랍을 열고 비닐봉지에 담아 놓은 껌정이들을 꺼내들었다. 형광등의 스위치를 내렸다. 창문으로 스며든 골목 외등 불빛을 머금은 그것들을 손에 쥔 채 천천히 방바닥에 엎드렸다.

불길한 예감. 불안감. 오른손으로 왼팔을 잡고 손을 잡아 뺐다. 프레스가 순식간에 덜컹했다. 엄청난 압력. 회한의 삶을 한순간에 압축해 버리는 가공할 압력이었다. 손끝에서 뜨거운 기가 일순 빠져 나간다. 피가 솟구쳤다. 붉은 피가 바닥 위로 흩뿌려진다. 프레스의 아가리가 피를 흘리며 입맛을 다셨다. 그 자리에 주저앉았다.

벌어진 동공이 빨갛게 물들었다. 공장 천장이 흔들리며 돌았다. 흐려지는 의식의 끈을 붙잡으려고 애를 쓸수록 환영들이 머리를 어지럽혔다. 홍머리동이가 돌개바람에 뺑줄을 맞고 허공을 가르며 이리저리 날았다. 숨이 막히고 입 안에서 터져 나갈 비명이 맴돌기만 했다. 입술을 물어뜯었다. 쥐약 먹은 개처럼 다리를 버둥거렸다. 하늘색 작업복 소매가, 바지가 검붉게 물들어 갔다. 사람들의 다급한 발자국 소리들. 소리들.

눈을 감았다. 묵직하게 느껴지는 두 개의 껌정이들을 손으로 꼭 쥐었다. 조심스럽게 귀와 가슴을 방바닥에 댔다. 외등 불빛이 조용히 방 안에 흘렀다. 바퀴벌레가 사각거리는 소리가 들려왔다. 사랑을 나누는 것일까. 그 소리가 점점 귓가에서 멀어지면서 일층에서 사람들의 말소리와 아이의 피아노 치는 소리가 이어진다. 중간에서 자꾸 음이 틀린다. 서투른 피아노 음 중간 중간에 여자가 지하실 보일러 옆 부엌에서 음식을 들며 일으키는 사기그릇의 합주가 시멘트벽을 뚫고 겹겹의 빙층을 뚫고 점점 가깝게 들려온다. 피아노 소리는 멀어져 갔다. 세상의 모든 소음도 사라졌다. 지하 단칸방이 머릿속에서 떠올랐다. 양구 소양강이 떠올랐다. 이십 년 전 기억 저편으로 흘러가 버린 소양호도. 숲 속에 앉아 잔바람에 벽파를 일으키며 흐르는 강을 보노라면 강물 위를 걷고 싶은 충동이 일었다. 하늘과 산과 경계선을 이루면서 그 어떤 것과도 장벽을 두지 않는 호수와 강의 모습. 나도 저렇게 살고 싶다고 속으로 다짐하곤 했었다. 겨울이 되면 소양호는 얼음 벌판으로 변했다. 얼어붙은 호수를 보면 마음이 저릿저릿해 오면서 내 육신에서 영혼만 도려내

듯 정신을 맑게 했다. 계곡에서부터 강을 따라 훑으며 내려오는 영하 삼사십 도 정도 되는 혹독한 바람이 호수의 수면을 얼어붙게 했다. 내 뺨을 할퀴고 지나갈수록 그 얼음 벌판은 더욱더 명징해지고 내 심장의 피는, 몸속에 흐르는 피는 더욱 뜨거워졌다.

여자는 개다리소반에 수저와 젓가락을 놓고 정갈한 밑반찬이 든 그릇을 하나 둘 놓는다. 남자는 방 안에 앉아 여자의 동작들을 반은 긴장해서 반은 흐뭇한 표정으로 지켜본다. 마침내 여자가 상을 들고 방 안으로 들어가자 남자가 얼른 일어나 상을 받아든다. 둘이 저녁을 먹는다. 여자가 만든 찌개에서 김이 솟아오른다. 서로 숟가락을 부딪치며 국물을 떠먹는다. 남자와 여자의 작은 뺨엔 홍조가 번지고 있다. 오늘만큼은 행복할 것이다. 아니 행복해야 한다. 여자가 일어나서 의자를 창 아래에 놓는다. 이리 와 봐요. 여자가 남자를 일으켜 세운다. 남자는 여자가 이끄는 대로 창가로 간다. 여자가 의자에 올라서려고 한다. 남자는 여자를 의자에 올라가도록 돕는다. 이번에는 여자가 의자 위에서 남자에게 손을 내민다. 남자는 어리둥절해한다. 여자는 남자가 의자 위로 올라오도록 손을 잡아준다. 남자도 의자에 올라섰다. 여자가 까치발을 하며 남자에게 공간을 내준다. 여자가 창문을 연다. 눈이 아직도 와요. 저렇게. 남자는 오른팔로 여자의 어깨를 감싼다. 봄 같아요. 봄? 예. 아카시아 꽃들이 만발해서는 나무와 거리가 온통 하얗게 되는 봄이요. 남자와 여자는 어깨동무를 한 채 발끝으로 서서 겨우 눈만 든 채 눈 오는 풍경을 내다본다. 아직도 잠들지 않은 아이들이 내지르는 눈 먹은 탄성이 골목길에서 퍼진다.

갑자기 귀에서 윙윙 소리를 내다가 조용해졌다. 말린 대추처럼 쪼그라든 검은 손가락들을 두 손으로 모아 쥐고 가슴에 품었다. 다리를 오므렸다. 뺨과 방바닥 사이로 뜨겁고 축축한 것이 스며들었다.

남자는 여자의 손을 잡고 의자에서 내려와 방에 앉힌다. 방바닥에는 아카시아꽃들이 눈처럼 깔려 있다. 남자도 여자 쪽으로 바투 다가가 앉는다. 남자의 짧고 투박한 손가락들은 여자의 눈을 만진다. 뺨을 만지고 머리를 만진다. 팔을 만진다. 여자의 짧은 손가락을 만진다. 여자도 손을 가볍게 떨면서 남자의 몸을 더듬기 시작한다. 아카시아꽃들이 그들 머리와 어깨 위로 날린다. 남자와 여자는 서로 그렇게 육신의 작은 마디마디를 손끝으로 느끼고 있었다. 상대의 몸이 자신의 몸인 양 둘은 서로 무릎을 맞대고 앉아 사랑을 한 술씩 떠서 호호 불며 입안에 담는다.

눈을 떴다. 사방이 조용했다. 손을 폈다. 창문으로 스며든 불빛이 여전히 까맣게 탄 손가락을 비추고 있었다. 그렇게 엎드린 채로 어둠 속에 함몰되어 갔다. 하얀 무희들의 입맞춤과 포옹에 세상의 모든 것이 그들에게 온몸을 맡기고 품에서 소담스럽게 잠들고 있었다. 몸을 일으켜 불을 켰다. 책상 앞으로 갔다. 외투를 걸치고 편지가 담긴 봉투를 들고 집을 나섰다. 모래내로 나가 일산으로 가는 좌석버스에 올랐다.

1307호는 불이 꺼져 있었다. 망설이다 벨을 눌렀다. 잠시 후에 문이 열렸고 헝클어진 머리를 매만지며 충혈된 눈을 한 여자가 문

앞에 서 있었다.

"정말 오실 줄은 몰랐어요."

"무례함을 용서해 주십시오."

편지가 담긴 봉투를 내밀자 받을 생각도 없이 뒤돌아섰다.

"들어오세요."

여자는 거실로 날 안내했다. 거실로 들어서자 유난히 큰 볼륨의 티브이 소리가 귀를 때렸다.

"커피 한 잔 하시겠어요."

나는 고개를 끄덕였다. 여자는 무표정하기도 했고 약간 화가 나 있는 것 같기도 했다. 편지들이 담긴 봉투를 탁자 위에 내려놓았다. 여자가 봉투를 바라보며 주방으로 갔다. 흰 새가 날고 있는 붉은 카펫 위에 내가 서 있다는 것을 알았다. 소파에 가 앉았다. 여자의 방을 보았다. 귀를 요란하게 자극하는 티브이 소리는 거실과 반쯤 열린 여자의 방안을 맴돌면서 아파트의 빈 공간을 가득 채우고 있었다. 여자 방 창문 살이 눈에 들어왔다. 티브이로 시선을 돌렸다. 광고 방송이 요란하게 나오고 있었다. 시선을 티브이에서 여자로 돌렸다. 여자가 쟁반에 커피잔을 들고 왔다. 여자가 일어나 티브이 쪽으로 갔다. 여자가 티브이 스위치를 눌렀다. 이십삼 평의 아파트 공간이 갑자기 정적 속에 빠져들기 시작했다.

"드세요."

여자는 거리를 두고 다시 소파에 앉았다. 무슨 말을 먼저 꺼내야 할지 몰랐다.

"눈이 무척 많이 옵니다. 내가 고등학교 때, 그러니까 칠십 년

대죠. 그땐 눈이 지금보다 훨씬 많이 왔는데."

여자는 고개를 끄덕일 뿐, 표정은 바뀌지 않았다.

"진심으로 사과드립니다."

여자는 무슨 말인가 꺼내려 했지만 내키지 않은 모양이었다. 잠시 후에 조용히 입을 열었다.

"편지들, 본인 게 아니면 건들지… 하지만 됐어요."

"뭐라 사과드려야 할지."

여자의 표정을 훔쳐보았다. 조금은 누그러진 모양이다. 그래, 너 얼마나 외롭겠니. 베란다에 뒹굴던 네 편지들, 마치 내게 보낸 편지와도 같았어. 넌 현정이의 전철을 밟고 있는 거야. 커피잔을 집어 들었다. 하얀 바탕에 핸드 페인팅이 된 커피잔이었다.

"홍진 씨와 이 아파트가 그리 낯설게 느껴지지 않습니다."

"그렇겠군요."

둘 사이에 침묵이 흘렀다. 커피잔이 일으키는 소음이 텅 빈 아파트의 거실에 울려 퍼졌다. 귀를 멍하게 했던 티브이의 소음이 지금의 이 어색함을 삼켜 버렸으면.

"뜻밖에도 댁이 그 커피잔의 첫 손님이군요."

"남자 친구, 이곳에 오지 않았나요?"

여자는 고개를 저었다.

"오늘 댁이 웃는 얼굴을 하고 절 용서한다는 말을 들어야 집에 돌아갈 수 있을 것 같군요."

"그렇게는 안 될 걸요."

여자는 날 흘겨보았지만 그건 악의가 아님을 한눈에 알 수 있었다. 그래, 넌 지독하게 외로운 여자니까. 커피를 마시면서 베란다 밖을 보았다. 눈발이 어지럽게 날리고 있었다.

"민들레 꽃씨가 아니라 다행이군요."

여자가 웃었다.

"올라오면서 주차장엘 들렀습니다.

"……."

"거미가 보이지 않더군요."

"어디서인가 감시를 하고 있겠죠. 그 거미줄에 올라간 땅거미들은 그 거미의 밥이 될 테고."

새벽 다섯 시가 되어 집에 도착했다. 은미와 선규는 깊은 잠에 빠져 있었다. 자리에 누웠을 때 여전히 바퀴벌레들이 사각거리는 소리가 들려 왔다. 가끔 그 소리가 안 나면 괜히 궁금할 때도 있었는데 여자의 아파트에서 나오려고 할 때 그녀는 등뒤에 대고 나지막하게 말했다. 지금 바로 가지 않아도 되면 함께 시간을 보내는 것은 어떨까요. 그냥 조금만 더. 난 주저했지만 그 청을 거절할 수 없었다. 후회하지 않을 수 있으면. 나는 문 앞에서 돌아섰다. 사회 생활을 하면서 동년배를 만나는 일은 그리 쉬운 일이 아니죠. 그리고 넌 눈물나게 외로운 여자니까. 나는 미소를 지으면서 고개를 끄덕였다. 여자가 가볍게 입술을 깨물었다. 나는 여자를 따라 방으로 들어갔다. 균일하게 주름이 잡힌 세라믹 갓 아래에서 옅은 연녹색 불빛이 흘렀다. 여자의 얼굴이 창백해 보였다. 여자가 스탠드 등을 껐다. 나는 침대에 걸터앉았다. 여자는 눈을 감았다. 어두운 방 안에 그렇게 있는 여자의 모습이, 나의 모습이 낯설지도 어색하지도 않았다. 어쩌면 현실감을 잃은 나의 감정 탓인지도 모른다. 아니면 균형이 깨진 감각 때문인지도 모르고. 일주일간이나 베란다에서 비바람을 맞은 채 나뭇잎들과 함께 뒹굴었죠. 당신이 보낸 편지. 난 이사를 온 지 얼마 안 되던 때였습니다. 꽤나 힘들었던 시간들이었는데. 나도 모르게 편지에 손이 간 겁니다. 여자는 눈을 감은 채 말없이 듣기만 하다가 목소리가 참 듣기 좋네요. 편하게 느껴져요. 귀에 대고 속삭이듯이 부드럽고. 여자가 어둠 속에서 나의 손을 찾았다. 나는 여자의 손을 잡아주었다. 여자가 손에 힘을 주었다. 부드러우면서도 여리고 가느다란 여인의 손길이 느껴졌다. 나는 몸을 일으켜 여자 옆에 누웠다. 여자가 몸을 돌려 나의 품으로 들어왔다. 머리에서 입김에서 몸에서 여자의 향이 흘렀다. 동네 개천 건넛산 숲길에서 핀 들국화의 향이었던가. 넌 어떤 의식이 필요한지도 모르지. 그래 봤자 우린 상실감만 커질 거야. 하지만 넌 나의 어깨에 박혔던 마취 주사 같은 것이 필요할지도 모를 거야. 넌 무엇을 잘라낼 건가. 나는 팔로 여자를 감싸 안았다. 나의 가슴 위로 여자의 손이 올라왔다. 자살한 여자가 있었어요. 여기처럼 이혼을 하고 그만. 여자가 나의 입술에 손가락을 갖다 댔다. 나의 입을 막았던 여자의 손이 천천히 아래로 움직였다. 그녀의 손은 나의 가슴에 새겨진 홈들을 따라 알 수 없는 그림을 그려 나갔다. 난 여자를 안았다. 마치 여자에게 그럴 자격이 있는 남자처럼. 여자가 나의 짧아진 손가락들을 어루만져 줄 때 포장된 물건들로 가득 찬 그녀의 방 안을 둘러보았다. 손가락이 아려왔다. 온몸이 아려왔다.

그녀는 감포 바다 빛으로 넘실대는 창문을 보고 있었다. 창문으로 스며든 희미한 빛이 강물처럼 방 안으로 흐르고 있었다. 전 번식을 포기한 여자예요. 육체적으로, 정신적으로. 그저 소비만 할 뿐이죠. 지금 댁과 함께, 이 시간을 소비하는 것처럼. 저것들은 이 도시를 맴돌면서 산 물건들이에요. 저 물건들은 결국 내 가슴을 채우지 못하지만 텅 빈 아파트 공간을 채워 나가고 있죠. 무엇보다도 물건을 사면서 내가 지금 살아 있다는 것을 확인할 수 있거든요. 몸이 흔들렸다. 침대가 흔들렸다. 경대 옆에, 장롱 위에, 침대 옆에 쌓아 올린, 애초부터 상품의 기능 따위는 아랑곳하지 않고 구입했을, 또한 한 번도 손을 대지 않은 물건들이 흔들거리기 시작했다. 금방이라도 방 안에 있는 공허한 부피들이 공중에서 마구 날뛰다가 현재를 잃어버린 남자와 과거와 미래를 잃어버린 여자 위를 덮칠 것만 같았다.

다시 권태롭고 나른한 생활로 돌아갔다. 손가락 때문에 통원 치료를 위해 외출하는 것을 빼고는 그저 그런 일상생활이었다. 여기저기 이력서를 보내 놓고 겨울을 보내고 있었다. 아침에 선규와 은미 때문에 늘 잠을 설치는 것도 마찬가지였다. 가끔 아내로부터 전화가 왔다. 은미 바꿔 줘. 잊을 만하면 칼갈이 아저씨의 목소리가 초저녁 집 앞 골목길에 울려 퍼지곤 했다. 카알 갈아요오오. 카알이나 가아윗! 장사도 안 되면서 엉버티던 분식집 아주머니는 딸년 사람으로 만들겠다며 딸이 다니는 학교 근처인 행당동으로 이사가서 밤이면 그 근처가 더 썰렁해졌다. 은하분식집도 별 차이는 없었다. 공사가 끝나면서 들락거리던 인부들의 발길이 끊어졌다. 은하분식집 여자의 눈가 주름과 세련미라고는 전혀 없는 새빨간 루즈는 그래도 변함없다. 그 입술을 보면 전쟁터로 나가는 인디언 전사들의 비장한 눈빛이 떠올랐다. 은미는 친구들과 티격태격하면서도 여보 당신하며 소꿉놀이를 한다. 이발소 앞 관상수는 시들하지만 죽지도 않고 잘도 버틴다. 잘은 모르지만 사철이나 동백일 것이다. 얼어 죽지만 않는다면 겨울 끝에 은하분식집 여자의 입술을 닮은 꽃을 볼지도 모른다. 떡집 누렁이는 아이들의 짓궂은 발길질에 이리저리 쫓겨 다녀도 싫은 내색 없이 동네 골목길을 어슬렁거린다. 남자는 가끔 지하방을 찾아왔다. 그는 나를 알아보고 골목이나 길에서 마주치면 눈인사를 했다. 그러고 보니 시내나 서울 다른 어느 곳에서도 흔치 않게 있을 거 다 있는 동네다. 나는 일산의 여자에게 두 번째이자 마지막으로 편지를 보냈다.

내가 사는 집 지하방에 혼자 사는 여자가 있습니다. 어제 그 여자가 마침내 남자와 팔짱을 끼고 하얗게 변한 동네 이차선 도로에 모습을 나타냈습니다. 발목까지 빠질 정도로 많은 눈이 쌓인 길을 둘이 걷는 모습이 아름답습니다. 그 여자는 동네에서 제일 느리게, 제일 오랫동안 걷는 사람입니다. 보폭이 십 센티미터나 될까요. 키가 좀 작거든요. 일 미터도 안 될 겁니다. 남자는 여자보다 조금 더 작지요. 그들이 함께 걷는 모습을 보면서 왜 기뻐할 수만은 없었는지, 그들이 걷는 뒷모습을 보면 왠지 모르게 콧등이 싸해지고 가슴이 저미어 옵니다. 호기심 많은 동네 여자들이 문밖으로 나와 걸음을 멈추고 두 사람이 눈 덮인 길 위로 걸어가는 모습을 유심히 비켜보더군요. 남자는 다리를 약간 절어요. 나도 몰랐는데 동네 사람들이 평소에 관심이 많았던 모양입니다. 아마 말전주하는 이들이 바쁘게 생겼는지도 모릅니다. 보기 드문 구경거리를 즐기는 것만은 아니겠지요. 이 동네에서 일 년만 더 살까 합니다. 여긴 바퀴벌레가 많습니다. 놈들이 싫지만은 않습니다. 놈들은 끊임없이 나의 생명력을, 나의 과거와 현재와 미래의 끈이 끊어졌는지 아닌지 시험합니다. 가끔 소양호를 찾아갈 생각입니다. 밤무리 겨울 언덕을 거닐고 싶습니다. 그 언덕엔 뭐 특별한 것은 없습니다. 그저 마주보고 있는 산과 산 사이로 흐르는 강과 호수의 풍경, 소박한 밤무리마을 사람들을 이어주는 작은 길들이 그렇게 있으면 나의 빈 마음을 온전하게 채워줍니다. 한겨울이 되면 호수는 얼음 벌판으로 변합니다. 한 계절을 마감한 잎들을 털어내고는 거친 바람에 맞서듯 웅웅거리며 노래하는 마른 나뭇가지들 사이로 은빛 강이 내려다보입니다. 그 아래에는 파닥거리며 유영할 빙어도 있을 테고. 난 이번에 두 마리의 잿빛 빙어도 봤는데, 아주 짙은 잿빛이었거든요. 선착장 근처에 내려가 두꺼운 얼음을 깨고 무지러진 손으로 외짝 얼레를 잡고 줄을 감았다 풀었다 하면서 빙어를 낚는 견지낚시 재미가 괜찮을 겁니다. 이쪽에서도 댁이 봤다는, 정릉 동네에 내려앉았던 그 수많은 별들을 볼 수 있을 겁니다.

기대한 것은 아니지만 일산 여자로부터 답장은 오지 않았다. 그 이후로도 그녀의 낯익은 편지를 더 이상 볼 수 없었다. 나와 여자는 서로에게 아파트 단지 위로 날리는 민들레 꽃씨든지, 공허한 부피든지, 아니면 경춘 국도 위를 날아다니는 잠자리가 될 것이라는 것을 잘 알고 있었다. 내가 마지막으로 보낸 편지는 반송되지 않았다. 어쩌면 그녀가 나의 편지를 더 기다리고 있는지도 모르고 감포 바다로 아주 떠났을지도 모른다. 혹은 또 다른 여자가 그 아파트 1307호에서 나의 편지를 기다리고 있는지도 모르는 일이었다. 그래도 여자의 편지가 기다려졌다. 여자가 어떻게 살고 있는지도 궁금했다. 무엇을 잘라내고 무엇을 채우며 살아가고 있는지.

(1999년 《문학사상》 소설부문 신인문학상 수상작, 문학사상사, 2000년 2월호)

클로버꽃 잡초에 눕다

월급 명세서만큼은 결코 보여주지 않을 것이다. 자존심도 자존심이지만 또다시 손해를 보는 것은 견딜 수 없다. 경애는 결혼한 지 한 달도 안 돼서 이 따위 생각이 드는 것이 분했다. 과거의 상처들이 토란처럼 다닥다닥 달라붙어 의식 한가운데로 뽑혀 올라오자 경애는 불쾌감을 감추지 못하고 입술을 깨물었다.

왜 결혼을 했나. 왜라니. 난 결혼을 원했던 거야. 수희처럼 살 생각도 했지만 그렇게 살 자신은 없었어. 오전에 으레 하는 일들을 끝내자 조금은 한가해졌다. 총무와 지점장에게 말해 입출금이나 처리하는 창구로 보내달라고 할까. 부서 이동을 하려면 아직도 몇 개월은 더 지나야 한다. 바쁜 창구로 옮기면, 그래서 일에 파묻혀 살면 마음이 가벼워질 거야. 하지만 일이 있다고 해서 집중이 될 것 같지는 않다. 정신없이 바빠서 불쾌감이 들어설 틈이 없었으면 좋으련만 경애는 잊고 싶은 일들이 자꾸 눈에 밟히고 있었다.

몇 달 전만 해도 휴일엔 종일 방안에서 뒹굴면서 마음껏 잠도 잤다. 베란다에 나가 늦은 아침의 햇살을 즐기기도 했다. 결혼을 하고 나서는 그런 느긋한 즐거움은 사라졌다. 휴일엔 더 바쁘다. 밀린 빨래를 하고 시댁에 다녀와서 설거지와 청소를 하고 나면 해는 이미 기울고 있었다. 결혼 전 어머니와 함께 살림살이를 장만하려고 하루 종일 전자 대리점과 시장, 백화점을 돌아다니던 걸 떠올리면 약이 오른다. 누구 좋으라고 그렇게 다리가 퉁퉁 부어오르도록 돌아다녔을까. 결혼식장 안의 화려한 조명과 치장, 하객들의 웅성거림, 들뜬 분위기의 기억이 경애의 무거운 마음과 교차되어어색한 기분을 가라앉히지 못했다.

결혼을 잘못한 건가. 수희는 혼자 살면서 연애도 하고 안정된 회사 간부라는 사회적 지위와 혼자만의 영역을 갖고 있다.

"남자를 불러내서 함께 시간을 보내기도 하지만 그건 어디까지나 초대한 것뿐이야. 할애해 준 시간 안에 남자는 나의 공간에서 떠나야 해. 상대방도 그걸 잘 알아. 상대를 그렇게 길들이는 거지. 참, 선물 하나 준비했어. 잘 알려진 그림인데, 멋있는 액자도 골라났다. 거실에 걸어놓으면 잘 어울릴 거야. 너는 정말, 행복하게 살아야 된다."

결혼 전 커피숍에서 만났을 때 수희가 한 말을 경애는 생생하게 기억하고 있었다. 난 그런 수희를 부러워한 적이 있었다. 수희의 삶이 도대체 어떤 느낌을 가져다주는 걸까 호기심도 있었다. 몇 번의 시도도 있었지만 결국 그렇게 하지 못했다. 정말 잘 살수 있을까. 불쾌감도 불쾌감이지만 결혼 전 혼자 지낼 때의 외로움과 불안감과는 또 다른 것이 경애의 마음 깊은 곳에 밀려오고 있었다.

그럴 때마다 영호 선배가 떠올랐다. 마음이 힘들 때 영호는 나를 버티게 해주었다. 하지만 내 사람이 되지 못한 사람이다. 내 사람이 되지는 못했어도 결혼 상대로 생각했던 사람이기도 하고 섹스 파트너로 생각한 사람이기도 했다. 따지고 보면 끊어진 것도 아니고 팽팽하게 이어진 것도 아닌 영호와의 관계는 지난 세월 버팀목 역할을 해준 셈이었다.

그와 마지막으로 만난 것은 일 년 전쯤일 것이다. 외국에 나갔다는 말을 사진동호회 회원으로부터 들은 적이 있었다. 그는 그곳에서 신발 장사를 한다고 했다. 나중에는 나쁜 소문도 나돌았다. 주색과 도박 때문에 장사해서 번 돈을 탕진해 몇 번씩 병원 신세를 졌다는 말도 들었다. 그 이후 서울에서 영호를 딱 한번 만난 적이 있었다. 편지가 왔었고 돈이 필요할 것 같아 얼마간의 돈을 부쳐 주었다. 그는 정리가 되는 대로 다시 인도네시아로 간다고 했다.

삼사 개월에 한 번씩 서울에 온다고 말했지만 일 년이 다가도록 영호의 연락은 오지 않았다. 그도 사진을 그만둔 지 오래되었다고 했다. 수첩을 꺼내들었다. 김영호의 전화번호가 눈에 들어왔다. 전화기에 손이 갔지만 경애는 망설였다. 결혼하고서 남자에게 전화를 한다는 게 꺼림칙하고 잘못을 저지르는 아이처럼 켕겼다.

다시 손님들이 몰려들었다. 경애는 객장에서 날아오는 불편한 시선을 느꼈다. 고개를 들자 삼십대로 보이는 한 남자가 경애의 눈에 들어왔다. 그도 객장에서 서성이면서 경애에게 눈길을 주었다. 손님들의 얼굴 사이로 영호 얼굴이 떠올랐다. 다시는 보고 싶지 않은 얼굴도 떠올랐다. 어쩌면 객장에 앉아 있는 사람들 중에 전 남편의 친구가 와 있는지도 모른다.

경애는 다시 그 남자를 유심히 바라보았다. 그가 친구를 보내날 감시하든 말든 난 이 자리를 지켜야 한다. 흔들리면 안 된다. 아무래도 안 되겠어. 전화를 해야겠다. 통화만 된다면 어떻게 해서든지 오늘 선배를 만나야만 한다. 이런 기분으로 집에 들어갈 순 없잖아.

전화가 왔다. 경애는 영호가 아닐까 기대했지만 이내 대출 상담 전화라는 것을 알았다. 통화를 끝내고 수화기를 내려놓자 아까부터 객장을 서성이며 경애에게 눈길을 주던 남자가 자판기에서 커피를 뽑아 맞은편 소파에 앉는 것이 보였다. 그는 잡지를 집어들고 뒤적거렸다. 커피를 다 마신 후 경애를 힐끔 보고 나서 종이컵을 힘주어 구겨서는 휴지통에 던져 넣었다. 경애는 그와 눈을 마주치지 않으면서 그의 행동을 주시했다. 그가 일어섰다. 경애는 눈을 부릅뜨고 볼펜을 쥔 손에 힘을 주었다. 흔들리지 말아야 한다. 경애는 요즘 들어 대리와 차장의 눈이 예사롭지 않다는 걸 본능적으로 느끼고 있었다. 그가 다가오자 경애는 반사적으로 허를 펴고 두 다리를 모았다.

"무엇을 도와드릴까요."

남자는 경애의 단호한 표정을 보고는 조심스럽게 대출 건에 대해 물어왔다. 다 네놈들 수작인 거 알아. 경애는 속으로 중얼거리며 남자를 창구 앞으로 안내했다.

"여기 앉으세요."

남자는 앉으면서 경애를 쳐다보았다. 경애는 그의 시선을 애써 피하며 대출 안내 책자를 펼쳐 들었다. 경애는 남자가 요구한 대출이 가능한지 하나씩 짚어가면서 설명해 주었다. 남자가 대출을 받을 수 있는 조건에 대해 조목조목 설명을 해주고 필요한 서류 항목도 일러 주었다. 경애의 자세에는 빈틈이 없었다. 손에 쥔 볼펜도 언제든지 예리한 칼끝으로 변할 것처럼 보였다.

남자는 친절한 상담에 고맙다는 말과 함께 경애의 손에 눈길을 던지고는 이내 객장을 떠났다. 옆 창구에서 고지서 납부를 하던 여자들이 떠나고 경애가 몇 차례의 전화를 더 받고 나서야 작은 객장은 조용해졌다. 경애는 그들을 무사히 물리쳤다고 생각하며 조금씩 긴장을 풀었다. 심장은 토끼 가슴처럼 뛰었다. 가슴을 손으로 쓸어내리며 대출 신청자들이 가져온 서류를 몇 번씩 뒤적거렸다. 불쾌감은 가라앉지 않고 다른 불쾌감을 불러왔다.

"이제 결혼도 했으니 매달 사십만 원을 보내거라. 통장 번호 적어 줄 테니 종이하고 연필 다고."

어이가 없었다. 아무리 시어머니라고 하지만 대놓고 용돈을 달라니. 그렇다고 거부할 수도 없었다. 내가 무슨 대단한 회사에 다니던가. 은행의 말단 직원 아닌가. 구조 조정으로 언제 쫓겨나갈지 모르는 형편이기도 했다. 무엇보다 대리와 차장의 곱지 않은 시선이 마음에 걸렸다. 경애의 입장을 이해해 주고 편들어 주리라 기대했던 남편도 그녀가 어떤 태도로 나올지 궁금하다는 듯 예의 주시했다. 시어머니는 남편의 아이를 맡아 키우고 있으니 어쩔 수 없다고 했다. 다 너희들의 행복을 위해 이 고생이란 말도 하였다. 아이 문제를 연관지으면 이해 못할 것도 없었다.

하지만 시어머니는 특별 용돈을 벌써 두 번이나 타갔다. 결혼한 달 만에 이럴 수 있는가. 백번 양보해서 생각해도 경애는 속이 상했다. 작지만 건물 몇 채 갖고 있는 시댁이라 더욱 화가 치밀었다. 그래서는 안 되는데 계산을 하게 되었다. 경애는 남편의 통장에 돈이 얼마나 들어 있는지, 재산이 얼마나 되는지 파악조차 못하고 있었다. 그런 사소한 것들이 쌓여 한 달이 되어 가자 이 결혼에 대한 손익 계산서를 따지는 자신을 경애는 보고 있었다. 손해 보고 있다는 느낌을 떨쳐낼 수가 없었다.

감정이 폭발한 것은 어젯밤이었다. 남편은 갑자기 월급 명세서를 보여 달라고 했다. 매달 휴지통으로 들어가는 그까짓 종잇조각을 보여 줄 수도 있었다. 하지만 괜한 오기가 발동하고 말았다. 남편은 누가 주든 마찬가지라고 했다. 어차피 우리 부부 수중에서 돈이 나가야 한다고 남편은 말했다. 그러니 월급이 얼마인지 자기가 알아야 한다고 했다.

"드릴 돈 다 드렸는데 무슨 월급 명세서예요. 알 것 없어요."

경애는 쏘아붙였다. 남편의 얼굴이 벌겋게 부어올랐다. 남편이 중얼거리면서 안방으로 향했다. 경애는 거실에 선 채로 남편 뒷모습을 바라보았다. 남편은 큰 소리가 나도록 문을 닫았다. 가슴이 철렁 내려앉으면서 기억하고 싶지 않은 옛날 일이 불쑥 고개를 내밀었다. 거실 벽에 걸려 있던 커다란 액자가 흔들렸다. 결혼 선물로 구스타프 클림트의 '키스'를 보내 준 수희가 떠올랐다. 경애는 빨랫감들을 세탁기에 신경질적으로 집어넣었다. 그래 당신도 불쾌할 거야. 경애는 합성 세제를 퍼서 세탁물에 풀었다. 자존심도 상했겠지.

"내 자존심도 이미 망가졌어."

세탁기 스위치를 눌렀다. 경애의 머릿속이 윙윙거리며 혼란스럽게 돌기 시작했다. 월급 명세서를 보여 줄 걸 그랬나. 갈등이 일었지만 끝까지 보여주지 않겠노라고 경애는 다짐했다. 경애는 웃음기라고는 전혀 없는 남편의 고압적인 태도, 손짓, 얼굴 표정을 떨쳐내려고 애를 썼다. 객장을 무심한 표정으로 바라보던 대리가 머리를 흔들며 수화기를 드는 경애를 쳐다보았다. 신호는 꽤 오랫동안 흘렀다. 수화기를 내려놓으려는데 전화기 저편에서 벨소리를 삼키는 목소리가 들려왔다.

"저 경애예요."

"아, 경애."

"연락 안 하기로 작정한 거죠."

"오랜만이다. 직장 생활은 여전하고."

"예, 외국에선 언제 온 거예요?"

"몇 달 됐어. 언제 시간 나면 한잔해야지."

경애는 기다렸던 말이 나왔다는 듯이 얼른 말을 이었다.

"그러면 오늘은 어때요."

"오늘? 오늘은 좀 그런데."

"꼭 좀 만났으면 해요."

영호는 잠시 뜸을 들이다가 승낙했다.

"그럼 내 작업실에 오지 않으래. 구로역 근처야. 별일 없었어?"

"별일이라면 별일이 있었죠."

"만나서 이야기하죠. 의논할 것도 있고."

할 얘기란 게 달리 있지는 않았다. 하지만 결혼한 사실은 알려야 했다. 정리라면 정리가 필요하다. 오늘 내가 그를 만나고자 하는 목적은 정말 이건가. 결혼했다는 사실을 알리는 거? 자, 봐라, 결혼은 이렇게 하면 되는 거야 하고 보여 주려고? 경애는 자신이 우스워 보였다.

이혼을 하고 지난 시절을 돌이켜보면 그 한가운데 영호 선배가 자리 잡고 있었다. 그의 아픔이 어디서 기원하는지는 모르지만 상처에 시달리고 있다는 걸 모르는 건 아니었다. 경애는 그의 주변에서 들은 영호에 관한 나쁜 이야기들을 일축해 버렸다. 인도네시아에서 한국인 여자와 동거를 한다는 소리를 들었을 때는 기분이 상하기도 했지만 영호라는 사람이 밉지 않았다. 마음 아픈 사람끼리는 서로 이해하고 잘 살 수 있지 않을까 하는 기대감이 오래전에 사라지긴 했지만 폐인이 되었다가 그렇게라도 살아가는 모습이 나쁘게만 보이지 않았다.

재혼하기 전까지만 해도 영호에 대한 기대감이나 애정 같은 것이 아주 없다고는 할 수 없었다. 언젠가 둘 다 술이 만취해 두려운 선을 넘기도 했다. 영호는 격렬하게 애무와 섹스를 시도했지만 경애의 몸과 마음은 열리지 않았다. 억지로 그랬던 것은 아니었다. 경애도 반쯤은 원했었다. 하지만 영호의 손과 입술이 몸을 자극할 수록 몸은 점점 굳어졌을 뿐만 아니라 스물네 살의 젊은 여자가 나이를 감당하기 힘든 과거 속에 빠져들게 만들었다.

전 남편은 술만 먹으면 개가 되었다. 그것도 미친개가 되었다. 신혼여행 가서 함께 술을 마셨을 때도, 결혼 전 연해할 당시에는 술자리에서 조차 눈치채지 못했다. 간혹 실없는 소리를 두서없이 한 것은 기억이 났다. 좀 이상하다는 느낌을 받았지만 대수롭게 여기진 않았다. 결혼하고 일주일이 지나자 전 남편의 증세는 빈번하게 드러났다. 그래도 참았다. 경애는 순진하게도 사랑으로 모든 것을 치유할 수 있다고 자신을 다독였다.

그러한 생각도 그리 오래가지 못했다. 결혼 삼주째가 되던 날, 밤늦게 친정으로 피신할 수밖에 없었던, 죽기보다 싫었던 그런 날이었다. 경애는 안방 문을 잠근 채 덜덜 떨고 있었다. 거실에는 술에 취해 발음이 자꾸 미끄러지는 전 남편의 주절거림과 욕지거리가 끊임없이 이어졌다. 어쩌다가 멀쩡하게 생긴 사람이 저 지경이 되었는지는 문제도 아니었다. 그런 남편과 사는 것 자체가 지옥이었다. 지옥에서 빠져나오든가 아니면 살기 위해 지옥을 부숴 버리든가 하는 것이 문제였다. 전 남편은 문이 부서지도록 발로 차고 욕을 해댔다. 떨리는 손으로 수화기를 드는 순간 고함소리와 함께 문짝 한가운데를 뚫고 다리가 솟구쳤다. 육중한 몸이 거실 바닥에 엎어지는 소리가 둔탁하게 들렸다. 비명소리가 날아와 경애의 가슴에 박혔다. 수화기를 떨어뜨렸다. 아무것도 생각나지 않았다.

"이 개 같은 년, 이 씨팔년, 내 다리 안 빼."

전 남편의 고함소리가 경애 가슴팍으로 연이어 날아와 꽉꽉 꽂히고 있었다. 문짝을 두들기는 소리, 바지가 찢겨져 나가는 소리, 허헝하며 울부짖는 소리가 경애 몸 주위에서 맴돌았다. 경애는 두 손으로 귀를 막고 방바닥에 엎어져서 흐느껴 울었다. 신혼여행 때 첫날밤을 치르면서 느꼈던 통증이 되살아나서는 사타구니에서 온몸으로 번져나갔다.

소름끼치는 느낌에서 벗어나려고 마음을 영호에게 집중시켰다. 영호의 서툰 몸놀림은 계속되었지만 축제가 끝난 뒤의 모닥불처럼 꺼져갔다. 지친 영호가 옆으로 몸을 굴려 엎드렸다. 여전히 피로 흥건해진 다리가 뻥 뚫려버린 경애의 가슴팍에서 발버둥을 치고 있었다.

영호와 경애 둘 사이에서 일었던 감정의 소용돌이는 멀리 사라지고 침묵만 흘렀다. 경애는 옷을 주섬주섬 주워 입었다. 마음은 참담하고 두려웠다. 경애는 인사도 없이 그의 곁을 떠나 도시 불빛 사이로 날아가 버렸다. 그렇게 서로가 어색한 시간을 보냈다는 것 때문인지 아니면 제대로 섹스를 못한 아쉬움 때문인지 표현하기 힘든 우울한 감정을 경애는 맛봐야만 했다.

그 이후로 그런 일은 두 번 다시 일어나지 않았다. 어쩌면 오 년간의 그런 어정쩡한 관계가 경애에게 어떤 판단과 선택의 기회를 준 것인지도 몰랐다. 그리고 한 달 전 경애는 결혼을 했다. 이제 모호한 관계는 서둘러 종지부를 찍어야 한다고 경애는 다짐했다.

수화기를 내려놓은 영호는 의자에 기대 생각에 잠겼다. 얼마 전까지만 해도 경애와 만나서 술도 마시고 이야기도 나누고 싶었다. 인도네시아에 다녀오고 나서 작업실을 구하러 다니면서 전화를 몇 번 했지만 경애와 연결되지 않았다. 그러고 나서 경애를 잊고 살았다. 그냥 내버려두는 것이 서로에게 좋은 것이란 생각도 했다. 경애가 가정적인 남자를 만나 평범하게 살기를 영호는 바랐다. 그런데 경애로부터 전화가 왔다. 그것도 오늘 당장 만나자고 그쪽에서 먼저 나섰다. 거절하는 것이 옳은 일인지도 모른다. 하지만 보고 싶었다. 변화라면 변화가 있었다니, 그게 뭘까. 애인이라도 생겼나. 아니면 사진기를 다시 집어 들었나.

영호는 오늘 전철에서 보았던 여자의 얼굴을 떠올렸다. 미모가 뛰어난 것은 아니지만 무의식을 깨워 마음을 빨아 당기는 흡인력이 있었다. 꽃모양 브로치가 달린 짙푸른 옷을 입어 하얀 얼굴이 더욱 돋보였다. 영호는 그런 느낌이 생경해서 무엇이라 말로 표현하기 어려웠다. 자각하지 못했던, 알 수 없는 갈증을 해소시켜 주는 매력을 느낀 것일까. 하지만 그것이 무언지 알 수는 없었다.

영호는 자신도 모르게 가방에 들어 있는 사진기에 손이 갔다. 간간이 곁눈질을 해가며 건너편에 앉아 있는 여자의 얼굴을 바라보았다. 전철이 멈출 때마다 일군의 사람들을 쏟아내고 다시 채웠다. 영호는 여차하면 여자를 따라 내릴 준비를 했다. 전철이 신도림역으로 들어서자 여자가 자리에서 일어났다. 영호는 사진기를 가방에서 꺼내면서 자리에서 일어섰다. 내리고 타는 사람들로 입구가 복잡해 영호는 마음이 급했다. 큰 무리를 이루고 있는 승강장 승객들 때문에 여자를 시야에서 놓쳐 버렸다. 전철에서 겨우 빠져나와 머리를 쳐들고 보니 여자가 저만치 앞서 가고 있었다. 푸른 색 옷이 사람들 사이로 나타났다 사라지면서 점점 영호와 멀어져 갔다. 영호는 빠른 걸음으로 앞으로 나아갔다. 계단을 내려와 2호선 환승구 앞에서 서성거리며 주위를 둘러보았지만 이미 여자는 보이지 않았다. 영호는 2호선 승강장으로 내려갔지만 그곳에도 여자 모습은 보이지 않았다.

영호는 눈을 감았다. 다시는 그 여자를 못 볼 것이다. 마음속에 똬리를 틀고 있는 갈증의 정체를 알지 못한 아쉬움이 컸지만 무엇보다 그 여자의 모습을 사진기에 담지 못한 아쉬움이 더 컸다. 하지만 영호는 마음이 조금씩 평온해지는 것을 느꼈다. 아쉬운 거라면 경애와의 관계도 마찬가지다. 세월은 화살처럼 날아간다더니 경애를 안 지도 오 년이란 세월이 흘렀다. 영호는 사진동호회에 가입해 사진을 찍으러 다녔지만 어설픈 풋내기에 겉멋 든 사이비였다. 마음을 늘 떠돌이와 비슷했다. 그때 영호는 금맥을 찾지 못한 광부와도 같았다. 그런 때에 경애를 만났다.

동호회 모임에서 처음 본 경애 눈은 슬퍼 보였고 몸은 사십 킬로그램도 안 나갈 것처럼 마른 모습이었다. 영호는 그런 경애에게 관심을 갖기 시작했다. 경애는 회식을 하면 앉은 자리에서 소주 두 병을 마셨다. 다른 회원이 다 떨어져나가도 취하는 법이 없었다. 그리고 회식 자리에서 '개똥벌레'라는 노래를 즐겨 불렀다. 영호는 경애에게 마음이 끌렸다. 경애 또한 영호에게 위로를 받고 싶어 했다. 둘은 차도 마시고 영화관도 가고 가벼운 여행도 함께했다. 그렇게 만나는 횟수가 늘어났다.

알게 된 지 이 년이 지난 후 영호는 직장을 그만두고 애송이 티를 벗어던지고 사진에 몰두하기 시작했다. 경애는 영호와 결혼까지 생각했기 때문에 깊은 고민에 빠졌다. 경애는 영호를 만나면 만날수록 괴로웠다. 이혼한 사실을 말할 자신이 없었다. 다시 일 년이 지났다. 경애는 자신이 이혼녀라는 사실을 고백했고 영호는 어떤 명확한 태도도 보이지 않았다. 영호가 결혼을 하자고 했다면 경애는 승낙했을지도 몰랐다. 그러나 만남이 뜸해졌다. 결혼 얘기를 그 누구도 꺼내지 않았다. 만나면 어색한 기분을 없애려고 술을 즐겨 마셨다. 처음으로 덕수궁 박물관 뒤 숲속에서 키스도 했다. 영호가 조건 없는 섹스를 요구했고 경애는 반승낙으로 이끄는 대로 따라갔다. 서로의 몸을 만졌지만 둘 다 참담한 마음으로 헤어졌다.

오늘 경애가 오면 이제 그만 만나자고 말해야 할까. 그런 말조차 필요 없을지도 모르지. 영호는 소파에서 일어나 원탁 앞으로 갔다. 봉투에서 사진들을 꺼내 펼쳐 놓았다. 인도네시아에서 온 이후 몇 개월 간 서울에서 찍은 사진들이었다. 영호는 주제별로 사진을 분류하기 시작했다. 그가 찍은 것은 인물 사진, 도시 풍경, 도시 속의 자연물들이었다. 인천 검단의 너른 벌판을 배경으로 황량한 아파트들을 해가 지며 붉게 적시는 풍경이 찍힌 사진을 집어 들었다. 인도네시아 어느 섬 바닷가에서 보았던 석양이 오버랩되었다. 그간의 찌그러지고 녹아내린 삶의 모습도 겹쳐져 떠올랐다.

영호는 동남아로 날아가 신발 장사를 했다. 사진에 대한 열정은 식어갔다. 경애는 직장 생활에 충실했고 가끔 맞선도 보았다. 그렇게 시작된 엇갈린 감정들은 과거 속으로 흘러갔다.

영호는 동남아에서 방탕한 생활에 빠져들었다. 가진 돈을 몽땅 털어 몸이 망가질 정도로 술을 마셨다. 시간이 흐르지 않을 것 같은 열대의 바다 한가운데 있는 섬처럼 나른한 삶이 계속되었다. 마약은 하지 않았지만 인도네시아에서의 삶 자체가 마약이었다. 사진작가의 꿈도 날아갔다. 그의 모든 것은 폭풍우가 지나간 자리처럼 지리멸렬해 있었다. 삶에 대한 열정, 벅차오르던 감각들이 꺾이고 부서지고 무뎌져 있었다. 늘어진 고무줄은 팽팽하게 조여들지 못한 채 그렇게 버려져 있었다.

서울에 돌아와서도 마찬가지였다. 하루 나갔다 오면 지폐는 먼지처럼 사라졌고 주머니에는 늘 동전 몇 개만 달랑거렸다. 영호는 그 주머니에 들어 있던 동전 무게만큼의 죄의식도 느끼지 못하고 있었다. 영호는 착시 현상을 느꼈다. 마음은 그리 슬프지 않았다. 서울 사람들의 바쁜 모습이 어리석고 우습게 보였다. 그는 히죽거리며 그들을 비웃었다.

그리고 경애에게 편지를 보냈다. 그냥 두서없는 넋두리가 가득한 글이었다. 경애는 그런 영호를 끝까지 내버려두지 않았다. 경애는 얼마간의 돈을 보내주었다. 그걸 바란 것은 아니었지만 영호는 그 돈을 기꺼이 받기로 했다. 영호는 신촌에서 몇 백 원 밖에 없는 상태에서 돈이 입금된 사실을 알았다. 아침과 점심을 굶은 상태여서 영호는 돈을 찾아서 자장면을 사먹었다. 먹으면서 갑자기 눈물이 쏟아졌다. 영호는 눈물을 흘리면서 자장면을 먹었다. 살아남아서 처음부터 모든 것을 다시 시작해야겠다고 다짐했다. 몇 달 후 영호는 다시 인도네시아로 날아갔다.

194

경애가 보내 준 돈은 날카롭고 뾰족한 바늘이었다. 영호의 무딘 감각을 되살아나게 하는 아픈 침들이었던 것이다.

경애는 영호가 일러준 대로 구로역에서 내려 애경백화점 방향으로 걸었다. 전철에서 나오자 그나마 숨을 쉴 수 있을 것 같았지만 한여름의 후텁지근한 더위가 여전히 가슴을 짓누르고 있었다. 복잡한 큰길을 벗어나 뒤편 골목으로 접어들자 길은 한적해졌다. 날이 어두워지려면 두어 시간은 더 지나야 했지만 네온사인에 불이 들어온 간판들이 더러 눈에 띄었다.

영호가 전화로 일러준 김미연 치과 간판이 걸린 상가가 눈에 들어왔다. 사람보다 간판 수가 더 많아 보이는 낡은 건물이었다. 만나면 무슨 말부터 해야 할까. 어색한 기분이 들지는 않을까. 그렇지는 않을 거야. 난 결혼했으니까. 경애가 그 건물 일층에 있는 약국과 부동산 사무실 사이에 있는 음침한 입구에 들어서자 게임 방에서 흘러나오는 요란한 소음과 댄스 음악 소리가 귀청을 때렸다.

일층 안 쪽엔 호프집이 있었고 계단을 따라 이층으로 올라서자 한의원과 치과, 소아과, 칼국숫집이 눈에 보였다. 삼층에는 중고생 학원과 계단을 사이에 두고 그 반대편에 유치원이 있었다. 309호는 보이지 않았다. 몇 차례 복도와 계단을 오르내리다가 유치원에서 나오는 여자와 마주쳤다.

"여기 309호실이 어디죠?"

"아, 309호요. 이 안으로 들어가시면 복도 중간에 있어요."

경애는 유치원 입구로 들어갔다. 복도를 따라가다가 한쪽 문에

309호라 적힌 작은 팻말이 보였다. 간판이 없어서 그곳이 무엇을 하는 곳인지 사람들은 알 수 없게 만들었다. 수많은 사무실과 가게가 들어선 커다란 상가의 영호 작업실은 외딴 섬처럼 느껴졌다.

노크를 하고 손잡이를 잡고 돌렸다. 낯선 세계로 들어가는 기분에 빠졌다. 영호가 기거했을 법한 인도네시아의 낡은 숙소 같은 착각이 들었다. 경애가 모습을 드러내자 영호는 반갑게 맞아 주었다. 영호는 악수를 한 후 경애를 소파 쪽으로 인도했다.

"얼굴이 좀 폈어. 환해."

"예전엔 안 그랬다는 얘기네요."

"일 년 만에 보는 거지."

경애는 고개를 끄덕거렸다. 둘은 한동안 말이 없었다.

"부모님은 안녕하시죠?"

경애가 먼저 어색한 침묵을 깼다.

"농사짓는 분들이 늘 그렇지 뭐. 나도 안 가본 지 너무 오래 돼서."

"저, 결혼했어요. 그것도 한 달 전에."

"그래서 전화를 받지 않았구나. 축하해. 그리고 미안하다. 미리 알았더라면 결혼식에 갔을 텐데."

"별로 놀라지 않는군요."

"왜, 언젠가는 결혼하리라 생각했어. 나 많이 놀랐어. 표현만 안 했을 뿐이지. 상대는 어떤 사람이야."

"전기 기술자인데 지금은 집에서 쉬고 있어요. 집장사를 하는 시아버지와 같이 일하게 될 것 같아요."

시간이 흐르면서 경애는 말이 점점 많아졌다. 중매로 만났으며 한 달도 안 돼 결혼을 결정하고 신혼여행을 설악산으로 다녀온 것과 신접살림하면서 한 달 동안 벌써 여러 번 싸운 이야기까지 했다.

"내 얘기만 너무 많이 했죠."

경애는 작업실 한쪽 벽에 붙어 있는 사진들을 둘러보았다. 일상적인 도시의 풍경들이었다.

"언제부터 사진 바람이 불었어요. 사진을 안 찍는 줄 알았는데. 인도네시아엔 다시 안 가요. 신발 장사는?"

"다 그만뒀어. 어느 날 모처럼 시간을 내서 섬에 놀러갔었지. 해 지는 섬 풍경을 보다가 잊었던 사진기가 생각나서 서둘러 정리하고 서울에 왔어. 그건 그렇고 결혼 생활은 재미있어? 얼른 애도 낳아야지."

"애는 좀 나중에. 남편에게 애가 있거든요. 초등학교 삼 학년짜리 남자 아이가."

"애가 널 따라?"

"잘 모르겠어요. 지금은 친할머니 집에서 지내고 있어요. 참, 신혼여행 가서 찍은 사진 보시겠어요?"

경애는 핸드백에서 신혼여행 사진 뭉치를 꺼냈다.

"직장 동료들에게 보여주느라 가져왔어요."

"인상이 어때요?"

영호는 사진을 들여다보았다.

"좀 날카로워 보이지 않나요?"

"그렇기도 하네. 그런데 어떻게 신랑이 웃은 모습이 없을까. 신혼여행 사진에."

"뒤에 가면 웃는 사진이 한 장 있긴 있어요."

경애는 좀 들떠 보였다. 그래 넌 확인하러 온 거구나. 너의 선택이 옳았다는 것을 듣고 싶은 거지. 영호는 사진을 정리해서 경애에게 건네주었다. 경애는 사진을 받아 핸드백에 넣었다.

"사실 의논할 게 있어요."

경애는 다소 진지했다. 경애는 결혼한 지 일주일만에 남편과 싸웠다고 했다.

"폭력 쓰는 그런 남자는 아니지만 너무 보수적이고 권위적이에요."

지금의 남편과 갈등을 빚는 건 시댁 문안 인사 횟수 때문이라고 했다. 의무적으로 일주일에 한 번씩 시댁에 다녀와야 하고 용돈도 사십만 원씩 줘야 한다고 했다. 그건 이해를 하지만 방법이 틀렸다고 경애는 다소 가라앉은 목소리로 말했다.

"며칠 전에는 남편이 정색을 하며 월급 명세서를 내놓으라는 거예요. 그 말투와 태도가 불쾌했어요. 사실 직장 갔다 와서 내 시간이라고는 하나도 없거든요. 오자마자 청소하고 밥 차리고 설거지하고 빨래하면 녹초가 돼요. 조금 있으면 졸려서 잠들죠. 그렇게 하루하루 가는 거예요."

"그게 결혼이지."

"그런 거 사실 다 좋아요. 다른 여자들도 다 그러고 사니까. 하지만 월급 명세서만큼은 보여 주고 싶지 않아요."

"그까짓 것 보여주지 그랬어."

"안 보여줄 거예요."

"그럼 말고."

둘은 웃었다. 경애는 영호로부터 이 결혼에 대해 무슨 말이라도 듣고 싶었다. 영호는 그런 경애의 마음을 읽고 있었다. 그는 천천히 말을 이었다. 결혼은 재미보다 의무나 책임져야 할 것이 많다. 하기 싫은 것도, 해야 하는 것도 많다. 기꺼운 희생도 필요하다는 말도 해주었다. 경애는 어떤 말에는 고개를 끄덕이기도 하고 어떤 말에는 동의하지 않는 듯 맥주 캔을 손으로 빙글빙글 돌리며 눈을 탁자 끝에 고정시켰다.

시간이 흐르면서 작업실에 어둠이 조금씩 깔렸다. 둘 사이에 침묵이 흘렀다. 긴 시간이었다. 경애는 오래전 악몽처럼 왔던 결혼과 첫 남편을 떠올렸다. 대졸 엘리트 행원이 정신 질환을 앓는 사람이라고는 상상하지 못했다. 잦은 구타와 술주정에 경애는 결혼 삼주 만에 친정으로 도망쳤다. 나중에 시아버지도 만났다.

"결혼하면 애가 괜찮아질 줄 알았는데. 정말 면목 없구나."

시아버지 말에 눈물을 흘렸던 경애다. 경애는 가장 행복해야 할 시절을 기억 속에서 지워버려야만 했다. 그 악몽 같은 시간들은 꿈처럼 흘러갔다.

"그건 사고일 뿐이야. 운이 나빴던 거야. 너 아니었으면 다른 여자가 겪었겠지."

이혼한 사실을 알았을 때 영호가 경애에게 해준 위로의 말이었다. 영호는 경애가 이혼한 사실을 처음 들었을 때를 기억했다. 그

것이 벌써 이 년 전이었다. 그때 경애가 자신과 결혼을 원한다는 것을 어렴풋이 알았지만 결혼할 자신이 없었다. 영호는 무엇보다 경애의 상처를 치유해 줄 만한 능력이 자신에게 없으므로 결혼 상대자는 아니라고 판단했었다. 영호는 맥주를 들이켰다. 작업실 안이 어둑해지면서 벽에 붙어 있던 도시 풍경을 담은 사진들이 하나둘 어둠 속으로 사라져 갔다. 경애는 첫 남편의 술주정 소리를 들었다. 동네 여자들이 수군거리는 소리도 들려왔다.

"위층에도 사무실이 있어요?"

"위는 옥상이야. 그 위에는 뿌연 하늘이고."

"그런데 왜 불을 안 켜요? 전 괜찮지만."

"해가 저물면 작업실 안에선 작은 변화가 일어나지. 난 여기 앉아서 빛과 어둠이 어우러지는 유희를 즐기지. 지금 형광등을 켜면 이들에게 폭행을 가하는 것 같아서."

경애는 벽에 붙어 있는 사진들에서 색다른 느낌을 받았다. 그 사진들은 도시의 풍경이라기보다는 도시에 깃든 빛들을 더 강조하는 듯 했다.

쓰레기와 잡초로 너저분한 골목길에 스며든 채 길게 늘어진 빛들, 굳은 표정을 하고 바삐 걷는 사람들의 어깨 뒤로 느긋하게 흐르는 빛, 빌딩 안 어둠 속에 스며든 빛, 눈여겨볼 것도 없는 썰렁한 건물들과 어우러지는 저녁 빛, 그가 포착한 빛들과 도시의 어둠이 그로테스크하게 묘한 뒤섞임을 연출하고 있었다. 그 명암이 왠지 모를 평온한 느낌을 주었다.

"나이를 먹을수록 절 이해해 주고 사랑해 주는 사람과는 멀리 떨어져 살게 되고, 점점 더 낯선 사람들에게 둘러싸이는 것 같아요."

"글쎄, 결혼을 안 해봐서 모르지만 둘이 하나가 되는 게 아니라 둘이 온전한 둘이 되는 과정이라고 생각해. 뭐, 나의 결혼관이라고 해두지."

"세상 사람들도 그렇게 생각할까요."

"으레 결혼하면 결합이라는 말이 자연스럽게 연상되는데 그 말이 사람들을 착각하게 만드는 것 같아. 하나라는 환영에 끌리는 것처럼. 한 가정을 이루었다는 말도 우리를 혼란 속에 빠뜨리고 있어."

"어떤 혼란이죠?"

"하나라는 이데올로기의 맹신."

경애는 크게 웃었다. 영호는 경애가 웃는 모습이 좋아 보였다.

"신랑 젊었을 때 사진 보여 줄까요. 총각 때 사진이에요."

경애는 지갑에서 증명사진 한 장을 꺼냈다. 이십대 중반을 갓 넘었을 때 찍은 것이었다.

"훨씬 보기 좋죠? 그렇죠?"

경애는 사진을 돌려받아 지갑에 넣으면서 입을 열었다.

"결혼을 하기로 마음먹은 건, 몇 차례 만났을 때도 마음을 결정하지 못했어요. 그런데 남편 마음에 상처가 깊다는 걸 알았어요. 전 부인에게 남자가 생겼었나 봐요. 이혼하고 아이를 데리고 혼자 사 년인가 살았대요. 그 말을 듣고 가슴이 아팠어요. 그날 밤잠을 설치면서 생각하고 나서야 결혼하기로 마음먹었죠. 전, 남편을 이런 얼굴로 되돌려놓고 싶어요. 꼭 이 사진처럼 남편 얼굴을 펴줄 거예요."

경애의 그 말은 날카로운 비수가 되어 영호 가슴에 파고들었다. 경애가 갈 채비를 했다.

"어느 땐 선배가 인도네시아에 홀린 사람 같이 보였어요. 그런데 이 복잡한 서울엔 뭐 하러 왔어요. 거기서 그냥 살지."

"네가 결국 재혼을 한 것처럼, 나도 이 도시에서 사진을 찍으려고 왔지."

"이메일 주소나 적어 놓을 게요."

메모지를 건네며 경애가 핸드백을 어깨에 멨다.

"결혼 잘한 거죠?"

경애는 일어서서 작업실 문을 향해 걸었다.

"잘 살아."

영호는 더 이상 아무 말도 하지 못했다.

영호는 구로역에서 경애와 헤어졌다. 경애 손에 쥐어 있던 전철표가 기계 속으로 빨려들어 간 것처럼 이제 우리의 인연도 그렇게 끝나야 한다. 영호는 작업실을 향해 발길을 돌렸다. 이미 거리에는 네온사인 불빛과 일렬로 늘어선 가로등 불빛 아래로 달리는 자동차 불빛들이 밤 풍경을 펼쳐놓고 있었다.

영호는 길을 걸으며 경애의 행복을 빌었다. 정말로 결합시키고 치유해야 하는 것은 남편과의 관계가 아니라 네 안에서 분열된 너 자신이다. 너의 선택에 대해 확신이 안 서니? 너는 재혼할 때 많은 하객 앞에서 이미 너의 선택을 확인받은 것은 아닐까. 그러고도 또 확인을? 너의 불안함, 너의 두려움, 너의 아픔이 안타깝다. 하지만 너의 그 모든 느낌을 사랑한다.

남편의 사진을 꺼내 보이던 경애의 모습도 예뻐 보였다. 지갑 속에 곱게 간직하고 있는 사진 속에 밝은 표정을 짓는 경애의 남편 얼굴이 떠올랐다. 남편을 그런 모습으로 되돌려놓겠다는 경애의 말이 귓가에 맴돌았다. 거리의 차들이 뿌려놓은 불빛들이 갓길에서 매연과 뒤섞이며 부서져 뒹굴고 있었다.

경애는 집으로 향하는 골목길을 걸으면서 영호가 마지막으로 했던 말들을 떠올렸다.

"날 용서해줄 수 있어?"

"무엇을?"

경애는 영호 말에 어리둥절해 했다. 영호는 경애의 두 손을 맞잡았다.

"내 안의 죄의식이 커. 인도네시아에서. 그래, 경애 말대로 석양빛에 감염되었는지 모르겠어. 오래전 일이야. 새끼 오리 두 마리가 있었어. 그냥 키우고 싶어서 샀어. 혼자 살면서 너무 적적하기도 하고. 그런데 일주일이 지나자 귀찮은 생각이 들었어. 집주인 눈치도 보이고. 녀석들은 먹성도 좋고 잘도 크더군. 그런데."

"계속하세요."

"장마철이었거든. 앞이 잘 안 보일 정도로 비가 쏟아지는 밤이었어. 그 밤에 우비를 입고 오리 두 마리를 들고 동네 야산으로 올라갔어."

"비가 오는데요?"

"응, 그리고 녀석들을 산에다 놓고 내려왔어."

경애는 영호를 바라보았다. 경애는 영호가 무슨 말을 하려는지 알 것 같았다.

"뭐, 그보다 더한 죄를 짓고 사는 사람들이 수두룩한데요."

"그보다 더 큰 죄가 있을까."

"잊어버리세요."

"몇 년 동안 그 오리들이 전혀 생각나지 않았는데 요즘은 가끔 생각나. 그 폭우 속의 오리들이."

"그만하세요. 그리고 전 이제 가야 돼요. 잊어버려요. 그리고 힘내요."

경애는 초인종을 눌렀다. 외등이 켜졌고 문이 열렸다. 집안에 들어서는 경애를 남편은 시큰둥한 표정으로 맞았다.

경애는 남편의 불편한 심기를 모른 척하며 밝게 인사를 했다. 몸은 피곤했지만 경애는 마음을 다잡았다. 그래 저 사람은 이제 내 남편이다. 옷을 갈아입으면서 경애는 다짐을 했다. 저 사람도 나처럼 사람이 그리운, 사랑이 필요한 사람이다. 내가 잘해 주면 저이도 나에게 잘해 주겠지. 바라지 말자. 먼저 하자. 그건."

"밥 좀 빨리 해줘."

"아직 식사도 안 했어요? 먼저 뭐라도 시켜 먹든지 하지. 얼른 저녁 차릴게요."

남편은 심드렁해져서 안방으로 들어갔다. 경애는 밥을 안치고 냉장고에서 반찬거리를 주섬주섬 꺼내 요리하고 나서 설거지통에 잔뜩 쌓여 있는 그릇들을 닦기 시작했다. 계산을 하지 말자. 경애는 설거지를 하면서 영호의 말을 되새겼다. 그래, 이건 소통을 위해 노를 젓는 일이야. 결혼은 하나가 되는 게 아니라 온전한 둘이 되는 거라고. 둘이 되든 하나가 되든 이젠 남들처럼 정상 궤도에 오를 거야. 이 집에 자리잡은 살림살이들처럼 남편과 시댁, 직장이 있고 이제 아이도 생기겠지. 남들처럼 사는 거야. 열심히 해야 돼. 남편의 상처와 내 상처를 없애는 일이야.

경애는 세제를 수세미에 듬뿍 묻혀서 그릇을 문질렀다. 패배적 감상주의도 사라지라고 해. 열등감도 다 닦여나가. 경애는 세제를 수세미에 다시 묻혔다. 내 역사적 피해 의식도 시궁창으로 사라져 버려. 경애는 식칼을 집어 들었다. 난 행복해지기 위해 결혼한 거야. 저이도 마찬가지야. 우린 외로웠던 거야. 그래서 결혼도 한 거지. 서로 외롭지 말라고. 사랑하라고. 내가 먼저 잘해 주면 저이도 내게 잘해 줄 거야. 경애가 수세미로 식칼을 문지르자 하얀 거품이 일면서 칼끝을 타고 흘러내렸다. 월급 명세서도 보여 줘야지. 어색해 하면 안 돼. 내가 먼저 정답게 굴면 남편 마음도 녹을 거야. 그런데 이것들이 또 욕하네. 위층에서 날 감시하고 있는 게 분명해. 거머리 같은 인간들. 어쩌면 그 작자가 아닐지도 몰라. 그 애비? 오전에 객장에서 봤던 그놈인가? 그래 따지고 보면 그들도 불쌍한 인간들이야. 오죽하면 정신병에 걸렸겠어. 하여튼 다른 놈일 수도 있지. 아무래도 상관없어. 어떤 놈이든 지금의 날 방해할 순 없어. 난 행복해야 돼. 지금 이 시작을 망치고 싶지 않아. 다시는 과거로 돌아가지 않을 거야. 절대로. 남편은 경애가 차려 준 저녁을 먹었다. 말은 없었다. 월급 명세서 건으로 심기가 불편한 모양이다. 저이는 내가 기분이 상한 심정을 이해할까. 아니 이해하려고 생각이나 해봤을까. 경애는 아직도 남편이 화가 안 풀렸다는 것을 알았다. 더 기다릴 것도 없이 경애는 자리에서 일어나 핸드백을 열어 월급 명세서를 꺼내서 남편 옆에 가 앉았다.

"아직도 화났어요?"

남편은 대답 없이 식사만 했다.

"자요, 월급 명세서. 얼마 되지도 않은 월급 명세서를 보면 뭘 해요. 나도 기분이 안 좋았어요. 하지만 나쁘게만 생각하지 마세요. 악의를 가지고 그런 건 아니니까."

경애는 월급 명세서를 남편 옆에 내려놓았다.

"저는 좀 씻을 게요. 많이 드세요."

경애는 일어나 욕실로 갔다. 그래, 난 할 거 다했어. 일주일에 한 번씩 시댁에도 가고 용돈도 드렸어. 집안 살림도 남편에게 기대지 않고 다 했어. 더 이상 엄마, 아빠의 도움도 받지 않을 거다. 마음고생이라면 시킬 만큼 해드렸다. 돈도 번다. 이젠 그쪽이 내게 뭘 보여 주어야 되는 거 아닐까? 하지만 영호 선배 말처럼 당장 무슨 기대를 하는 건 어리석은 짓인지도 몰라. 불 켜진 욕실 앞에서 멈칫 하다가 경애는 스위치를 내리고 안으로 들어갔다.

목욕을 끝내고 거실로 나왔을 때 남편이 전화를 받고 있었다. 경애는 가운을 입은 채 수건으로 머리의 물기를 닦아냈다.

"저녁에 선밴가 후밴가 누구 만나서 식사하고 오느라고 늦었대요. 알았어요. 걱정하지 마세요. 월급 명세서를 오늘 꺼내놓던데요. 예. 봤어요. 걱정하지 마시라니깐요. 대들긴요. 그런 건 없다니까. 확실하게 뭐요? 좀 크게 말씀하세요. 누굴 잡고 안 잡고가어디 있어요. 남들 결혼해서 사는 것처럼 살면 되죠. 하여간 괜찮아질 거예요. 걱정 마세요. 동민이 자요? 네 알았어요. 주무세요."

남편이 거실로 나와 욕실로 들어갔다.

"동민이 잔대요?"

남편은 고개를 끄덕거렸다. 경애는 머리에 수건을 두르고 안방으로 들어갔다. 월급 명세서는 경대 위에 놓여 있었다.

"월급 명세서를 보니까 속이 시원해요?"

경애는 상을 치우고 나서 경대 앞에 가 앉았다. 잠시 후 남편이 안방으로 들어와 신문을 뒤적거렸지만 둘 사이엔 말은 없었다. 경애는 떨어져 앉아 있는 만큼 거리감을 느꼈다. 남편이 좀더 자상한 사람이었으면. 하지만 상관없어. 다 좋아질 거야. 경애는 작은 한숨을 내쉬면서 크림을 집어 들었다. 오늘처럼 남편과 시어머니가 전화 통화하는 내용을 들은 적이 있었다. 불쾌감이 다시 마음속에서 꿈틀거렸다. 며칠 전 전화 통화를 하던 남편말들을 되새겼다. 그리고 작은 소리로 중얼거렸다. 자리를 잡았다고? 누구 자리. 당신의 자리? 내 자리? 우리들의 자리? 그래, 난, 나의 자리를 잡아야 돼. 경애는 거울을 보며 얼굴을 크림을 찍어 발랐다. 남편이 장롱을 열고 자리를 펴는 것이 거울을 통해경애 눈에 들어왔다. 남편이 자리를 깔고 누웠다. 경애는 거울에비친 자신의 얼굴을 바라보았다. 눈가엔 어느 샌가 주름이 한 줄

두 줄 잡혀 있었다. 경애는 눈가의 주름을 지울 듯이 크림을 듬뿍 찍어 문지르고 문질렀다.

오늘 월급 명세서를 꺼내 놓았다. 내게 더 꺼내 놓을 것이 있을까. 경애는 영호 작업실에서 보았던 어둠과 채 물러나지 않은 빛의 어우러짐을 떠올렸다. 잠옷을 갈아입은 경애는 안방에서 나와 거실 불을 끄고 작은 서재로 갔다. 방문을 잠그고 서재의 스위치도 내렸다. 경애는 책상에 앉아 컴퓨터를 켰다. 수신함에는 새로 들어온 편지가 두 통 있었다. 하나는 영호가 보낸 글이고 또 하나는 민애의 글이었다. 경애는 영호의 글부터 열어보았다.

나의 작업실은 6시 반이면 철문이 닫힌다. 내가 작업실에 있든 없든 유치원의 여교사들이 복도의 불을 끄고 철문을 닫고 간다. 때론 내가 있으니 문을 닫지 말고 가라고 일일이 말하고 싶지만 그렇게 하지 않았다. 그렇다고 그네들이 나의 재실 여부를 확인하고 퇴근하는 번거로운 일은 결코 하지 않는다.

작업실에 빛이 완전히 물러나면 나는 촛불을 켠다. 이 거리엔 상가도 많고 사람도 많지. 나는 세상 사람들과 소통하기 위해 이렇게 나와 있지만 여섯 시 반 이후에는 자동적으로 세상과 고립되는 시간을 갖게 된다. 세상은 그렇게 나의 의지와는 상관없이 움직인다. 내 삶도 그렇다. 절망의 시간들이다. 하지만 그 시간들을 즐긴다. 그 절망의 시간들 속에서 오히려 많은 걸 생각한다. 그 절망이 다른 소통의 길들을 열어준다. 내가 작업실에서 형광등을 켜지 않는 이유이다.

오늘 전철에서 한 여자를 보았다. 여자에게서 환한 빛이 발산한다. 그 빛에 나는 취해서 하마터면 사진기를 꺼내 그 여자의 얼굴에 들이밀 뻔했다. 그 여자를 사진에 담으려고 했지만 놓치고 말았다. 사진기를 들고 승강장 의자에 앉아 한참 동안 앉아 있어도 그 여자의 빛을 느낄 수 있었다. 어떤 애증의 감정도 없이 그 빛은 그냥 좋았다. 그런 빛이 내 안에서 분열된 존재의 경계선을 허무는 광경을 상상했다.

행복과 불행, 희망과 절망, 사랑과 증오, 죽음과 삶, 하나와 둘, 생명과 무생물, 빛과 어둠, 이기와 이타, 결혼과 독신, 여자와 남자 그 모든 대립을 허물어 버리는 빛을 상상했다. 그 빛을 찾아 사진에 담으려고 난 서울로 돌아왔다.

한 시간 전에 작업실에서 나와 집으로 돌아오는 길에 골목에서 우연하게, 정말 우연하게 클로버꽃을 보았다. 습하고 냄새 나는 낡은 담 아래 잡초가 늘어선 곳에 살고 있는 하얀 이를 가진 짐승이었다. 클로버 잎은 흔하게 봤지만 클로버꽃은 처음 본 거다. 꽃이 그렇게 작은 줄 몰랐다. 그런데 달빛 아래서 그게 내 눈에 들어오다니.

그 빛의 자식은 아름다우면서도 선인장 가시같았다. 가시같다는 말, 넌 이해하겠니. 네가 언젠가 내게 부쳐 주었던 돈, 그 마음이 예리한 바늘이었듯이 그 작은 꽃이 나의 무딘 감각을 아프게 찔렀단다. 일상 속에서 내가 저지른 수많은 죄도 느끼게 해주었다. 눈물을 흘렸다. 너무도 가냘픈 작은 꽃은 그렇게 잠 못 들고 있다가 길 가던 나의 걸음을 멈추게 했다. 지친 걸음과 어깨 굽은 이

짐승을, 잠 못 든 이 짐승을 달빛 품으로 인도해 주었던 거다. 어깨 드리운 구름을 풀어헤치고 작은 젖가슴을, 어둠 속에 흐르는 달빛을 물고 클로버꽃은 잡초에 누워 잠들고 있었다.

절망은 초의 심지와도 같다. '절망과 분열'이라는 사이트가 있다. 그곳에 들어가면 절망적인 사연들만 있지. 절망을 느끼는 거. 그건 아직 삶의 여지가 있다는 것 아닐까. 어둡고 음침하지만 온기와 은은한 빛을 느낄 수 있는 사이트다. 힘들다고 느낄 때 이 사이트를 방문해 봐.

오늘 골목길에서 그 클로버꽃을 사진에 담았다. 원한다면 한 장 뽑아서 보내 줄 수도 있는데, 나와 네가 다시 만날 수 있을까. 아니 굳이 만날 필요가 있을까. 우린 각자 선택한 길을 걷고 있다. 전혀 다른 길을 가는 거지. 길은 달라도 어쩌면 우린 같은 운명을 짊어지고 있는 것인지도 몰라. 저 클로버꽃처럼 말이야. 너와 내가 다른 점은 뭐였지? 또 너와 내가 같은 건 뭐였더라? 행운을 빈다.

경애의 입가에 엷은 미소가 흘렀다.

언니. 엄마가 많이 걱정하고 있어. 약을 제대로 안 먹을 것 같다면서 말이야. 잘 때만이라도 꼭 먹으라고 신신당부를 했어. 근처에 살면 자주 가서 잔소리라도 할 텐데. 언니. 이제 언니가 할 탓이야. 언니가 열심히 약을 먹어야 해. 약이 독하다고 해서 수면제도 빼고 약을 최대한 줄인 거야. 그마저도 안 먹으면 언니, 알지. 직장이고 결혼 생활이고 다 없는 거야.

요즘도 화장실 불 안 켜고 목욕하는 건 아니겠지. 감시 카메라는 어디에도 없어. 누가 언니 욕하는 사람도 없어. 다 끝난 거야. 아기를 빨리 가질 생각이나 해. 직장도 그만 둬. 그리고 살림이나 잘해. 직장 그만두면 뭐 하나 그러지 말고 사진 찍으러 다녀. 언니 사진 잘 찍잖아. 언제든지 언니 카메라 돌려줄게. 언니는 형부하고 행복하게 살 일만 남은 거야. 남보란 듯이 말야. 다 읽었으면 이 편지 바로 삭제해. 또 편지할게. 안녕.

(《문학사상》, 문학사상사, 2001년 2월호)

라스베가스를 떠나며

"아, 왜 그리 전활 안 받어. 내가 몇 번을 했는데."

"죄송합니다. 자고 있었습니다."

잠결에 들었던 전화벨 소리가 이재환 선생으로부터 온 것이라는 걸 알았다. 새벽 6시에 퇴근해 집에 돌아와 씻자마자 몸을 뉘였다. 잠이 깬 것은 8시부터 울리기 시작한 전화 때문이었다. 처음 세 번은 받지 않았다. 그냥 잠들고 싶었다. 오전 10시쯤, 네 번째 전화가 왔을 때 전화를 받았다.

"근력은 좀 어떠세요."

"근력이나 마나 몸도 그렇고 입맛도 없어. 기억도 급전직하, 응? 기력도 급전직하 떨어지는 것 같아."

"그래도 식사와 운동 꾸준히 하셔야 합니다."

"글쎄 말이야. 그래야지. 오늘 어때? 눈 좀 붙이고 이따 늦은 점심이라도 하면 어떨까. 응?"

잠시 망설이다. 비몽사몽 대답을 했다.

"두 시쯤에 제가 신이문역으로 가겠습니다."

전화를 끊고 나서 멍하니 방 벽을 바라본다. 피곤감과 수면 부족으로 몸이 내 몸 같지가 않다. 당일 밤엔 빈소가 꽉 찼다. 매점으로 전화가 끊임없이 이어졌다. 자정 넘어 물품 주문이 뜸할 때 젊은 여성 장례지도사가 매점으로 달려왔다. 자기를 도와달란다. 지방에서 지금 유족이 오고 있는데 시간이 없다고 했다. 나는 일회용 장갑을 받아들고 안치소로 갔다.

"옷 안쪽에도 이렇게 개미가 많은 줄 몰랐어요."

전날 저녁에 들어온 고인이었다. 미색의 얼굴을 한 20대 중반 여성의 사체였다. 논에서 얼마 떨어지지 않은 숲속에서 발견되었다고 했다. 장례지도사가 겉옷은 벗겨놓은 상태였다. 우리는 고인의 속옷 상의와 하의를 차례로 벗겼다. 시신에 개미들이 새까맣게 달라붙어 있었다. 냉동실에 넣으면서 개미들이 살을 깨문 채로 모두 얼어 죽은 것이다. 그것을 일일이 하나씩 떼어냈다.

다시 몸을 뉘였다. 눈을 감았지만 잡생각에 잠이 들지 않았다. 알람을 해놓고 억지로 잠을 청했다.

이재환 선생을 처음 만난 것은 2009년 3월이다. 1951년 3월 19일에 정식으로 발족된 종군 작가들의 모임인 창공구락부에 대해 글을 쓰기 위해서였다. 종군 문인단 단장은 마해송, 부단장은 김동리, 사무국장엔 최인욱, 그 외에도 최정희, 유주현, 이상로, 곽하신, 방기환, 박두진, 조지훈, 박목월, 박훈산, 전숙희, 김윤성, 황순원 등 당시 문단의 쟁쟁한 시인과 작가들이 활동했다.

이재환 선생은 공군 장교로 창공구락부의 그들과 함께 생활했다. 국어 교사였던 그는 전쟁 직후 경찰전문학교에 들어가 훈련을 마치고 치안국에서 근무하게 되었다. 그가 경찰 전사를 집필하던 시기, 경찰 치안국을 방문한 작가들의 권유로 공군에 학사 장교로 입대하였다.

전화로 찾아간다고 했을 때 굵고 허스키한 목소리가 흘러나왔다. 그는 '내가 뭐 아는 게 있나' 하면서도 자세하게 찾아오는 길을 알려주었다.

선생이 고문으로 있는 장학 재단 사무실에서 나를 맞았다. 선생의 안내로 나는 소파에 앉았다. 선생은 선인장처럼 마른 체구였다.

"글쎄 찾아온다니 오시라고 했지만 내가 뭐 특별히 할 말이 있어야지."

선생은 쉽게 말을 꺼내지 않았다. 글을 쓰려는 취지를 소상히 말하자, 선생의 마음이 조금 움직였다.

"평론집은 아니구요. 전쟁 당시 주요 작가, 시인 등 문인들의 작품들이 나오게 된 배경을 곁들여 작품 탄생 비화와 그들의 작품을 소개하는 정도 수준으로 책을 쓰려고 합니다. 공군위클리, 공군순보, 미사일, 코메트 등 당시 잡지와 신문에 작품이 수록되어 있는 걸로 알고 있습니다."

두 시간 정도만 인터뷰 허락을 받았지만 두 시간을 넘긴 네 시간을 소파에 앉아 선생의 이야기를 들었다.

"이 작가, 집이 어디여?"

우리는 선생의 사무실을 나와 구의역으로 향했다.

"외대역 근처에 삽니다."

"그래? 나 신이문역 근처 아파트에 살아. 거 잘 되었어. 우리 차를 한 잔 더 하지."

택시를 타고 우리는 외대역으로 향했다. 택시 안에서 선생은 최용덕 비행사 이야기를 꺼냈다.

"최용덕 장군 말이야. 내가 근무하면서도 직접 대면한 적은 없었는데, 김포 공항에서 우연히 만났지."

"그랬습니까?"

"아마, 육십 년대 중반일 거야. 내가 중령 때야. 전역하기 전이지. 김포 공항 로비를 걷는데 누가 날 쳐다보는 것 같아 고개를 돌려서 보니 거기 최 장군이 계신 거야. 깜짝 놀랐어. 의자에 앉아 있던 최 장군이 일어나서 나를 보고 웃는 거야. 난 얼떨결에 아니 장군님 아니십니까? 하고 인사했지. 장군님은 날 보러 왔나 하시는 거야. 우린 두 손을 잡고 반갑게 인사를 했지. 김포 기지에서 일을 보고 나오는 길이라고 말씀 드리고 어디 가시냐고 물었어. 장군은 대만에, 그때는 자유 중국이라고 했지. 자유 중국에 시집간 딸 보러 간다는 거야. 장군의 남루한 양복 차림과 낡은 트렁크를 보고 울컥 했어. 아니 울고 말았지. 무장 독립운동가이고 중일 전쟁 땐 남창 기지 사령관을 지내고, 중화민국 항공대와 임시 정부를 오가며 전쟁을 치렀지. 해방 후에는 간부들과 함께 공군을 창군하고 초대 국방부 차관과 참모 총장을 지내신 분의 꼴이 말이 아니란 말이지. 장군은 평생 청빈했어. 돌아가실 때 주머니에 있는 동전 몇 개가 전 재산이었으니."

외대 앞에 도착해 택시에서 내린 뒤 차 마실 곳을 찾으며 걸었다. 우리는 외대 근처 초당이라는 곳에서 쌍화차를 마셨고 동동주도 한 잔 했다. 그날 나는 모두 여덟 시간 동안 선생의 이야기를 들었다.

"내가 요즘 많이 우울했어. 내 동생이 얼마 전에 저 세상으로 갔어. 육 남맨데 이제 다 가고 나만 남았지."

선생은 지하 찻집을 나와 계단을 힘들게 올라와서는 하늘을 보며 한숨을 크게 쉬었다. 82세의 선생은 허리가 굽어서 지팡이를 짚으면서도 발을 질질 끌었다. 나는 그 보폭에 맞춰 걸어야 했다. 맞춰 걷는다 해도 어느새 나는 앞서 가고 있었다. 외대 앞에서 외대역으로 가는 동안 걸음을 여러 번 멈추었다.

"이 작가! 나는 산송장이지만 이 작가는 이제 한창이지. 건강은 괜찮아?"

"네, 혈압약을 먹긴 하지만 조절이 되고 있습니다."

"인생은 육십부터야. 건강 잘 챙기라구."

나는 4월과 5월, 한 차례씩 더 선생을 뵙고 많은 이야기를 들었다. 집필은 순조롭게 진행되었다. 그리고 이내 이재환 선생을 잊고 있었다.

그러던 여름 어느 날 이재환 선생으로부터 전화가 왔다.

"뭔가 말이야. 이 작가하고 통하는 데가 있어. 오랫동안 헤어져 있던 옛 친구를 만난 기분이야. 우리 뭐 나이가 무슨 상관있어? 우리 친구하자고 친구. 옛날 생각도 나고. 공초 오상순 있지. 담배를 얼마나 펴댔는지 알아? 비를 맞으면서도 담배를 폈어. 머리하고 옷이 다 젖고 있는데, 한쪽 손으로 이렇게, 응? 이렇게 가리면서 피어. 허허. 그 놈의 담배를 나도 끊지 못해서 할망구한테 맨날 잔소리 들어. 난 말이야 죽으면 관에다 담배 한 보루 넣어달라고 할 거야. 그런데 이 작가랑 피는 담배가 맛있네.”

그날 우리는 삼겹살에 소주와 막걸리를 마셨다. 여섯 시간 동안 대화를 한 것 같았다. 대화라기보다 일방적으로 들려주고 듣는 식이었다. 그날 들은 이야기 대부분은 이미 세 차례의 인터뷰에서 나왔던 것들이었다.

내가 휘경동으로 이사를 온 것은 이재환 선생과 만나기 일 년 전인 2008년 2월이었다. 처가의 압력에 아무 말 없이 동조했던 처의 태도 때문에 이혼해야 했다. 중학교 2학년 딸은 아픈 엄마를 돌본다며 함께 살겠다고 했다. 나는 전세금 4천만 원과 학원 보증금 2천만 원을 모두 내놓았다. 학원을 운영하면서 진 빚은 내가 그대로 떠안았다.

2백만 원짜리 보증금의 방을 얻을 수 있었다. 외대역 지하철 철로를 중심으로 남쪽은 재개발 지역으로 동네가 묶인 탓인지 월세가 상대적으로 싼 편이었다. 아르바이트를 하면서 시간을 보냈다. 빚은 갚아도 갚아도 줄어드는 속도가 지지부진했다. 이혼의 충격이나 딸과 헤어졌다는 자괴감도 일을 하면서 내면으로 가라앉고 있었다. 아마도 아픔을 잊기 위해 미친 듯이 일을 했던 거 같다.

2009년 2월 딸이 일 년 만에 아빠를 찾아왔다. 중학교 3학년이 되어 몰라보게 예쁜 여학생이 되었다. 개찰구를 나오는 딸을 안아

주었다. 슬픔과 반가움이 뒤섞인 복잡한 감정이 일었다. 수원에 살때 길에서 데려다 키우기 시작한 별과 예쁜이가 딸을 보며 짖더니 이내 폴짝폴짝 뛰며 반가워했다.

"우리 코카들, 털이 많이 자랐네."

나는 딸이 좋아하는 청국장과 계란말이, 콩나물과 시금치 무침 등을 만들어 상을 차렸다.

"아빠가 나물을 무쳤어?"

"혼자 사니까 하게 되더라."

식사를 마치고 인사동으로 바람을 쐬러갔다. 인파 속에서 우리는 두 손을 꼭 잡고 다녔다. 딸을 쳐다보면 환한 얼굴로 눈맞춤을 해주었다. 그렇게 몇 시간을 인사동에서 보냈다. 시간은 정말 빨리 지나갔다.

"아빠, 늦기 전에 가야 돼."

오후 5시쯤 되어서 딸은 인천으로 가야한다고 말한다. 아쉬움이 밀려왔다. 그래도 딸의 표정이 밝아서 좋았다.

종각역에 도착하자 딸이 두 손을 내밀어 아빠의 두 손을 잡는다.

"아빠, 자주 오지 못하지만 난 맨날 아빠를 생각해. 아빠 잘 지내야 돼. 담배 좀 조금 피고. 담배 끊으면 안 돼?"

"알았어. 끊을게. 아빠 걱정 말고 공부나 열심히 해."

딸이 개찰구 안쪽으로 들어갔다.

"전화 아무 때나 하면 안 되는 거 알지? 내가 연락할게. 아빠, 안녕."

뒷걸음치며 아빠를 향해 손을 흔든 딸은 뒤돌아서 계단 쪽으로 걸어갔다.

"그래 조심해서 들어가라. 또 와."

딸이 멀어져가는 것을 지켜보았다. 그때 계단을 내려서던 딸이 발걸음을 멈추고 고개를 돌렸다. 나는 순간 가슴이 무너져 내렸다. 내 눈에 들어온 건 딸의 눈물이었다. 딸의 두 뺨으로 흐르는 눈물이 비수가 되어 멍든 나의 가슴에 날아와 꽂혔다. 개찰구를 넘어가 딸을 껴안았다. 딸이 엉엉 울고 있었다. 두 손을 꼭 잡고 나는 딸과 함께 동암역까지 갔다. 우리는 잡은 손을 놓지 못하고 역 앞 벤치에 앉아 있었다. 작은 빈터에서 허름한 옷차림의 50대 남자가 기타를 치며 어설프게 노래를 부르고 있었다. 우리는 그 흘러간 노래를 들으며 눈물을 글썽였다.

집에 도착했을 때는 밤 9시를 넘어서고 있었다. 작은 지하 단칸방이 왠지 모르게 커 보였다. 책상에 종이 두 장이 놓여 있는 게 눈에 들어왔다. 그것을 집어 들었다. 딸이 놓고 간 편지였다.

굶는 연습. 먹고 먹어도 배가 고픈 시간들이었습니다. 늦은 밤, 눈을 감으면 어느 새 찾아드는 아침. 왜 살아있음을 새삼 느끼는지. 아침, 모두가 솟아나서 혼자만 외롭던, 아무것도 먹을 수 없게 되고, 무거운 운명을 느끼면서 먹지 않았음에도 나는 행복을 또한 느끼는지. 세상만사가 '에브리씽 이즈 올라잇'이라는데, 누군가는 마음 한편에 갖고 있을 커다란 구멍이 닮아. 굶는 건 아니었는지. 낡고 허름한 장독대가 있었지요. 텅 빈 장독에 비친 역광에 내 눈에 눈물 고이게 했었지요. 굶어버린 마음이 굶주린 배에 잠식되면 그 눈물 또한 마르리라 그렇게 믿지는 않았던가요. 만약에 내가 용기를 내 그 누군가에게 이런 고백을 한다면 그대여! 부디, 굶지 말아주기를.

아빠가 안 아팠으면 좋겠어요. 방바닥 얼룩을 볼 때, 비염으로 훌쩍거리는 콧등을 볼 때, 세월이 담긴 기침 소리를 들을 때, 그 얼룩이 내 가슴에 지워지지 않는 얼룩이 되고 그 콧등이 나 자신을 초라하게 만들고 그 소리가 내 세월에 한으로 남아요.

아빠에게 말도 안 되는 잔소리를 하면서, 볼 수도 없는 아빠 생각에 밤은 깊어 가는데. 이 시간이면 아빠는 뭐 하고 있을까. 대답 없는 달님, 초점 없는 시계 소리. 아빠 생각에 또 하루가 저뭅니다.

영원한 당신의 스폰서

이재환 선생과 나 그리고 선생의 친구, 셋이서 마포역 근처 소문난 낙지 요릿집에 갔다. 수십 년 된 집이라고 했다. 밥을 비비는데 눈이 침침하고 뻐근했다. 초장에 버무려진 밥과 조각난 낙지 다리 사이, 사이로 개미들이 오글거리는 듯했다. 두 사람은 식사를 하면서 대화를 나누었다.

"이 작가, 이 친구가 유명한 사진작가야. 일단 자료가 무지 많아. 사진 관련 일하는 사람들 치고 이 친구 자료, 도움 받지 않은 사람이 없을 정도니까."

친구 분은 건강해 보였다. 건강의 비결을 물었다.

"교편을 내려놓고 말이야. 지금까지 규칙적인 생활을 하고 있지. 청소도 매일 해. 청소 아무것도 아닌 것 같지만 수도 생활을 하는 것 같은, 마음을 닦는 일이지. 몸도 건강해지고."

식사를 마치고 커피숍으로 향하자, 나는 양해를 구하고 자리에서 빠져나왔다. 집에 돌아오자마자 잠을 청했고 이내 잠들었다. 꿈에 여자가 나타났다. 여자의 얼굴은 고왔으며 긴 머리를 하고 있었다. 그녀는 나를 저만치서 바라보다가 내가 사는 집 주변 골목 어디론가 사라졌다.

이재환 선생의 전화는 언제나 느닷없었다. 글쓰기에 한창 몰두할 때나 잠자고 있을 때, 어떤 날은 아무 일도 하지 않으면서 나가기 싫을 때도 전화가 왔다. 날짜를 정해서 만나는 것이 아니라 전화가 온 당일에 만나는 식이었다. 책을 쓰는 데 도움을 주었던 선생의 청을 차마 거부할 수 없었다. 이재환 선생과의 만남은 의무가 되었다. 만나는 모양새는 거의 비슷했다. 지팡이를 짚고 발을 질질 끌며 걷는 속도에 나는 보조를 맞추어 걸었다. 우리는 주로 파고다 공원이나 인사동 주변의 노인들만 찾는 노땅 다방에 들어가 커피를 마시고 고깃집에 들어가 삼겹살을 구워 먹으며 막걸리를 마셨다. 나누는 대화 내용 대부분은 인터뷰 때 들었던 것들이었다.

"공군 위클리를 만들면서 내 이십대 청춘이 흘러갔어. 난로에 고구마를 구워먹으며 밤을 새워가며 교정을 보고, 정말이지 고생 무지했어."

두 번째 듣는 이야기였다. 새로운 이야기가 없었던 건 아니었다.

"경찰전문학교에 들어갔는데 부식이 형편없었어. 쌀밥은커녕 보리밥도 없었어. 아, 마른 미역을 한 줄기씩 주더라고. 배가 고프니까 주머니에 넣었다가 허기지면 그거 뜯어가지고 질겅질겅 씹어 먹으면서 훈련을 받았지. 다음날 아침 옆 동기 놈 얼굴이 허옇고 푸석푸석한 거야. 네 얼굴이 왜 그러냐니까. 그 동료도 네 얼굴은 또 왜 그러냐 하는 거야. 보니까 그게 염독이었어. 미역에 있는 소금기가 얼굴을 그렇게 만들어 놓은 거야. 허참. 경찰 간부 후보들 부식이 처음에는 그랬어. 정말 이런 이야기하면 사람들이 그게 무슨 이야긴가 해."

선생의 세대는 일제 강점기와 해방 후 혼란, 전쟁을 겪으면서 사느냐 죽느냐 기로에서 '총알받이'의 삶을 살았던 세대였다. 우리 오십대는 배고픔과 가난을 겪었지만 그들의 고생과는 비교할 수 없었다. 하지만 선생의 과거는 나의 현실과는 거리감이 분명 있었다. 힘든 처지에 살기 급급했던 난 선생의 이야기를 들으면서 한편으론 흘려듣는 때가 많았다. 선생에게 미안한 생각이 들지만 그런 과거를 반복해서 듣고 있을 때는 더욱 마음이 힘들었다.

그로부터 한 달 만에 다시 연락이 왔다. 선생은 마포 낙지비빔밥을 잊지 못해서 파고다 공원 근처 낙지집으로 나를 이끌었다. 우리는 낙지비빔밥을 먹으며 소주를 마셨다.

"안색이 안 좋아 보입니다."

"안색이구 뭐구 간에 기억이 잘 안 나. 하루하루 달라. 몸도 급전직하 응? 급전직하, 맘과 몸이 따로 놀아. 집에 한번 놀러 오라구. 할망구하고 둘이 살어. 응, 요즘엔 맏아들이 와 있어. 제장, 맏

아들이 환갑을 지났으니 참."

　그날 곽규석 이야기는 세 번째로 들었다. 마주 보고 앉아 차마 말을 중단시키거나 '그거 전에 말씀하신 건데요'라고 말하기가 어려웠다. 선생은 했던 이야기도 진지하게 되풀이했다. 곽규석은 공군 군악대에서 근무했다. 어린 시절 흑백텔레비전으로 그를 본 기억이 남아 있다. 그의 별명 '후라이보이'도 영문으로 'Fly Boy'로 미국에서는 공군을 의미했다. 공군 군악대가 작은 밴드를 결성하면서 이 이름을 사용한 것이다. 곽규석은 마이크에 대고 총소리, 총알 날아가는 소리, 대포알 날아가는 소리, 폭탄 터지는 소리를 잘 흉내냈다. 1953년 7월 정전이 된 후 공군 본부는 여의도에 천막을 치고 지냈다.

　하루는 밤에 곽규석이 공연 연습을 한다고 막사 안에서 마이크를 켜놓은 상태로 총소리, 대포소리 흉내를 냈다. 그 소리에 당직 사관이 비상을 걸었다는데 믿어지지가 않았다. 여의도 기지가 공격받는 줄 알고 잠을 자다 말고 무기를 들고 막사 밖으로 뛰어나온 장병들이 우왕좌왕하는 모습을 상상하면 웃음이 절로 나왔지만 세 번째 들었을 때에는 웃음 대신 피곤감이 몰려왔다. 곽규석은 그 사건으로 영창엘 갔으나 선생의 변호로 겨우 풀려났다고 한다. 곽규석은 제대한 후, '후라이보이'를 자신의 닉네임으로 사용한 사연을 나는 줄줄이 꾀고 있었다. 이날도 선생의 반복된 이야기 끝 부분에서 또 다른 이야기를 들을 수 있었다.

　"옛날에 다 납으로 된 활자로 인쇄할 판을 짰어. 그런데 이게 인쇄를 하면 할수록 시간이 갈수록 납 활자들이 마모가 돼."

"네, 저도 어렸을 때 조판 짜는 걸 을지로에서 봤습니다."

"김영환 장군과 대담하는 코너였어. 김영환 장군은 이 작가도 잘 알지? 미 군정청 정보과 대리로 있으면서 우리 공군을 만들어야겠다고 미군과 협상도 하고, 영어가 되니까. 휴전 전인데 강릉기지 전대장으로 활약하는 김영환 장군과 대담을 하는 거였어. 대담 기사를 보면 웃는 장면을 표시하는 거 있잖아. 대화 끝에 '하하하' 이런 거 말이야. 그런데 마지막에 인쇄된 것들이 '히히히'로 변한 거야. 결국 사단이 나고 말았어. 하필 그 신문을 김영환 장군이 본 거지. 정훈감실 이 새끼들이 자기를 바보로 만들어놨다고 권총을 차고 정훈감실에 쳐들어온 거야. 아무도 못 말렸지. 정문에서 연락이 온 거야. 김영환 장군이 영문을 알 수 없지만 정훈감실 놈들 다 쏴 죽인다고 소리소리 지르며 건물로 향하고 있다는 거지. 난리가 났지. 정훈감실 사람들은 일단 피하고 보자하고 다 도망갔어. 내가 김영환 장군의 고등학교 동창을 앞세우고 자초지종을 이야기해서 오해를 풀었는데. 뭐 이런 이야기는 한도 끝도 없이 무지 많아."

선생은 이미 흘러간 청춘 그 시절을 잊지 못하는 그런 표정을 지으며 막걸리 잔을 기울였다. 몸이 무거웠다. 잠들고 싶었다. 일어나서 집에 가고 싶었다. 선생의 이야기는 계속 되었다.

"출격 명령이라는 영화가 있었어. 오십삼년에 시작해서 오십사년에 완성됐어. 한 시간도 안 되는 영화야. 고생은 고생대로 했지만 좀 허접하게 만들었어. 그래도 관객들이 아낌없이 박수를 쳐주고 인기는 좋았어."

영화 '출격 명령'은 정훈감실이 기획하고 메가폰은 홍성기 감독이 잡았다. 홍성기 감독은 영화 '춘향전'으로 유명했지만 흥행엔 늘 실패했던 불운한 영화감독이었다. 주연은 조종사 역으로 이집길이, 그의 애인 역할은 염매리가 맡았다. 그 외 전태기, 노경희 등과 극단 신협 소속인 김동원, 이애랑 등이 동원되었다. 그 후에도 이 '출격 명령' 이야기는 조금씩 살이 붙으면서 선생과 만날 때마다 반복해서 들어야 했다.

야간 근무는 격일로 했지만 일이 많을 때는 밤에 눈을 부치고 쉬지 못해 시간이 흐를수록 몸에 부담이 되어 피로가 누적되어 갔다. 낮밤을 바꾸어 산 지 6개월이 되었을 때 병원을 찾았다. 의사로부터 술과 담배를 끊고 조심하라는 경고를 받았다. 야간 근무를 그만두어야겠다는 생각이 들었다.

이혼 삼년차가 되었을 때 외로움과 우울증이 심하게 밀려와 식욕을 잃어버렸다. 혼자 밥을 먹으며 운 적도 있었다. 밥에다 물을 말아 후룩후룩 물 반 눈물 반 삼키기도 했고 불면증에 시달리기도 했다. '사람이 그립다'는 말이 뼛속 깊이 사무쳤다. 지인들은 나의 이혼을 의심하는 눈으로 보았다. '네가 뭔가 잘못했으니까' 하는 전제가 깔린 눈빛과 말투가 이혼만큼이나 힘들고 아팠다. 친구들은 '요즘 이혼한 부부가 한 둘이냐'며 내게 공허한 위로를 해주었다. 우는 소리 하지 말고 씩씩하게 살라는 친구들의 말이 틀린 건 아니었다. 달리는 소나타, 그랜저에게는 갓길에 멈춰선 고장난 중고차가 눈에 들어올 리 없었다.

선생의 외로움을 조금은 이해할 것도 같았다. 나에게 옛 친구를 만나는 기분이라든가 하는 건 그냥 하는 말이 아닌 듯도 싶었다. 급전직하, 군고구마, 미역, 백인 간호사, 대구, 석류나무집, 염매리, 납 활자 등 수많은 단어들은 이재환 선생의 외로움을 환기시켰다. 나는 그 외로움을 모른 척할 수는 없었다. 일단 만나면 나는 들어야 했다.

대구에 공군 본부가 있을 때 문인들과 자주 가는 술집이 있었다고 했다. 그게 석류나무집이었다. 술집에서 깡패들과 조우한 이야기를 하기 시작했다. 파고다 공원 근처에서 선생을 만나서 낙지비빔밥을 먹고 난 후 해가 바뀌어서도 여러 차례 찾았다. 시간은 흘러가고 있었지만 선생과 만나면 시간이 멈춰버리는 기분이 들었다.

"이 작가, 눈이 쑥 들어갔어. 어디 아파?"

"아뇨, 잠을 좀 못 자서 그렇습니다. 괜찮습니다."

"거 야간 일 그만두면 안 되나? 에이구 작가들 말이야, 글쟁이나 시인들은 옛날이나 지금이나 가난한 건 마찬가지야. 그래도 생활이 안정이 되어야지. 다 먹고 살자고 하는 거 아니겠어? 힘내라구, 이 작가."

입에서 쓴 웃음이 나왔다.

"그래야죠. 요즘 작가들, 시인들은 저처럼 가난하지는 않을 겁니다."

술이 한 잔, 두 잔, 들어가면서 선생은 이십대 청춘으로 돌아가고 있었다. 최인욱 선생은 체구가 작았다고 한다. 그날 문인들과 이재환 선생은 밤새 술을 마셨다고 했다.

"삼차인지 하여간 우린 술에 완전히 취한 상태에서 또 자주 가는 술집에 들어간 거야. 석류나무집이라고 있었어. 외상도 잘해주고, 문인들 사랑방 같은 그런 곳이야. 그날 나하고 최인욱 선생과 몇 명이서 술을 마시고 있는데 건넌방에서 시끄럽게 떠드는 소리가 들렸어. 최인욱 선생이 술 마시다 말고 마당으로 나가더라구. 나중에 안 거지만 최인욱 선생이 그 방을 벌컥 열고는 왜 이리 시끄럽냐고 소리쳤다는 거지. 그런데 그 방에서 술 먹는 사람들이 하필이면 지금으로 말하면 조폭, 그래 조폭이지. 대구에서 노는 주먹들이었어. 그중 한 놈이 뛰쳐나와 최인욱 선생을 냅다 업어치기 한 거야. 최인욱 선생이 눈 덮인 마당에 나가 떨어졌어. 그런데 최인욱 선생이 하는 말이 걸작이었어. '야, 임마 네가 내 옆에 와서 눕든지, 아니면 나를 일으켜 세워 주든지 해라. 그래야 대화를 할 거 아냐. 이러더라는 거야. 그 말에 상대가 움찔한 거지. 소란 때문에 우리도 마당으로 뛰쳐나왔는데 한 남자가 다가와서 나한테 물어보는 거야. 장교 양반, 저 사람 도대체 누구셔? 그래서 말해줬지. 저분이 소설가 최인욱 씨라고, 그랬더니 놀란 눈을 하고 두목쯤 되는 놈한테 달려가 고한 거지. 그러자 그들은 눈밭에 누운 채로 상체를 일으키려고 비틀거리는 최인욱 선생 앞에 모두 무릎을 꿇고 고개를 숙였다는 거 아냐. 작가님을 몰라 뵈어서 죄송하다고. 그때 주먹들은 그래도 뭐, 위아래는 안 거야. 글쟁이한테 그렇게 깍듯하게 인사를 하리라고는 나도 몰랐으니까. 주먹들을 건드려 이젠 죽었다 싶었는데 반전이지, 반전. 그 주먹들이 신문에 연재하는 최인욱 선생 소설도 읽고 있었다는군."

"문학을 사랑했던 주먹들이었나 보죠."

"허허, 그런가 보지? 최 선생은 나보다 일, 이 년 연배였어. 그
날 한방에서 다 같이 모여서 정말 유쾌하게 술을 마셨어. 주먹들하
고. 허허, 참. 전쟁 중인데 무슨 낙이 있겠어. 어쩌다 한 번씩 그렇
게 회포를 풀었지.

난 평생 잊지 못하겠어. 이 사건 말이지. 김기완 정훈감과…,
김기완 정훈감은 작가 출신이야. 창공구락부와 관련해서 말하면
사실 그렇지. 전쟁이 나서 오갈 데 없는 작가들, 시인들을 챙겨준
면도 있어. 발표의 장도 만들어 주고 이들이 전쟁 기간 좋은 글들
을 남겼으니 밥값은 했다고 봐야지. 그리고 김진섭 기자, 언론계
에선 원로지. 이 사람은 일본 항공 학교에서 비행술을 배웠어. 공
군 관련 기사를 많이 썼지. 이 작가, 한 잔 해…대구에서 공군 관
련 뜬소문이 있어서 그걸 확인하려고 나하고 그렇게 셋이서 출장
을 갔거든. 대구에서 일을 보고 부산으로 갔어. 김해, 부산에서 일
을 보고 부산 수영 비행장에서 첫 국제선인 홍콩발 비행기를 타고
서울로 올라가려고. 그런데 부대에서 준 표가 딱 두 장이야. 현역
들을 위한 표였지. 난감했어. 사람은 셋인데. 김기완 대령은 급한
일이 생겼다는 연락을 받고 서울로 올라가야 했어. 그런데 김진섭
씨가 자기한테 양보하면 안 되겠냐고 그러는 거야. 좀 주저하다가
그래 오늘 하루 더 머물자 생각하고 그 표를 줬지. 김기완 정훈감
하고 김진섭 기자가, 김진섭 선생은 아직도 살아 있어. 지금 미국
에 있는데 가끔 전화 통화해. 구십이 넘었지. 서울로 온다온다 하
면서 아직 미국에 있어. 이 작가, 쭉 들이키라구. 원 제기, 젊은 사

람이 왜 그리 술을 못 마셔? 같이 한 잔 하자구… 그런데 그 비행기가 말이야. 아 글쎄 납북이 된 거야. 탑승자 중에 북한 공작원들이 있었던 거야. 비행기를 탈 때 하사관 복장을 한 자가 있었어. 느낌에 그 놈이 좀 이상하다 싶었는데, 눈빛이 예사롭지가 않았거든, 하여간 그놈인 거야. 나는 비행기가 납북된 줄도 모르고 배웅을 하고 김영재 소령하고, 김영재는 중화민국 항공대 출신인데 김홍일 장군 동생이지. 김홍일 장군 알지? 중일 전쟁 때 일본군 수만 명을 수장시킨 오성 장군. 내가 어디까지 얘기했지? 그래, 술을 마셨지. 늦게까지 마시고 김영재 소령과 헤어지고 나서 숙소에 가려고 버스를 탔는데 사람들이 꽉 찼어. 그런데 사람들이 무슨 호횐가 신문 쪼가리들을 들고 있더라구. 눈을 비비면서 그 신문 머리기사를 봤더니, 'KNA 여객기 납북'이라고 되어 있잖아. 술이 확 깨는 거야. 다른 사람이 보고 있는 걸 냅다 뺏어 읽어 내려갔어. 그런데 말이야. 이런 제기랄, 탑승자 명단에 내 이름이 들어 있는 거야."

나는 선생의 빈 막걸리 잔에 막걸리를 따라드렸다. 급전직하 운운하며 이제 산 송장이나 다름없던 선생은 이야기를 할 때는 그런 말들이 무색할 정도였다. 선생은 떨리는 손으로 담배를 꺼내 입에 물었다.

"이 작가도 한 대 펴. 음, 그래 가지고 다음날 서울로 가니까 공군 본부 사람들이 깜짝 놀라는 거야. 납북된 사람이 어떻게 왔냐고 무슨 귀신 쳐다보듯 하는 거야. 자초지종을 이야기하고 나 대신 김진섭 기자가 탔다고 하니까 또 난리가 난 거지. 언론사에서 전화를 하고…오십팔년이야. 이월인데. 날짜도 생생하게 기억해. 이월 십육일 맞아, 이월 십육일이고 김기완 대령하고 김진섭 기자는 나중에 무사히 귀환했어. 삼월 육일에. 그때 라디오에서 귀환 소식을 생방송으로 중계한 아나운서가 바로 임택근이야. 임택근 아나운서하고 김기완 정훈감은 처남 매부 사이거든. 감격해서 떨리는 목소리로 생중계하던 게 아직도 기억이 나. 이제는 그 아들의 아들들이 훌륭하게 커서 가수, 연예인으로 활동하는 소식을 접하니 참 세월 많이 흘렀어. 한 순간에 운명이 바뀐 거지. 내가 납북될 뻔했는데 생각하면 아찔해. 놈들이 스튜어디스 두 명은 돌려보내지 않았어."

장례식장을 그만두었지만 지난 가을, 여자 시신과 창백한 얼굴이 잊을 만하면 떠올랐다. 꿈에 보았던 여자도 생생하게 떠올랐다. 젊은 여성이 자기 목숨을 끊을 만큼 힘들었던 사연이 무엇일까 하는 궁금증보다는 마음이 먼저 아려왔다. 오죽했으면 모진 목숨을 끊었을까. 이미 새파랗게 굳어버린 시신에서 개미들을 떼어내던 장면이 떠올랐다. 한동안 이재환 선생을 못 만났다. 이재환 선생으로부터 전화가 없었다. 그게 2012년 여름 때까지 이어졌다. 그해 큰 변화라면 딸이 애 엄마의 환청과 정신분열증에 시달리다 못해 아빠의 집으로 온 것이다. 딸은 그림을 그리며 미대를 준비하고 있었다. 이재환 선생이 궁금해졌다. 나는 전화를 했다. 집 전화는 신호만 가고 전화를 받지 않았다. 선생의 핸드폰은 꺼져 있었다.

그해 초겨울 어느 날 전화가 왔다.

"아니, 선생, 그동안 고향에 내려가셨습니까?"

"응, 말이야. 내가 몸이 너무 안 좋아서 보훈병원에 가서 입원하고 있었어. 검사라는 검사는 다 받았고. 이제 산 송장이지. 죽을 때가 된 거야. 이게 말이야. 급전직하, 응? 급전직하하는 거야. 방금 전에 한 말, 내가 뭘 했는지 기억이 전혀 안 나. 몸은 말할 것도 없구. 발에 피도 안 통해. 이게, 이게 다리가 알류산 열도야."

목소리가 예전 같지가 않았다.

"그래도 말이야. 움직일 수 있을 때 한번이라도 더 이 작가를 만나야지. 막걸리도 한잔 하구."

"그러셔야죠. 저는 아무 때나 상관없으니까. 언제든 편한 시간에 전화 주십시오."

들은 이야기를 다시 듣는 것, 선생의 반복된 이야기에 익숙해져 있었다. 처음 듣는 듯한 표정을 짓고 웃어야 할 대목에서 웃었으며, 우울한 이야기일 때는 같이 우울한 표정을 지었다. 나는 왜 그렇게 해야 하나 반문을 하기도 했다. 깊이 생각하지 않았다. 나는 선생을 만나면 기꺼이 그렇게 했다. 선생에게는 그래야 한다고 생각했다.

해가 바뀐 2013년 1월 중순, 선생으로부터 전화가 왔다.

"우리 할망구가 말이야. 이 작가 혼자 사는데 김치가 없을 거라고 김치 좀 준다고 그러는데."

"친구가 갖다 준 게 있습니다. 사모님께 감사하다고 전해주십시오."

나는 그날 선생을 만나지 않았다. 그 전에 없었던 반응에 나 자신이 놀랐다. 우울증이 심하게 도졌다. 선생한테 미안한 생각이 들었다. 마음은 깊은 심연 속으로 잠겼다. 한없이 밑으로, 밑으로 내려갔다. 불도 켜지 않은 채 하루 종일 방안에 처박혀 지냈다. 가장 편하면서도 가장 힘든 그런 마음이었다. 그 상황을 방해받고 싶지 않기도 했지만 사람을 만날 자신이 없었다. 선생의 청을 거절한 것이 두고두고 마음에 걸렸다. 나 자신에게 화가 났다. 내가 좀 더 여건이 좋았더라면 선생을 더 자주 편하게 만날 수 있었으리라는 생각이 들었다.

이혼한 지 6년째로 접어들었다. 선생을 알게 된 지도 5년이 되어간다. 창공구락부 관련 책과 항공 역사 관련 책들이 나온 것을 빼면 변한 것은 없었다. 빚을 다 정리했지만 여전히 빈손이었다.

3월이 되었다. 딸이 대학에 합격해 학교 기숙사로 떠나서 다시 혼자가 되었다. 지하 단칸방은 솜털들이 여기저기 뒹구는 텅 빈 둥지 같았다. 선생으로부터는 전화가 없었다. 섭섭함 때문인가. 아니면 건강이 다시 악화되었나. 선생으로부터 전화가 오지 않는 것도 신경이 쓰이기 시작했다. 가슴이 아팠다. 선생은 과연 나를 좋아한 걸까. 정말 옛 친구를 만난 것 같은 기분이었을까. 단지 당신의 이야기를 들어줘서 나를 찾는 것은 아니었나. 나의 근황에 대해서 잠깐 잠깐 물어보는 정도였을 뿐 만나면 가슴에 쌓인 것을 토로하듯 선생의 이야기만 이어갔다. 나 같이 들어주는 사람마저 없었으면 가슴에 그대로 묻히는 이야기들이었다. 예순여섯 성상인 한 사람의 흘러간 이야기. 선생의 20대 이야기를 들으면서 1980년 전후의 암울했던 나의 20대의 자화상을 떠올렸다. 선생의 연세라면 그 청춘의 기억은 더욱 생생하게 기억될지도 몰랐다. 그래서였을까. 선생은 휘감는 돌풍에 언제 꺾어질지 모르는 두려움과 그 시간들을 가지고 나를 찾았을 것이다. 지난 오 년 동안 난 결코 쉽지 않았던, 그리고 고통스럽게 '듣는 연습'을 한 셈이다.

휘경동에서 떠나고 싶었다. 남양주 쪽에 인적이 드문 적당한 민가를 찾아 이사하기로 했다. 지난 육 년의 시간이 하룻밤의 꿈처럼 느껴진다. 일주일 내내 밥맛을 잃었고 불면증에 시달렸다. 거울을 보니 멸치처럼 말랐다. 눈은 휑하니 들어갔다. 거울에 비친 내 모습을 보면서 입술을 깨물었다. 나도 모르게 회한의 눈물이 두 뺨으로 흘러내렸다. 가끔 앉아 있거나 누워 있다가 일어나면 현기증이 돌았다. 이번 겨울에만 두 번 쓰러졌다. 의사가 몇 차례 경고한 말이 떠올랐다. 그 시간이 1초 안팎인데 몸이 짚더미처럼 무너지는 경험을 했다. 그 간극의 시간이 물리적 거리로 바뀌어 그리 멀지 않은 곳에서 꽃무늬 원피스를 입은 여자가 내 주변을 맴돌며 서성거리는 듯한 착각이 일었다. 선생이 내게 반복해서 들려준 이야기들은 선인장의 꽃이었다. 아무도 들어주지 않는 당신과 나의 흘러간 사연과 시간들, 그리고 얼마 남아 있지 않은 시간들 속에 선생과 나만을 위한 초라한 이야기의 향연.

"선생님, 접니다.… 근력은 어떠세요?…통 전화가 없으셔서 안부 전화하는 겁니다.… 일전에 전화… 죄송합니다.… 네, 이해해주셔서 정말 고맙습니다.… 그러셨군요. 네, 저도 요즘 마음이 급전직하! 몸도 급전직하해요.… 죄송합니다. 농담 한번 했습니다.…

내일 목욕탕에 같이 가시면 어떨까 해서요.… 석관동 쪽에 목욕탕도 좋고, 제 동네에 있는 목욕탕도 괜찮습니다.… 젊은 시절 이야기도 더 들려주시구요. 말씀하신 이야기들 또 들어도 눈물나게 재미있습니다. '출격 명령' 그 영화 뒷이야기도 다시 들려주십시오. 여고생 배우 있잖아요.… 네, 염매리요. 그런데 염매리가 그렇게 예뻤나요? 얼마나 예뻤나요?"

(《작가연대》, 6권 1호, 2013년)

꽃은 저서 꽃을 피운다

이윤식 글

초판 1쇄 2018년 3월 31일

펴낸곳 비씨스쿨/펴낸이 손상열/디자인 송인숙

등록번호 제303-2004-36호/등록일자 1992년 2월 18일

주소 서울시 구로구 구로5동 107-8

전화 02) 869-7241/팩스 02) 869-7244

메일 foxshe@hanmail.net/ISBN 979-89-91714-28-1 03810

「이 도서의 국립중앙도서관 출판도서목록(CIP)은 서지정보유통지
원시스템 홈페이지(http://seoji.nl.go.kr)와 국가자료공동목록시스템
(http://www.nl.go.kr/kolisnet)에서 이용하실 수 있습니다.(CIP제어번호:
CIP2018008896)」